btb

Aus Freude am Lesen

Mit »Du stirbst nicht«, ihrem preisgekrönten Roman über die Rückkehr ins Leben nach einer Hirnblutung, hat sich Kathrin Schmidt ein großes Lesepublikum erobert. Mit dem darauf folgenden Gedichtband »Blinde Bienen« hat sie die literarische Kritik begeistert. Es folgte ein spätes Debüt: »Finito. Schwamm drüber.«, ihr erster Band mit Erzählungen.
Und auch diese sind von besonderer Qualität und einer beeindruckenden Vielfalt, sowohl im Ton als auch in den Themen und Perspektiven. Sie spannen den Bogen von der Zeit des geteilten Deutschlands bis in die Gegenwart, führen in Familien und Singlehaushalte, zeigen starke Frauen in schwachen Momenten und Männer, die nie so stark geworden sind, wie sie sich immer empfanden.

Kathrin Schmidt, geboren 1958 in Gotha, arbeitete als Diplompsychologin, Redakteurin und Sozialwissenschaftlerin. Sie erhielt zahlreiche Preise, darunter den Leonce- und Lena-Preis. Ihr Roman »Die Gunnar-Lennefsen-Expedition« wurde mit dem Förderpreis des Heimito-von-Doderer-Preises und dem Preis des Landes Kärnten beim Ingeborg-Bachmann-Wettbewerb ausgezeichnet. Für ihren Roman »Du stirbst nicht« erhielt sie 2009 den Preis der SWR-Bestenliste und den Deutschen Buchpreis. Sie lebt in Berlin.

Kathrin Schmid bei btb
Koenigs Kinder. Roman (73155)
Die Gunnar-Lennefsen-Expedition. Roman (73583)
Seebachs schwarze Katzen. Roman (73584)
Du stirbst nicht. Roman (74113)

Kathrin Schmidt

Finito. Schwamm drüber.

Erzählungen

btb

Die Arbeit an diesem Buch wurde von der Stiftung Preußische Seehandlung mit einem Stipendium gefördert, wofür die Autorin herzlich dankt.

MIX
Papier aus verantwortungsvollen Quellen
FSC® C083411
www.fsc.org

Verlagsgruppe Random House FSC-DEU-0100
Das für dieses Buch verwendete
FSC®-zertifizierte Papier *Lux Cream*
liefert Stora Enso, Finnland.

1. Auflage
Genehmigte Taschenbuchausgabe Februar 2013,
btb Verlag in der Verlagsgruppe Random House GmbH, München

Umschlaggestaltung: © semper smile, München,
nach einem Umschlagentwurf von Rudolf Linn, Köln
Umschlagmotiv: © Rudolf Linn, Köln
Druck und Einband: CPI – Clausen & Bosse, Leck
KR · Herstellung: sc
Printed in Germany
ISBN 978-3-442-74382-7

www.btb-verlag.de
…w.facebook.com/btbverlag
…n Sie auch unseren LiteraturBlog www.transatlantik.de.

INHALT

LEARNIN' THE BLUES

Das Wort *hart* bringt man eher mit dem Winter in Verbindung, aber in jenem Jahr war es der Sommer gewesen, dessen Härte Artjom, die Kinder und mich einfach besiegt hatte, wir lungerten schließlich wie müde Krieger am Eingang zum Herbst herum und hofften auf Erleichterung. Artjom hatte seine Stelle als Mathematiker im Heizkraftwerk Mitte erst im Mai angetreten, Urlaub war also nicht in Sicht. Die Zwillinge waren mit ihren eineinhalb Jahren im Strauchelalter und mussten eigentlich ständig an die Hand genommen werden. Ich hatte nur zwei Hände, mir blieb kaum etwas anderes übrig, als sie in das große Laufgitter zu stecken, das ich ein Stück abseits vom Birnbaum im Hof platziert hatte. Zwischen dem Laufstall und meiner Mutter taumelte ich vom Morgen auf den Abend zu und war bemüht, die eine wie die anderen zu füttern und zu windeln. Meine Mutter war nun doppelt so alt wie ich, zweiundsiebzig. Während ich ihr manchmal aufmunternd zu zeigen versuchte, wie die Sonne im Birnlaub darauf aus war, sich vor sich selbst zu verstecken, hatte ich für meine Mädchen nicht viel mehr übrig als die Hoffnung, die eine möge der anderen Beschäftigung genug sein. Ich nannte sie übrigens meine Ösen, obwohl die Aussprache ihrer Namen, *Chloe* und *Phoenix*, damit nicht viel zu tun hatte. Meine Ösen gab ich am Abend, wenn Artjom zurückgekehrt war, entkräftet in dessen Hände. Artjom war das, was man einen guten Vater nennt. Neugierig auf die Mädchen, sprach er zuweilen

Russisch mit ihnen. Manchmal schienen sie mit ihm beinahe schon zu kauderwelschen. Das waren Momente, in denen meine Mutter zu sich zu kommen schien. Sie war Russischlehrerin gewesen, und ein Aufleuchten ging dann regelmäßig über ihr Gesicht. Ich hatte einen Fotoapparat bereitgelegt, um sie noch einmal mit solch einem Leuchten im Gesicht zu fotografieren, aber es war jedes Mal erloschen, ehe ich den Auslöser hätte drücken können. Erschöpfte Tage.

»Schatz, hast Du die Pfirsichtorte für morgen gebacken?« Artjom fragte das an jenem Abend betont beiläufig, bereit, es selbst zu tun, falls ich es nicht geschafft hatte, aber diese Beiläufigkeit war es, die mich wütend machte und mit einer Gegenfrage antworten ließ: »Hast Du Kartoffeln und Klopapier mitgebracht heute?« Er sprang auf, setzte sich die Mädchen auf die Hüften und lief in den Flur, wo er seine Tasche und die Einkäufe beim Betreten der Wohnung einfach hatte fallen lassen. Natürlich, keine Ausfälle. Klopapier vierlagig und festkochende Kartoffeln. Ich holte die Pfirsichtorte aus dem Kühlschrank und stellte sie vor ihn auf den Tisch. Meine Mutter grunzte im Sessel. Eine Öse begann zu weinen, die andere juchzte vor Freude, die sie werweißwoher nahm. Artjom schien die Vorstellung eines funktionierenden Familiengefüges zu gefallen, jedenfalls sprach sein breitgezogener Mund dafür. Der Bisquitboden war meine Spezialität, ich hatte Pfirsichschnitze in süßem Gelatinequark darauf ertränkt, das Ganze gekühlt und schließlich gelben Tortenguß darüber verteilt. Zufrieden brachte Artjom die Kinder ins Bett. Ich hatte genug zu tun mit meiner Mutter, die jeden Abend ein rechtes Tänzchen aufführte, wenn es darum ging, sie ins Bett zu legen.

Als sie schlief, duschte ich sehr lange. An Artjom dachte ich dabei nicht. Überhaupt dachte ich selten an Artjom.

Zwar hatte er meinem Leben sichernde Pflöcke eingeschlagen mit gutem Verdienst und fürsorglicher Bemühtheit um die Zwillinge, aber irgendwie war mir das aus dem Blick geraten unter den alltäglichen Verrichtungen, in deren Sog ich strudelte und einfach kein Land sah. Mit nassen Haaren stand ich schließlich vor dem Spiegel und beobachtete mich dabei, wie ich mir die Lippen mit dem dunklen Stift nachzog und die Wimpern tuschte. Ich sah aus, wie meine Mutter früher ausgesehen hatte. Als ich das dachte, fiel mir ein, wie sehr sie das Tanzen geliebt hatte. Oft war sie mit meinem Vater an den Wochenenden im Tanzclub gewesen. Wahrscheinlich hatte sie das Tanzen sogar mehr als meinen Vater geliebt. Bei diesem Gedanken musste ich plötzlich doch an Artjom denken, und es erschien mir unmöglich, mich neben ihn ins Bett zu legen, ohne vorher getanzt zu haben. An warmen Septemberabenden kann man das Haar auch noch auf der Straße trocknen lassen. Ich schlüpfte in Jeans, eine geblümte Tunika im 70er-Jahre-Stil, meine leichtesten Slipper, griff das knallbunte Handtäschchen und schloss leise die Tür.

Das Nachtschwarz war gerade dabei, das letzte Zwielicht beiseitezuschieben. Ich blieb erst einmal stehen und wunderte mich, wie Septembernächte riechen konnten. Benommen setzte ich einen Fuß vor den anderen, trudelte auf die Ehrlichstraße zu, wo ich in die Straßenbahn stieg. Zwei, drei Stationen. Havanna-Bar. Ich steckte den Kopf durch die Tür. Vor drei Jahren noch hatte ich an all meinen überflüssigen Abenden mein überflüssiges Geld in diese Bar getragen. Jetzt entdeckte ich keinen Bekannten mehr unter den jungen Gästen, die wahrscheinlich, wie ich damals, noch studierten und Singles oder auf Partnersuche waren. Zum ersten Mal hatte ich das deutliche Gefühl, alt zu werden. Irritiert nahm ich den Kopf aus der Tür und die Stufen hinauf zur S-Bahn, fuhr drauflos. Mir gegenüber saß ein junger Mann, Brille, halblange Haare, er las ein Buch, englisch, *The Kite Runner* von Khaled Hosseini. In meinem Täschchen steckte die deutsche Ausgabe, ich holte sie hervor und schlug sie auf. Der Mann schaute kurz hoch, bemerkte meine Lektüre, lächelte. Bevor er an der Jannowitzbrücke ausstieg, sah er mich fragend an. Ich kam mit. Die Bücher steckten wieder in unseren Taschen, er griff meine Hand. Zu sagen gab es nichts, er schwieg wie ich. Wir liefen in südlicher Richtung, die Brückenstraße hinunter, landeten schließlich in Kreuzberg. Ich zog ihn in eine Kneipe, wir tranken Bier, aßen Bockwurst. Schließlich zupfte ich ihn am Ärmel, der obligatorische Geräuschpegel der Kneipe gab es gerade noch her, dass wir tanzten, der Wirt drehte die Musik lauter, als er uns zwischen den Tischen schaukeln sah, jeder mit sich selbst beschäftigt und doch so sehr zusammen, dass wir uns eng umschlungen hielten und einander mit geschlossenen Augen im Takt wiegten. *Learnin' The Blues* von Katie Melua, weiß der Geier, wie diese Musik in diese Kneipe gekommen war. Dass die anderen Gäste uns anstarrten, merkten wir erst, als der Wirt nach dem Ende des Titels den Off-Knopf drückte und wir die Augen öffneten. Ganz hinten begann einer zu klatschen. Wir zahlten und fanden uns auf der Straße wieder, aber so einfach war das nicht mit dem Abschied. Etwas schien offen zwischen uns, keine Rechnung, aber doch irgendetwas in der Art, das uns die Hände nicht voneinander lösen ließ. Ich ahnte, dass ich mit ihm würde schlafen müssen, um nach Hause gehen zu können. Sein Rücken schien gespannt wie Artjoms Recurvebogen kurz vor dem Loslassen der Sehne. In einem Hauseingang gerieten wir ineinander, es war eine sichere, kraftvolle Begegnung. Als das Licht anging, weil eine betrunkene Frau spät nach Hause kam, hatte ich die Jeans wieder auf den Hüften. Die Muskeln seines Rückens schienen gelöst unter dem engen T-Shirt. Ich küsste ihn auf die Stirn. Er hob seine Tasche vom Boden und ging, ich wählte die entgegengesetzte Richtung.

Der neue Tag war zwei Stunden alt, als ich nach Hause kam. Noch einmal duschte ich lange, rieb mir Wimperntusche und Lippenstift mit Babyöl ab und legte mich zu Artjom ins Bett. Er schob den linken Oberschenkel über meinen Bauch und schniefte zufrieden. Am nächsten Morgen löste ich die Pfirsichtorte aus der Springform und schnitt sie auf. Zum Schutz legte ich ihr schließlich einen Tortenring um, heilfroh, dass mir das eingefallen war. Artjom kam zum Kaffee, den ich gebrüht hatte. Er küsste mich auf die Stirn, wie ich es in der Nacht mit dem jungen Mann getan hatte. Es tat mir gut, etwas zu wissen, was Artjom nicht wusste. Ich wünschte ihm einen schönen Geburtstag im Kreise der Kollegen und schenkte ihm den *Drachenläufer* von Khaled Hosseini. Er steckte das Buch zwischen seine Papiere in die Tasche, schaute noch einmal zu den Mädchen ins Zimmer und verließ die Wohnung. Unten angekommen, stellte er die Torte auf den Beifahrersitz. Die Ösen meldeten sich. Ich hatte zu tun, wie immer.

Als ich später endlich nach meiner Mutter schaute, die für gewöhnlich lange vor den Mädchen erwachte, war sie tot. Dr. Heilmann, unser Hausarzt, stellte Herzversagen fest. Die Mitarbeiter des Bestattungsunternehmens packten meine Mutter in eine graue Kunststoffhülle, die sie mit einem Reißverschluss schlossen. Ich dachte daran, dass ich sie in der vergangenen Nacht im Spiegel gesehen hatte. Auch als man sie die Treppe hinuntertrug, war mir nicht nach Weinen zumute. Artjom anzurufen, erschien mir an seinem Geburtstag unpassend. Mit den Kindern kniete ich mich ins Laufgitter auf dem Hof und fühlte mich erst einmal sicher, wollte schließlich einschlafen, aber die Mädchen brachten mich mit ihren Puppen, Plastikautos und Sandeimerchen immer wieder davon ab. Später hob ich zwei schöne, frische, geplatzte Birnen für Chloe und Phoenix aus dem Gras, um sie ihnen in der Küche aufzuschneiden. Meine Mutter hatte immer so tief versunken auf dem Bänkchen unter dem Birnbaum gesessen, dass mir die reifen Birnen nun, da sie tot war, einfach nicht schmecken wollten.

Mit Artjom aß ich am Abend die beiden übrig gebliebenen Tortenstücke auf. Er nahm mich fest in den Arm. Wir redeten über meine Mutter.

Zu ihrer Beerdigung kam die übrig gebliebene Belegschaft ihrer Schule, dreizehn Lehrer, dazu Artjoms aus Omsk in Sibirien stammende Eltern und Geschwister. Sein Vater wird es gewesen sein, der später dem Holzkreuz, das meine Mutter sich gewünscht hatte, zwei weitere Querbalken annagelte. Wenn man heute auf den Friedhof geht, steht ein orthodoxes Kreuz auf ihrem Grab. Glücklicherweise ist das bislang niemandem aufgefallen. Ich bin jedenfalls nicht gefragt worden danach.

Das Bänkchen hielt meine Mutter noch über den Tod hinaus besetzt, ich konnte mich darauf nicht ausruhen oder ein Buch lesen, und als die Zwillinge immer wieder überrascht die leere Bank anstarrten, wenn sie aus dem Haus in den Hof purzelten, wusste ich, dass auch sie meine Mutter dort sitzen sahen.

HEISSER BREI

Er hatte das Mädchen oft gesehen, wenn er seinen Blick vom Schreibtisch gehoben und über die Straße geschickt hatte. Sie stand manchmal vor der Pizzeria und rauchte, oder sie fegte mit einem Reisigbesen, der aussah, als sei er zurückgeblieben, als das Zigeunerlager in den Himmel zog, das Trottoir, wischte die Kippen mit geübtem Schwung in den Rinnstein und stellte den Besen dann verkehrt herum in einen geschwungenen Blechkübel links neben der Tür. Rechts stand ein ebensolches Gefäß, und auch darin steckte, verkehrt herum, ein Reisigbesen. Er hatte sich manchmal gefragt, warum sie den rechten Besen nie benutzte, es aber auf dem Weg bis zur Gaststube längst vergessen, sie zu vergleichen, wenn er sich eine Pizza oder eine kühle Cola holen ging. Drinnen stand das Mädchen hinter dem Tresen, ließ Bier in Tulpen aufschäumen und spülte die Gläser. Sie war nicht ganz schlank, Fettröllchen schwappten über den Rand ihrer Hüftjeans – bis zum Pullover blieben an die zehn tolle Zentimeter frei, die er immer wieder mit großen Augen nach seinem inzwischen alten Bekannten, einem großen, erhabenen Leberfleck, absuchte. Eine Handbreit unterhalb des Nabels zu Hause, wurde er nur sichtbar, wenn sich das Mädchen nach oben reckte und den Bauch noch ein wenig mehr aus den Jeans rutschen ließ – das Röllchen verschwand für den Moment des Bauchspannens, der Leberfleck grüßte. Dies war jedes Mal ein erhebender Augenblick.

Sehnte er sich danach? Die Korrekturarbeit für den kleinen Verlag, der ihn nur schlecht bezahlen konnte, lag erst zur Hälfte bewältigt vor ihm, aber der Hunger schoss so plötzlich ein, dass er den Stift geradezu in die Ecke pfefferte und nach den Schuhen im Flur lief, die Jacke überwarf und den karierten Sherlock-Holmes-Hut aufsetzte. Im Treppenhaus fiel ihm ein, dass sein Geld noch in der gestrigen Hose steckte und vermutlich mit ihr im Wäschekorb gelandet war. Also musste er noch einmal zurück. Als er die Tür erneut abgeschlossen und sich umgedreht hatte, um die Treppe hinunterzulaufen, sah er die Katze. Sie saß auf dem Brett des Treppenhausfensters. Soweit er wusste, gehörte niemandem im Haus ein Tier, und er war stets froh gewesen darüber. Seine Allergie hatte ihm, als er noch in Studentenwohngemeinschaften mit Hund und Katz gelebt hatte, übel mitgespielt. Wieder und wieder hatte er sich zum Arzt geschleppt, mit verquollenen, verkrusteten Augen und asthmatischen Anfällen, bis endlich einem die erlösende Idee gekommen war. Ein Test hatte bestätigt: Tierhaare und Beifußpollen waren Gift für ihn. Zwar konnte er sich nicht erklären, warum er in seiner Kindheit davon nichts bemerkt hatte, seine Eltern hatten neben den vier Kindern auch ihre Hunde, Meerschweine und Rennmäuse geliebt, aber so war es eben: Kaum war er achtzehn gewesen, hatte es angefangen. Genau erinnerte er sich des ersten Auftretens. Seine Lieblingskatze, er hatte sie Mutschi genannt wie ihre Mutter in einem Dorf bei Anklam, hatte sich irgendetwas Übles eingefangen, apathisch auf dem Teppich gelegen. An Altersschwäche war nicht zu denken gewesen, Mutschi war gerade erst zwei Jahre alt geworden. Also musste ein Tierarzt aufgesucht werden, und natürlich hatte er bereitwillig diese Aufgabe übernommen. Da sie noch nicht lange in der damaligen Wohnung lebten, hatte er die Nachbarn nach einem Veterinär in der Nähe gefragt. Weiland aus dem dritten Stock hatte ihm den Weg gewiesen, nur einmal um den Block und auf die andere Straßenseite. Als er dort stand, hatte er lachen müssen. Der Tierarzt hieß Mutschmann. Ein großer, hagerer, freundlicher Typ mit Nickelbrille und einem schüchtern zu nennenden Lächeln. Zunächst hatte er wissen wollen, wie das Tier heiße. Ein kosendes »Mutschi« war an dieser Stelle nicht gefallen, zu bedrohlich hatte ein nicht zu beherrschendes Lachen im Zwerchfell gehockt. Stattdessen war seinem Glucksen »Uschi Weigel« entschlüpft. Der Tierarzt hatte einen Moment verdattert dreingeschaut, den Namen dann aber gehorsam notiert, wenig später eine Vergiftung diagnostiziert, Uschi Weigel ein Vorderbein rasiert und eine Infusion gelegt. Der Anblick des nackten Vorderbeins, wie es dünn, blaugrau und vernadelt auf weißem Zellstoff gelegen hatte, war womöglich zu viel gewesen, jedenfalls hatte die Allergie an jenem Vormittag ihren Anfang genommen.

Er versuchte, in größtmöglichem Abstand an dem Tier vorbeizueilen, doch die Katze sprang vom Fensterbrett und ihm geradezu zwischen die Füße, er musste sich am Geländer festhalten, um nicht die Treppe hinabzustürzen. Die Katze schnurrte, reckte den Schwanz und buckelte um seine Waden, wobei sie ihren Kopf an seinen Beinen rieb. Er konnte nicht anders, als in die Knie zu gehen und ihr in die Augen zu schauen. Pummelig und gemütlich kam sie ihm vor, wie sie sich in aller Katzenseelenruhe an ihm schubberte. Er seufzte, als er daran dachte, in welchem Zustand er sich über kurz oder lang wiederfinden würde. Dennoch glitten seine Finger durchs weiche Fell, und tatsächlich fühlte er Katzenspeck. Er setzte die Tigerin zurück aufs Fensterbrett, nahm an, dass jemand aus dem Haus sie sich vor Kurzem angeschafft hatte und sie durch eine geöffnete

Wohnungstür entkommen war. Unsicher, ob sie dort sitzen bleiben würde, behielt er sie bis zum nächsten Absatz im Auge, aber sie machte weder Anstalten, ihm zu folgen noch sich anderweitig zu trollen.

Draußen war es ungewöhnlich kalt für die Jahreszeit. Er schloss überrascht die Jacke und klappte den Kragen hoch, die Ohrenschützer der Mütze herunter, obwohl er nur die Straße zu überqueren hatte. Heute dachte er daran, die Reisigbesen zu untersuchen. Tatsächlich schien ihm der linke abgenutzter als der rechte zu sein, als ihm aufging, dass es sich mitnichten um Besen, sondern um zum Schmuck aufgestellte Gebinde handelte. Er lächelte, als er die Pizzeria betrat. Sie war leer. Das Mädchen hockte hinter dem Tresen mit einem Buch in der Hand. Lesend hatte er sie noch nie gesehen. Sie war offenbar so vertieft in die Lektüre, dass sie ihn nicht bemerkte. Zunächst unschlüssig, ob er sich räuspern oder laut auftreten sollte, setzte er sich schließlich leise an den nächstgelegenen Tisch. Schaute sie an. Sie kam ihm auf eine merkwürdige Weise, die nichts mit seiner tatsächlichen flüchtigen Kenntnis ihrer Person zu tun hatte, bekannt vor. So, als wüssten seine Finger, wie sie sich anfühlte, ihre mundwarme Haut. Verstohlen und verwundert blickte er auf seine Hände hinab und drehte sie, als gehörten sie mit ihren augenscheinlichen Erinnerungen nicht zu ihm. In diesem Moment bemerkte sie ihn, hatte die Bewegung möglicherweise aus den Augenwinkeln wahrgenommen, und legte ruhig und, wie ihm schien, auf entschlossene Weise das Buch auf ein Regal über dem Tresen. Sie straffte sich, hatte offenbar Mühe, in die Realität einer durchschnittlichen Pizzeria in einer durchschnittlichen deutschen Stadt zurückzukehren.

Ein Pils?

Nein, nach Bier war ihm nicht gerade. Auch der Hunger

schien abhanden gekommen. Was wollte er hier? Das Mädchen musterte ihn mit fragendem Blick. Seine Hände hielt es vor der Brust gefaltet und wartete ab, aber kein Wort fiel. Stattdessen hörte er auf einmal das Tropfen des Wasserhahns über dem Spülbecken, die leise dudelnde Musik aus dem CD-Player und seinen eigenen Herzschlag, für den er sich auf der Stelle schämte. Röte fühlte er auf seinem Gesicht, seinem Hals. Zum Glück war der Kragen unverändert hochgeschlossen, nicht einmal die Mütze hatte er abgenommen. Mit beschwichtigender Geste ging er daran, rückwärts aus dem Lokal zu verschwinden. Draußen atmete er erst einmal tief durch und machte sich auf zu einem langen Spaziergang, der ihn über die Krämerbrücke und den Domplatz bis zur Mittelstraße führte, wo er früher gewohnt und wo es Katzen zuhauf gegeben hatte. Daran erinnerte er sich, als er vor dem Haus mit der Nummer 9 stand, seinem Haus. Schimmel war vormals über die Parterrewände gekrochen, auch von außen auf den schmutziggrauen Mauern gut sichtbar. Heute stand das Gebäude mit terracottafarbener Fassade und an den Wohnzimmern über ein haushohes Stahlgestell angebrachten Balkonen in der Dämmerung. Die Makellosigkeit hielt ihn davon ab, hineingehen zu wollen, was nicht gelungen wäre, ohne bei einem der Bewohner zu klingeln und um Einlass zu bitten. In alten Zeiten waren die Katzen durch die ständig offen stehende Haustür gehuscht, einmal hatte sogar eine von ihnen entbunden in einem unter der Treppe für die Kleidersammlung abgestellten Karton mit Mänteln und Anoraks. Er musste husten, vermutete die ersten Anzeichen des allergenen Schubes, wandte sich ab und lief weiter.

Wie er nach Hause gekommen war, wusste er später nicht. Seine Sinne setzten erst wieder ein, als er im Treppenhaus die Katze auf dem Fensterbrett sah, die dort hockte, als seien nicht zwei oder drei Stunden vergangen. Sie blinzelte apathisch, was ihn verwunderte, denn er hatte Katzen als Tiere in Erinnerung, die auf ein Anschalten der Beleuchtung schreckhaft reagierten. Vielleicht war sie blind? Etwas wie Mitleid kam auf, das sich auch nicht legte, als sie ihn, während er die Treppe weiter hinaufstieg und sie zu Prüfzwecken im Auge behielt, träge mit Blicken verfolgte. Abwesend, wie ihm schien.

Als er später vor dem Fernseher saß, wunderte er sich beiläufig darüber, dass der Schub ausblieb. Keine verquollenen Augen, kein Tränen- und Schnupfenfluss, kein andauerndes Niesen. Dabei hätte ihm das an diesem Tage geradezu gepasst, hätte er sich doch guten Gewissens ins Bett legen und die Arbeit Arbeit sein lassen können … Seufzend erhob er sich nach den Nachrichten und schlurfte zum Schreibtisch hinüber. Eigentlich interessierte ihn der Essay über Pier Paolo Pasolini, er hatte sich sogar eine DVD-Box gekauft und die Filme mit angehaltenem Atem angeschaut. Seine Gedanken aber drifteten, er hatte Schwierigkeiten, sich jetzt auf Pasolini einzulassen, und das hätte er tun müssen, um seinen eigenen Ansprüchen ans Korrekturlesen zu entsprechen. Ihm fiel plötzlich ein, dass er in einem Monat vierzig Jahre alt werden würde, und ebenso plötzlich kam ihm die Idee, Freunde und Verwandte in die gegenüberliegende Pizzeria einzuladen, wo man sicher froh wäre über eine große Gesellschaft für einen Abend … Sein Atem stockte merkwürdigerweise, als er hinüberschaute: Das Mädchen stand im Schatten des linken Kübels und rauchte, und wie sie hinaufschaute zum Himmel, glaubte er im Licht der Straßenlaterne in Katzenaugen zu sehen. Und entstieg etwa den knappen Unterhüfthosen ein Schwanz, dessen wedelnder Schatten auf dem Trottoir auszumachen war? Er schloss für einen Moment die Augen.

Am nächsten Morgen lag eine Liste mit mehr als fünfzig einzuladenden Personen neben seinem Bett. Irgendetwas hielt ihn gepackt, brachte eine sich selbstverständlich anfühlende Heiterkeit auf, deren Ursprung, als er ihm nachging, offenbar in seinem Bauch lag. Er musste aufstoßen und nahm überrascht Spuren von Gorgonzola, Walnüssen und Radicchio wahr, mit denen seine Lieblingspizza Gorizia stets reichlich belegt war, die er aber vor drei oder vier Wochen zum letzten Mal gegessen hatte. Sonderbar. Er hatte nichts zu sich genommen, das im Nachklang ausgerechnet an diesen Geschmack erinnern könnte, und ging sich schnell einen Kaffee zapfen am Vollautomaten in der Küche. Mit braunem Rohrzucker schmeckte er ihm am besten, er bediente sich reichlich, kam schließlich mit der Tasse in der Hand zurück zum Schreibtisch und schaute über die Straße. Geschlossene Fensterläden und ein Gitter vor der Tür der Pizzeria. Es war noch früh, er schob die linke Hand in die hintere Hosentasche und trank. Zwischen den kleinen Schlucken hielten ihm seine Zungenknospen noch immer Walnüsse vor wie eine Mahnung, den Geburtstag nicht zu verdrusseln, und so setzte er sich schließlich an den Laptop, um eine Einladung zu entwerfen. Die zweiundfünfzig Anreden wollte er wie die Unterschrift mit der Hand einfügen und so jedem noch ein persönliches Leckerli in Aussicht stellen, aber den Text schrieb er mit rascher Hand herunter. Um das Datum einfügen zu können, würde er die Rücksprache mit der Pizzeria abwarten müssen, und als er beiläufig wieder hinüberschaute, sah er das Mädchen, das sich nach dem unteren Schloss des Gitters bückte. Auf einmal wusste er, woran es ihn erinnerte: Es buckelte den Rücken wie die Katze, die gestern im Treppenhaus gesessen hatte! Als sie sich aufrichtete und umdrehte, schienen ihre Bewegungen denen der Tigerin so ähnlich, dass ihm schwarz wurde vor Augen, und seine Finger erinnerten sich unvermittelt des Katzenspecks. Schließlich schoss auch noch der Impuls, den Mädchenspeck kneten zu wollen, ein, dass er sich setzen musste und ungläubig seine Hände betrachtete. Er fühlte sich großartig, was ihn augenblicklich erschreckte, und er floh den Wirrwarr der Anwandlungen in seine Jackenärmel und Schuhe, die aber offenbar nichts anderes vorhatten, als ihn auf schnellstem Wege in die Pizzeria zu bringen. Auf der Treppe sah er gekonnt am Fenster vorbei. Sein Kopf hatte die Katze zu einem virtuellen Mätzchen degradiert, schließlich war ja auch die Allergie ausgeblieben.

Das Mädchen schien ihn erwartet zu haben. Jedenfalls kam es ihm so vor, als sie im Moment seines Eintretens langsam zu den Tischen trat und begann, die Stühle herunterzunehmen, die sie gestern zum Fegen und Wischen des Gastraums umgekehrt darauf abgesetzt hatte. Ihre Bewegungen waren ungemein geschmeidig, er staunte darüber, weil sie pummelig war. *Wie die Katze in deinem Treppenhaus*, schmierte sein Geist ihm in großen Buchstaben vor die Augen.

Ja, sagte er laut, *du hast recht und ich habe Hunger.*

Das Mädchen sah ihn mit großer Selbstverständlichkeit an, behielt ihn ein wenig länger im Blick, als schätze sie ab, was er brauche, und ging dann daran, ihm in der Küche zwei Eier in die Pfanne zu hauen. Aus der Tasche holte sie frisch duftendes Brot, schnitt es auf und richtete die Eier darauf an.

Ich habe so lange auf dich gewartet, sagte sie sanft, *ich wusste nicht, dass Du es bist.*

Er verstand und verstand nicht, aber er legte seine Arme um ihre Hüften und küsste sie. Den ganzen Tag verbrachte er im Gastraum, half ein paar Mal beim Spülen der Gläser.

Mehr war nicht drin, denn der Koch verbat sich und ihm das Betreten der Küche. Wenn sie eine Verschnaufpause hatte, stellte er sich mit ihr neben die umgekehrten Reisigbesen und rauchte, ganz gegen seine Prinzipien. Dabei besprachen sie die Feier zu seinem vierzigsten Geburtstag. Er wusste, er war nicht bei sich und doch so sehr er selbst wie noch nie in seinem Leben, woraus er schloss, dass das Nicht-bei-sich-sein womöglich seine innerste Bestimmung gewesen war. Ruhig schloss das Mädchen am späten Abend die Gittertür, nachdem er die Stühle auf den Tischen deponiert und sie den Fußboden gewischt hatte.

Sie trug eine große Tasche bei sich, mit der sie am Morgen nicht gekommen war, die sie aber für diesen Tag in ihrem Spind gelagert hatte. Die Tasche enthielt das, was sie mitzunehmen gedachte, falls doch einmal etwas geschah, das sie zum Leben brauchte. Er nahm ihr das Gepäck ab, es wog leicht. Gemeinsam gingen sie über die Straße. Im Treppenhaus machte er Licht an. Es schien ihm, als wischte im Moment ihres Eintretens eine grau getigerte Katze zwischen seinen Beinen nach draußen.

AM ROTEN FADEN

Sie fand es bestrickend, seine Zehen langsam unter der Decke hervorkommen zu sehen, wenn sie sie hinaufzog, ein Stück zu sich heran. Je höher sie rutschte, desto empfindlicher reagierte er offenbar auf die eintreffende Kälte, sie stellte auch im Winter die Heizung in ihrem Schlafzimmer niemals an, und wie die dunklen Haare der Beine sich aufrichteten, verursachte ihr stets und ständig ein leises, schütteres Frösteln der Lust. Leider musste sie immer viel zu schnell aufstehen, wenn er noch schlief und die Schlafwärme ihn gefangen hielt in wohliger, wörtlich zu nehmender Umnachtung, denn sie fuhr Zeitungen aus und musste dafür schon zwei Stunden nach Mitternacht aufstehen. Sie löschte seufzend wieder das Licht, um ihn nicht aufzustören. In der kleinen Küche brühte sie sich einen Kaffee und nahm eine Scheibe Toast, die sie mit möglichst roter Marmelade bestrich. Manchmal, wenn er eingekauft hatte, gab es nur gelbe Marmelade oder Pflaumenmus. Dann ging sie auf die Suche nach einem Stückchen Käse, einem Eckchen Wurst, und wenn sie etwas gefunden hatte, aß sie es auf und wusste, dass sie fürs Abendbrot nun erneut würde einkaufen gehen müssen. Einkaufen war eine der verhasstesten Tätigkeiten, die sie kannte. Jedes Mal fühlte sie sich vorgeführt, wenn sie die Sonderangebote oder besonders billigen Waren an der Kasse aufs Band legte. Für mehr reichte es nicht, trotz ihres Zeitungsaustragens, das sie mit dem Familienauto erledigte. Dass sie es noch nicht abgeschafft hatten, hatte mit eben diesem Job zu tun, obwohl sie sich manchmal fragte, ob das die Sache wert sei, denn sie verdiente damit nur unwesentlich mehr als der Wagen Kosten verursachte. Ihre vier Kinder waren zwar *aus dem Gröbsten* heraus, wie Nachbar Laurer immer irgendwie erleichtert zu sagen pflegte, aber das Gröbste konnte sich nur auf Windeldreck und nasse Betten beziehen, denn sie gingen zur Schule, und den dortigen Umgang miteinander konnte sie nun wirklich nur als gröblichst bezeichnen. Ihrem jüngsten Sohn hatte sie gesagt, dass kein Geld da sei, um Yu-Gi-Oh-Karten zu kaufen. Darüber freute sie sich eigentlich, denn diese Karten, so stellte sie sich vor, beulten unweigerlich die Hirne der Kinder ein, die sie tauschten und besaßen und besaßen und tauschten und wilde Schlachten darum führten, die auch vor Diebstählen und Intrigen nicht haltmachten.

Zwei Stunden nach Mitternacht stellte sie schließlich noch fünf Frühstücksteller auf den Tisch und die Dinge, die Kinder und Mann brauchen würden für ihren Tagesbeginn. Ihre Stullen schmierten sie selbst, und wenn Wurst und Käse aufgegessen waren wie heute, briet sie ihnen schnell noch Eierfladen, die bis zum Morgen abgekühlt sein würden, sodass man sie zwischen die Brotscheiben legen konnte. Nach sieben Uhr, wenn sie zurückkam, legte sie sich wieder ins Bett und verpennte den Vormittag, um gegen 12 Uhr aufzustehen und sich ein Mittagessen einfallen zu lassen. Den Kindern, wenn sie aus der Schule kamen, versuchte sie ausgeschlafen und freundlich zu begegnen, was ihr nicht immer gelang.

Heute kam sie triefend zurück, der durchdringende Regen hatte sie auf den nur kurzen Sprüngen zwischen Auto und jeweiligem Briefkasten vollständig erwischt, und sie nahm ein heißes Bad, um die Erkältung vielleicht noch abzuwehren, die sich schon ankündigte mit Frostzittern und

Nasenfluss. Warm anziehen wollte sie sich danach, und sie griff nach einem der drei, vier gestrickten Pullover, die sie besaß und sonst mied wie der Teufel das Weihwasser. Sie mochte sie einfach nicht, sie fühlte das Kratzen noch durch die Blusen hindurch, die sie darunter anzuziehen versuchte, und selbst wenn ihre Mutter ihr vor dem Stricken die Wolle zur Auswahl vorgelegt, sie sie an der Halsbeuge gerieben und ausprobiert hatte, kam nach dem Stricken doch immer wieder etwas Kratziges heraus. *Reizend*, sagte sie stets, wenn sie ein solches Geschenk bekam, und wie sie das meinte, wusste nur sie selbst. Heimlich hatte sie die Pullover an Freundinnen verschenkt, hatte nur wenige behalten, die sie immer dann anzog, wenn die Mutter vorbeirutschte, sie zu besuchen. Sie litt an schlechtem Gewissen und hielt ihren Schrank fest verschlossen, den Schlüssel trug sie gewohnheitsmäßig meist in der Hosentasche mit sich herum. Ihre Mutter hatte ihr sogar ihre Strickmaschine geschenkt, ein altes Ungetüm, das lange Zeit unbeachtet im Winkel zwischen Kleiderschrank und Wand dahindämmerte. Sie hatte das Maschinenstricken aufgegeben, als ihre Sehkraft nachließ und es ihr zu mühselig wurde, den Faden um die Häkchen zu schlingen für einen Maschenanschlag. Dafür strickte sie nun umso wilder mit der Hand und sogar so, dass es den Kindern ganz gut gefiel. Manchmal gaben sie ein Modell in Auftrag, und hatte nicht auch ihr Jüngster neulich bei der Oma einen Yu-Gi-Oh-Pullover bestellt? Den diese ihm mit Sicherheit stricken würde? Sie lächelte, hatte ein langärmeliges Angora-Unterhemd unter den Pullover gezogen und sah sich flüchtig im Spiegel – ein rosa Flauschdrachen mit Fledermausärmeln.

Als sie die Werbung in Augenschein nahm, die sie unten aus dem Briefkasten genommen hatte, kam ihr ein kleines rotes Zettelchen unter, das eine Schrottabfuhr versprach, und als sie auf das Datum sah und feststellte, dass es um den heutigen Tag ging, musste sie an die alte Maschine denken. Sie holte sie hervor. In einem Karton oben auf dem Schrank war das Zubehör verstaut worden, verschiedene Deckernadeln, Kämme und Gewichte. *Intarsienschloss* las sie auf einem kleineren Kästchen, das, als sie es öffnete, ein undefinierbares Etwas enthielt. Das Wort aber gefiel ihr. Ihre Vorstellungen von einem Intarsienschloss ließen nicht lange auf sich warten, sie sah kunstvoll gearbeitete Holztüren zu einem Thronsaal, dessen Wände und Decken mit exzellenten Einlegearbeiten versehen waren. Lächeln musste sie auf einmal, und als sie die Maschinenteile sortiert hatte in reinen Schrott und solche mit Kunststoff, die sie gemäß verordneter Mülltrennung anderweitig zu entsorgen gedachte, glitten ihre Finger so selbstvergessen über die vielen kleinen Nadelhäkchen, dass sie sich auf einmal wunderte, noch nie gestrickt zu haben in ihrem Leben. Maschinenstrickgarn lagerte ganz unten im Kleiderschrank, unter den Röcken und Hosen, die ordentlich auf der Stange hingen. Als sie den Kasten durchsah, fand sie ein ganz passables Rot und schaute nach der Gebrauchsanweisung, die sie schon für den Papiermüll beiseitegelegt hatte. Zum Aufbau der Doppelbett-Maschine mit allen erdenklichen Teilen brauchte sie zweieinhalb Stunden, und als sie damit fertig war, schlief sie erschöpft ein.

Die Kinder kamen aus der Schule. Kein Mittagessen wartete auf sie und sie nahmen es nach einem vorsichtigen Blick ins Elternschlafzimmer selbst in die Hand, sich Nudeln zu kochen, deren Vorrat stets reichlich war. Sie aßen sie mit Butter und Maggi, etwas, was ihre Mutter nicht ohne längere Diskussion über die nötige Vollwertigkeit der Ernährung, über Vitamin- und Eiweißgehalt, wahrscheinlich aber gar nicht gestattet hätte – und waren froh. Aus dem

Tiefkühler holten sie sich zur Feier des Tages noch ein Eis, und hätte der Jüngste besser aufgepasst, wäre beim Schließen der Kühlschranktür nicht auf den Fliesen ausgerutscht und hätte sein lautes Geschrei zurückhalten können, so wäre sie womöglich erst zum Abendbrot wieder herausgekommen aus ihrer Höhle. So aber stand sie plötzlich mit *dicken Klüsen,* wie ihr Mann ihre vom Schlaf verquollenen Augen nannte, unter ihnen. Sofort hörte der Kleine auf zu jaulen und sah sie erfreut an, drückte seinen Kopf in ihren Schoß. Es war *wieder gut.* Sie setzte sich und nahm einen Teller Nudeln, die sie mit Ketchup versetzte. Für Butter und Maggi wären sie ohnehin schon zu kalt gewesen, obwohl sie überlegt hatte, sich heute den Freuden der Kinder einfach anzuschließen. Schließlich freute auch sie sich: darüber, dass die Kinder sich selbst bekocht und sie hatten schlafen lassen. Die Reden gingen wild durcheinander, zu groß die Mühe, sich hineinzufinden, sodass sie still ihren Gedanken hinterhersah, die sich wie kleine weiße Mäuse in den Fenstervorhängen verhakelten, hinaufkletterten auf die Gardinenleiste, ihr von dort einen Gruß schickten und dann durch das geöffnete Fenster davongingen. Ein schöner, kalter Tag. Ruhe ringsum. Das Häuschen, das die Mutter ihnen überlassen hatte, als sie in eine kleine Neubau-Wohnung zog, mit Fernheizung und Kochnische, lag inmitten einer vormaligen Gartenkolonie. Aufgrund der Grundstücksgrößen, die weit über das Schrebergartenniveau hinausgingen, war sie zum *Entwicklungsgebiet* deklariert worden, und rings um ihr kleines, altes Haus hatte man neue aus dem Geschiebemergel gestampft. Die Heizung hatten sie erneuern lassen, als sie noch beide in Lohn und Brot standen, zum Glück. Seitdem waren aber nun zehn Jahre ins Berliner Umland gegangen. Die Fenster waren allesamt undicht und verzogen, gehörten ausgetauscht. Die Fassade stand ungedämmt und in durchlöchertem Grau gegen den heute so blauen Himmel, und der Gartenzaun stammte aus den Anfangsjahren des vergangenen Jahrhunderts. Eigentlich ein schöner Drahtzaun, mit kleinen Flechtgittern und einem Tor, das sich in großem Bogen über den Eintretenden wölbte, aber auch er hatte eine grundlegende Reparatur nötig, war an vielen Stellen zu flicken, und die Pfosten, die das Geflecht hielten, mussten zum Teil ausgetauscht werden gegen neue. Eine Arbeit, die sie sich durchaus zutraute, sogar das Betonmischen war eine ihr nicht unbekannte Tätigkeit, aber wenn sie vormittags schlief und die Nachmittage den Kindern gehörten, blieb nicht viel Zeit. Sie seufzte. Sah den Gedanken zu, die wieder eintrudelten durchs Fenster. Aber sie machten keineswegs halt bei den Kindern, sondern liefen im Rudel hinaus aus der Küche, über den Flur hinein ins Schlafzimmer, wo die Strickmaschine aufgebahrt stand. Der alte Tisch war nun doch zu etwas gut, musste sie denken, so viele Male hatte ihr Mann ihn schon zerhacken wollen! Sie ging hinterher, nachdem sie die Kinder an ihre Hausaufgaben geschickt hatte, und schaute in der Anleitung nach, wie das Ungetüm zu bedienen war. Nach einiger Zeit waren die ersten Reihen gestrickt, in unterschiedlicher Festigkeit, die sie zum Probieren ein paar Mal neu eingestellt hatte. Sie staunte. Das rote Garn hatte sich in eine verblüffende Flächigkeit hineinbegeben, die unterschiedlich großen Löcher zwischen den Maschen verlockten zum Hindurchsehen. Schließlich drehte sie den Knopf in jene Einstellung, die das festeste Gestrick versprach, und begann, mit den Deckernadeln zu arbeiten, Zöpfchen über die ganze Breite zu flechten und ein Rechts-Links-Muster auszuprobieren. Am Ende hatte sie ein Stück gestrickt, das bei achtzig Zentimeter Breite beinahe drei Meter lang war, als sie nachmaß.

Eingekauft hatte sie nicht … Mit zwei Quadern H-Milch kochte sie Grießbrei, zu dem sie Zucker und Zimt auf den Tisch stellte und selbst gemachtes Apfelmus.

Ihr Mann kam übermüdet nach Hause, er arbeitete als Vertreter für einen kleinen Hersteller orthopädisch angehauchter Schuhe aus Westfalen und tourte in ganz Ostdeutschland herum, seine Sachen an den Mann oder die Frau zu bringen. Heute hatte er nur bis Cottbus fahren müssen und einige kleinere Schuhgeschäfte in den Städten und Städtchen auf dem Weg dorthin mitgenommen. Er schlief zu wenig. Auch wenn er morgens beschwingt ins Auto stieg, einen Firmenwagen der Marke Volvo, so kam er dennoch stets und ständig grau angelaufen nach Hause. Er war nun auch schon in der zweiten Hälfte der Vierziger angelangt, vielleicht forderte das Alter schon seinen Tribut? Ihrer Lust auf ihn tat das keinen Abbruch, und auch er konnte sich dem Reiz des Vertrauten in der Regel nicht entziehen, wenn er ihre nackten Brüste in seinem Rücken spürte oder ihren Hintern in der Schoßbeuge. Schön mit ihm, dachte sie und nahm einen weiteren Teller aus dem Schrank. Die zwei Liter reichten gerade so, sie selbst nahm nur ein, zwei Löffelchen.

Eine Runde Kniffeln war angesagt. Dieses Spiel zu sechst anzugehen forderte einige Geduld, die die Kinder aber mit Begeisterung aufbrachten. Als sie endlich in Reih und Glied, gewaschen und mit geputzten Zähnen vor ihnen standen, um ihnen eine gute Nacht zu wünschen, da wurden sie und er wieder einmal regelrecht gebeutelt von ihren Elterngefühlen, von Mutterstolz und Vaterdemut, dass er sich sogar ein Tränchen aus dem Augenwinkel wischen musste und ihr, als die Kinder im Bett waren, bedeutete, dass er sie so gerne hatte, und sie küssten sich und rollten über den Fußboden, von dem sie sich nicht eher erheben konnten, als bis sie fürs Erste fertig waren.

Er stieß sich beim Aufstehen am Versatzhebel der Strickmaschine, es war dunkel im Zimmer, und fluchte. Sie aber lachte über sein Hörnchen und holte aus der Küche den Wetzstahl, der kalt genug war, ihn aufzupressen. Als sie wenig später ins Bett gingen, öffnete er eine Flasche Weißwein, sie tranken. Es war nach Mitternacht, als sie fürs Zweite fertig waren. Nun fluchte sie, als sie daran dachte, dass sie in zwei Stunden aufstehen musste, legte sich auf die Seite und schlief ein. Ihre Füße waren im Schlaf zwischen seinen Beinen verkeilt.

Der Wecker holte sie unsanft aus den kurzwelligen Träumen, deren Perioden einander sehr schnell ablösten, sodass sie ihnen nicht bis ins Wachsein folgen konnte. Einen Kuss gab er ihr, ehe sie sich's recht versah, und während sie wie immer seinen Beinhaaren beim Aufrichten zusah, als sie die Decke Stückchen um Stückchen heraufzog, fiel es ihr ein: Sie würde ihn bestricken! Einen Ganzkörperstrampler stellte sie sich vor, aus weicher, roter Wolle gestrickt, mit Zöpfen und Lochmustern und zwei kleinen Fädchen, die unten herausschauten und an denen man ziehen musste, um ihn aufzutrennen! Für den Moment verursachte die Vorstellung des wachsenden Garnknäuels, das dabei entstand, ihr ein wenig Übelkeit, es rauschte in den Ohren und sie musste einen Moment lang auf der Bettkante sitzen bleiben. Dann aber sprang sie auf und machte sich an ihr Tagwerk, das von nun an einen so ganz anderen Verlauf nehmen sollte: Kaum hatte sie die Zeitungen ausgetragen, setzte sie sich an die Strickmaschine. Es war nicht leicht, sich mit den Ab- und Zunahmetechniken vertraut zu machen, und zum Rundstricken brauchte sie eine ganze Woche. Dann aber nahm sie es frohgemut in Angriff, begann oben, strickte einen Schlauch, den sie im vermeintlichen Schritt in zwei Schläuche teilte, dezent abnahm, so, wie sie sich seine Beine eben vorstellte, wenn er nicht zu Hause war, und schloß unten ab. Einen Zwickel hatte sie nicht eingearbeitet. In Höhe der Schultern wurden vier handgeflochtene Zöpfe zum Zubinden angenäht, die übrig bleiben würden beim Auftrennen. Nun fieberte sie seinem Geburtstag entgegen.

Die Kinder hatten, da er auf einen Sonntag fiel, ein Frühstück für ihn vorbereitet. Schinken und Eier, rote und gelbe Marmelade, Pflaumenmus und Honig – sie mussten ihr Taschengeld zusammengelegt haben. Sogar eine Flasche Schaumwein lag im Kühlschrank. Sie warteten auf ihre Mutter, die heute gegen neun Uhr von ihrem Job kommen würde, und brühten pünktlich den Kaffee auf, setzten sich dann vor den Fernseher. Sie hatte nichts anderes für ihn als den roten Strampler, traute sich aber nicht, ihn vor den Kindern auspacken zu lassen und hielt, als sie nach Hause kam, das Paket mit bittendem Blick fest. Er verstand. Sie schickten die vier zur Feier des Tages ins Vormittagskino, nachdem sie lang und ausführlich gemeinsam gefrühstückt hatten. Als er das Päckchen auspackte, schaute er ungläubig und verwundert, sie aber lächelte und zog ihm, er war noch im Bademantel gewesen, den Strampler an. Verknotete die Zöpfe über den Schultern. Sprachlos vor Entsetzen sah er an sich herunter und erstarrte, als er in die Spiegelschranktür blickte. Sie gebot ihm mit drängender Geste, sich doch hinzulegen, und begann, zunächst das Fädchen der linken Fußspitze zu lösen und mit dem Auftrennen zu beginnen. Langsam, sehr langsam, löste sich Reihe um Reihe. Es war, wie sie es vorausgesehen hatte: Die Lust auf ihn nahm unaufhaltsam mit der Größe des Knäuels in ihren Händen zu. Für das rechte Bein begann sie ein neues, und auch beim Oberteil setzte sie noch zwei kleine Pausen in ihr Begehren, indem sie bei null anfing. Mit dem Gestrick löste sich seine anfängliche Bestürzung, es machte ihm zunehmend Spaß, ihren Händen beim Wickeln zuzusehen und gleichzeitig etwas zu spüren, was sich ein Stück entfernt von diesen Händen abspielte. Beinahe schien es ihm, als züngelte ein Schlänglein um seine Waden, seine Oberschenkel, als leckte ein Knäckerchen, während er auf Knien vor ihr lag, in Runden um Hintern, Bauch und Brust, und als sie die Wolle schließlich weglegte, sie tat es still, mit größtmöglicher innerer Anspannung, da brach es aus ihm heraus: Er griff ein Knäuel und begann, den Faden langsam um ihren Leib zu knoten. Sie stand auf, ließ sich die Beine einzeln, die Arme fest an den Körper wickeln. Zum Schluss schaute ihr Kopf wie der einer Mumie aus einer roten Hülse, sie schloss die Augen, und in der Unmöglichkeit, sich weiter zu bewegen als auf ihr Bett, fieberte sie ihm entgegen. Spürte ihn schließlich scharf. Kurz vorm Zenit, in dem sie zur gleichen Zeit anlangten, war ihr für einen Moment, als verwirbelten sich zwei Gärungsprozesse und schössen zu erneutem Anlaufen empor, aber vor ihrem inneren Auge bewegten sich auf einmal die Nadelhäkchen im Strickschloss, auf und ab, auf und ab, und in der tackernden Rhythmusschaukel schwanden ihr schließlich die Sinne …

EIN TAG, EIN KNOPF ...

Wie lange eigentlich schon die Tage in diesem einheitlichen Grün an ihr vorüberzogen, wusste Reni Pizolla gar nicht, als sie beschloss, einen von ihnen beiseitezunehmen, sich ihn vorzunehmen, vorzuknöpfen, ihm die Knöpfe zu öffnen, wirklich goldglänzende Knöpfe, die jeder Uniform Ehre machten, und schließlich hatten sich die Tage nicht auf ihren Befehl zusammengetan zu einer einzigen großen Armee von Tagen, immergrün, in ununterbrochenem Stechschritt, dass sie sich nicht besonders schuldig fühlen musste, wenn sie einen von ihnen aus der Truppe heraus verführte, aus dem Tritt brachte, ihm vielleicht einfach nur etwas anderes, Andersfarbiges anziehen wollte danach, wenn sie fertig geworden war mit ihm. Reni Pizolla saß auf einem Aluminiumstuhl an einem Holztisch. Vor ihr auf dem Tisch ein gelber Plastikpudding. Reni Pizolla kannte sich mit Plastikpudding besser aus als mit Uniformen, eigentlich, ein ganzes Heer von Puddingpackungen hatte sich in ihrem Kühlschrank in Stellung gebracht, aber die bewegten sich nur, wenn Reni sie bewegte, wenn sie eine von ihnen herausnahm, den Foliendeckel abzog, den Löffel hineinsteckte, der im Übrigen immer ein Plastiklöffel war, oder wenn sie eine ganze Stiege von ihnen aus dem Verkaufsregal zog und in ihren Wagen stellte, den Wagen zur Kasse fuhr und ihn nach dem Bezahlen in den Kofferraum ihres Autos entleerte. Wenn sie die Stiege dann spazieren fuhr, immer über einen kleinen Umweg, nie zielgenau geradlinig auf ihren Kühlschrank zu, nie, ohne zuvor noch eine Zeitung und eine Schachtel Zigaretten und einen der vielen ganz besonderen Schlüsselanhänger mitzunehmen, die es im Kiosk zu kaufen gab. Von den Puddingpackungen hatte sich Reni Pizolla niemals bedroht gefühlt, während die immergrünen Tage ihr zunehmend Angst zu machen begannen. Den nächsten, hatte sie also beschlossen, als der Pudding in ihren Magen hinabglitt, würde sie zur Desertion zwingen, und das wollte gut geplant sein.

Zunächst einmal musste sie ihre Scheu überwinden, Knöpfe zu öffnen, die sich nicht an ihrer eigenen Kleidung befanden. Reni Pizolla suchte sich ein schönes, schummriges Café zum späten Vormittag aus, wählte einen Tisch unweit der Garderobenleiste am Ein- und Ausgang, bestellte sich einen Einspänner und las Zeitung. Öffnete die Zigarettenschachtel. Knüpfte den Hausschlüssel, den Fahrradschlüssel, den Schuppenschlüssel, den Kloschlüssel, den Briefkastenschlüssel und den Autoschlüssel an einem niedlichen Schaf auf, aus dessen Augenhöhlen, quetschte man den elastischen Bauch, Silikonaugen in Himbeergröße austraten. Sie probierte das einige Male. Immer zogen sich die Augen sofort zurück, wenn sie den Bauch des Schafes losließ, das selbst die Größe von vielleicht fünf durchschnittlichen Himbeeren hatte. Reni Pizolla fand das sehr lustig. Das Schaf als Schlüsselanhänger löste ein ebenfalls fünf Himbeeren großes Hündchen ab, aus dessen After, quetschte man den elastischen Bauch, eine braune Silikonwurst vom Volumen etwa drei pürierter Himbeeren austrat. Der werdende Haufen zog sich sofort zurück, ließ man den Hundebauch los. Ob sie das Spiel liebte, wusste Reni Pizolla nicht genau. Das arbeitslose Hündchen stellte sie mitten auf den Caféhaustisch, neben den Aschenbecher, das Schaf mit den sechs Schlüsseln ließ sie in die Handtasche fallen.

Die Einspännersahne konnte sie ohne Weiteres genießen, während der mit Alkohol versetzte Kaffee sie daran erinnerte, dass sie nicht etwa seinetwegen hergekommen war. Auf ihrer Suche nach fremden Knöpfen kam sie aber nicht weit. Ihr Blick blieb an zwei halbwüchsigen Mädchen hängen, die an einem der entfernteren Tische Eis löffelten. Sicher schwänzten sie die Schule. Die Wimpel ihrer Röckchen (Gummizug in der Taille) flatterten in der Zugluft, die zwischen Eingang und Küche ihr Wesen trieb. Reni Pizolla war fünfundvierzig Jahre alt und auf vermutlich vorbestimmte Weise kinderlos geblieben, aber sie erinnerte sich, dass sie selbst solche Fähnchen einst gern getragen und ihr Vater ihr das ebenso gern verboten hatte. Halbmast, sagte er, und sie wusste, dass sie die Röcke um mindestens zehn Zentimeter zu verlängern hatte. Manchmal war es möglich gewesen, den Saum auszulassen. Meist aber hatte sie ein farblich passendes Stück eines anderen Stoffes ansetzen müssen, was den Röckchen leider die erhoffte Flatterhaftigkeit nahm. Neid kroch Reni Pizollas Waden hinauf bis zum Saum eines schweren, blauen Faltenrockes, der über ihre immer noch spitzen, beweglichen Knie einfach hinwegzugehen schien wie über eine lästige Wahrheit.

Der Kaffee war eindeutig zu streng geraten. Reni rief nach der Kellnerin und orderte einen Eisbecher mit Himbeeren, während sie das abgestellte Hündchen nun wieder zur Hand nahm und knetete. Diesen Tag hatte sie immerhin schon so weit aus der vorüberziehenden Truppe lösen können, dass er sie ins Café begleitete! Im Überschwang ersten Erfolges sprang sie auf und knöpfte der davontrottenden Kellnerin die knappe, im Rücken zu schließende Bluse im Nacken auf. Den Übergriff rechtfertigte sie mit der entsetzt vorgebrachten Mitteilung, soeben habe sich eine Wespe hinter dem linken Ohr der Frau niedergelassen und sei beim abrupten Richtungswechsel auf den Bartresen durch die Halsöffnung der Bluse ins Innere gestürzt, womöglich sei sie erst vom Rockbund der Kellnerin aufgehalten worden und unter Umständen dabei, einen Einstich in die Kreuzbeinregion vorzubereiten, was bekanntlich besonders schmerzhaft sei, und während sie dies aussprach, griff Reni Pizolla der Kellnerin tief in die Bluse, spürte dem Insekt nach, öffnete auf Drängen der Kellnerin den BH und tastete die von Leberflecken und Aknenarben profilierten Areale gründlich ab. Schließlich schrie sie auf, schloss die Hände zu einer Kugel und beförderte die vermeintliche Beute ihrer Aktion im Eiltempo an die Luft vor der Tür. Als sie zurückkam, Atemlosigkeit vortäuschend oder aber tatsächlich atemlos staunend über die eigene Courage, hatte sich die Kellnerin hinter die Kasse verzogen, wo sie einigermaßen unbehelligt den BH verschließen konnte. Die Kellnerin staunte auch, staunte über den entschlossenen Zugriff der Kundin wie über ihr eigenes Drängen, sich den BH öffnen zu lassen. Das war neu. Das war ungewohnt an solchen und anderen Tagen, von denen sie ja nicht wissen konnte, dass sie Reni Pizolla als ein uniformiertes Heer erschienen. Reni Pizolla setzte sich wieder an ihren Platz, griff das Silikonschaf und drückte ein paar Mal die Augen heraus, ehe so etwas wie Besinnung in sie einkehren konnte und sie zu bedenken begann, was nun zu tun sei. Es war schön gewesen, der Kellnerin an die Wäsche zu gehen. Augenblicklich kehrte Schüchternheit in sie ein und verleidete ihr das erneute Ansprechen der Kellnerin mit der Bitte um einen etwas weniger herrischen Kaffee, etwas mehr süße Sahne. Verleidete ihr außerdem, der Kellnerin in die Augen zu schauen, was die aber nun erwartete, sodass, wer die beiden Frauen beobachtete, ein wechselseitiges Auflauern spürte: Reni Pizolla schaute der fremden Frau stetig hinterher, sie aber nie an, und die fremde Frau wartete auf ein lautes Zeichen aus Reni Pizollas Augen, ihrem Mund – was immer für ein Körperteil sich zu solchem Zeichen anbot. Der dunkelblaue Rock steckte die Flecken locker weg, die Reni Pizolla ihm beim Trinken zufügte und schloss sich noch enger um ihre Knie, als hüte er einen Schatz. Den hatten exakt drei Männer zu heben versucht, waren aber jämmerlich gescheitert. Die Erinnerung daran kam jetzt sehr plötzlich aus ihrem Versteck, und Reni Pizolla musste laut auflachen, als sie den Männern in die Gesichter sah. Da war Harald, der Computerexperte, den sie kennengelernt hatte, als sie selbst noch Sachbearbeiterin gewesen war. Eine viel zu hohe Stirn lag mit viel zu kleinen Augen in dauerndem Streit über die Dominanz in diesem Gesicht, das darum alle Aufmerksamkeit auf Nase und Mund lenkte und keinen Augenblick Gelegenheit gab, ruhigen Blickkontakt zu versuchen. Auch Reni hatte ihn nicht versucht und sich nach einer halben erfolglosen Nacht eilfertig von Harald verabschiedet, was ihr noch heute als Erlösung erschien. Der zweite war Mühlemann gewesen, ihr Chef, als sie schon als Packerin im Supermarkt gejobbt hatte. Mühlemann mit den verschwitzten Blicken, rostroten Backen, den filzigen Bewegungen und der alles übersteigenden Euphorie, wenn ihm ein weibliches Opfer ins Netz gegangen war! Als solches hätte sich Reni beinahe erweisen müssen, wäre ihr nicht in den Sinn gekommen, eine Mehltüte zu öffnen und Mühlemann – in schöner Anlehnung an seinen grandiosen Namen – ins Gesicht zu stäuben, als er nach ihr zu fingern begann. Den Job hatte sie am nächsten Tag nicht mehr. Und der dritte Versuch des Schatzhebens lag an Hirschel, ihrem langjährigen Nachbarn, dem vor Kurzem die Frau weggelaufen war. Der vor Kurzem Reni um die Gesellschaft eines Abends gebeten hatte. Der vor Kurzem auf

Kondome zu sprechen gekommen war und Reni Pizolla einige davon gezeigt hatte, und dem sie vor Kurzem beinahe einen Einlauf gemacht hätte deswegen, wie sie sagte. Ach, das Schatzheben.

Reni Pizollas kurzes Auflachen stieß in den Hals zurück mit feister Faust, dass sie sich verschluckte. Ihre Handteller rieben sich aneinander, ein Liebespaar. Reni Pizolla war auf einmal sehr froh, dass sie hier sein durfte. Ihre Augen schienen plötzlich gelackt im Angesicht der Kellnerin, die nun nicht länger auf ein Zeichen zu warten hatte. Dieser Blick war Gebot genug, und sie sprang aus den Schienen alltäglicher Routine. Knüpfte ihre Kellnerinnenschürze ab, drehte sich zu Reni Pizolla um, nahm ihren Arm, schritt gemessen aus der Tür des Lokals, ohne sich um andere Gäste zu kümmern und suchte das Weite, das in Renis Augen lag. Sie liefen ein langes Stück schweigend nebeneinander her. Reni knetete das Silikonschaf mit der linken Hand, während die rechte sich in die der Kellnerin verhakelte, die ihr immerzu in die Augen schauen wollte. Das misslang, denn Reni sah auf ihre Fußspitzen beim Laufen. Unversehens waren sie vor ihrer Haustür gelandet, sie straffte sich, ihr kamen die uniformierten Tage wieder in den Sinn, dessen einen sie zur Desertion hatte zwingen wollen, und dass sie das mit Hilfe einer Frau vollziehen könnte, war gar nicht zu glauben. Sie sah der Kellnerin nun doch in die Augen. Deren Miene schien verduselt, sie saugte, saugte mit ihrem Blick an Renis Kräften, die Minute für Minute wuchsen, und als sie die Tür zu ihrer Wohnung aufgeschlossen hatten, zog Reni mit herrischer Geste eine ganze Stiege gelben Plastikpudding aus dem Kühlschrank. Sie hippelten, jieperten danach, öffneten erst eine, dann eine zweite Packung, tropften sich das Zeug wechselseitig in die Münder, küssten es sich von den Wangen, aus dem Bauchnabel gar, als sie die

Blusen beiseitegeschoben, dann ausgezogen hatten, und Reni wusste, dass das Schatzheben ganz leicht sein würde, flatterig wie ihre frühen Röckchen, und sie sah im Auftosen das Heer der Tage untergehen, zerfallen wie eine besiegte Armee. Einer von ihnen saß später in Renis Küche, am Leib die Kleider der Kellnerin, die neben ihr auf dem Boden lag und rauchte, und ein goldglänzender Knopf sprang plötzlich über die Dielen.

WARUM WEINEN SIE MITTWOCHS?

An einem Montag im Mai wurde ich vom Gewitter überrascht. Der schwarze Schirm schlug um, klappte nach oben. Sturm war aufgekommen, zerrte an meinen Gedanken, sodass ich plötzlich nicht mehr wusste, wo sie eben noch festgemacht hatten. Stattdessen versuchte ich, den Schirm zu schließen. Regen fuhr mir zwischen Haar und Kapuze. Als ich mit Mühen das Ding im Rucksack verstaut hatte, gerade wieder aufblicken und die Augen mit einer erschöpften Kopfbewegung von links unten nach rechts oben schicken wollte, sah ich sie: rammende Stampflinge. Sekundenbruchteile später den Körper, das Gesicht dazu. Es waren Sophie Rammenaus Beine, die Fesseln kaum weniger umfänglich als die Waden, das heißt, Fesseln kaum erkennbar. Nomen est omen, fuhr es mir durch den Sinn. Sophie Rammenau hatte ich jeden Tag gesehen, nicht aber ihre Beine. Sie trug stets bodenlange Röcke, und was die Beine darunter taten, ging mir nun schlagartig auf: Sie versteckten sich.

Ich grinste.

Sie grinste zurück.

Wir meckerten. Über das Wetter, den Straßenzustand, die Autofahrer, den langen Weg zur Bushaltestelle. Das dauerte. Unterdessen hatten wir uns in Bewegung gesetzt. Als es vorbei war, wussten wir nichts zu sagen. Ich sah Sophie Rammenau verstohlen von der Seite an, was, unter der Kapuze hervor, unbemerkt blieb. Eigentlich staunte ich, eine herbschöne Frau. Der Regen hatte ihre grau durchfingerten Locken gebändigt, zum Glück war sie ungeschminkt. Der Rock erreichte nach jenen Windstößen wieder zipfelnd die Bodenkante. Ihr Oberkörper war schmal, ja, zierlich, und als zierlich hatte ich sie auch wahrgenommen bislang. Nun, da ich ihre Beine gesehen hatte, kannte ich sie besser, glaubte ich. Schweigend näherten wir uns der Haltestelle. Ich wusste, wo sie hinwollte. Sie wusste, dass ich es wusste.

Im Bus saß ich neben ihr. Mir war nach einer Zigarette, als ich sie roch. So nahe, roch sie mich sicher auch. Das Schmieröl …

Ich arbeitete seit Mitte der Neunzigerjahre in der Autowerkstatt, die zur Tankstelle Ridbacher Straße gehörte. Mein Arzt hatte mich an jenem Tag vorgeladen, weshalb ich erst mittags hinfuhr, und Sophie Rammenau, meine Nachbarin, hatte dasselbe Ziel. Nein, nicht die Autowerkstatt, sondern die ebenfalls der Tankstelle angeschlossene Gaststätte. Dort aß sie zu Mittag. Jeden Tag.

Angekommen, wünschte ich ihr einen guten Appetit und verabschiedete mich.

Sicher wäre es bei dieser lauen Art der Bekanntschaft geblieben, wenn ich nicht ihre Beine gesehen hätte. Von da an verfolgten sie mich. Brachten, dachte ich, den Fliesenboden so mancher Bäckerei zum Beben. Den schwanken Steg, der das Unfallklinik-Gelände über die Wuhle hinweg in die Landschaft band. Das Parkett des Kinosaals im kleinen, »Kiste« genannten Club, in den ich Sophie Rammenau gern einmal eingeladen hätte. Wenn ich mich aber umdrehte, war es jedes Mal ein schwerer Mann, den ich als Urheber des Bebens ausmachen musste. Meist seufzte ich laut auf. Stellte mir vor, wie und wo die Beine endeten. Weit und breit kein Sturm, der an meinen Gedanken gezerrt hätte, obwohl ich mir das nicht selten wünschte in diesen Situationen.

Ich begann, nach Informationen über Sophie Rammenau zu fahnden. Zu diesem Zweck lud ich mir Frau Hiebsch zum Tee. Frau Hiebsch wohnte über mir. Sie war als Erste, noch am Übergabetag des Wohnblocks, hier eingezogen. Das lag mehr als zwanzig Jahre zurück. Frau Hiebsch war in meinem Alter, also bereits jenseits der fünfzig angekommen. Das wasserstoffblonde Haar trug sie in einer Art Dutt, der der Generation ihrer Mutter angemessen gewesen wäre, wenn ich es mir recht überlegte. Jedenfalls hatte meine Mutter in den Sechzigern solch eine Frisur getragen. Zwar nicht blondiert, weil sich das mit ihrer Auffassung von Natürlichkeit nicht vertrug, aber ebenso stark toupiert. Frau Hiebsch setzte sich mit ihrem viel zu kurzen Rock auf die Kante meines Sofas und wartete. Ich goss ihr Tee ein und gab, was mir wichtiger war, einen guten Schuss Rum hinzu. Drei, vier Tassen lang verplänkelten wir nichts als Zeit, ehe ich wie zufällig auf Sophie Rammenau zu sprechen kam. Die Hiebsch rückte mir auf die Pelle und erzählte, dass Sophie früher mit einem Herrn Rammenau verheiratet gewesen wäre. Den hätte der Wind hergeweht. Eines schönen Sommertages Mitte der Achtziger habe er am Morgen schlafend vor Sophies Wohnungstür gelegen. Schwarze Lederjacke, dunkler Bart, altertümliche Leinentasche, keine Schuhe. Sie hätte ihn als Erste gesehen und Sophie herausgeklingelt, die verschlafen an die Tür gekommen wäre. Gemeinsam hätten sie ihn in die Wohnung *badalcht*. (Die Wortwahl erlaubte Rückschlüsse über den ungefähren Heimatort von Frau Hiebsch, den ich im heutigen Sachsen-Anhalt vermutete.) Tja, was dann geschehen sei, wisse sie nicht, jedenfalls hätte Sophie den Herrn Rammenau etwa drei Wochen danach geehelicht. Ihr wäre das komisch vorgekommen, denn Sophie war eine strenge Studierte, eine Kunstwissenschaftlerin, die im Bodemuseum arbeitete und vorher in Dresdens Kupferstichkabinett angestellt gewesen sei. (Immer ganz züchtig, ganz langberockt und mit straff gebündeltem Haar.) Unkonventionell sei das vonstattengegangen, ohne Gäste und Aufhebens, einfach so an einem Mittwoch im Mai. Sie wüsste das noch so genau, weil sie mittwochs immer ihre Kinder auf Besuch bekommen habe, die beim Vater lebten. Einfach geklingelt hätten die beiden, kichernd wie die *Tienäitscher*, und sich als Sophie und Peter Rammenau vorgestellt. Und weitere drei Wochen später sei Rammenau verschwunden gewesen.

Hui, was war das für eine Geschichte!

Ich fertigte die Hiebsch schneller ab, als sie erwartet hatte, und setzte mich für den Rest des Abends in meinen Ohrensessel. Draußen beruhigte sich der Verkehr, es wurde leiser, die Lichter der Autos, die das Wohnzimmer bei Anbruch der Nacht noch in schneller Abfolge durchstreift hatten, vereinzelten. Spät ging ich schlafen, hatte den Rum nicht allein lassen können, sondern ihm noch eine halbe Flasche Rotwein zugesellt. Die andere halbe Flasche leerte in meiner Vorstellung natürlich Sophie Rammenau, sodass ich am nächsten Morgen zunächst dummdröselig dreinschaute.

In den kommenden Wochen nutzte ich jede Gelegenheit, etwas über sie zu erfahren. Die Nachbarn staunten über meine plötzliche Redseligkeit, die so gar nicht zu ihrem Bild von mir passte. (Zu meinem übrigens auch nicht.) Vom alten Weidler erfuhr ich, dass Sophie eine Fehlgeburt gehabt hätte nach dem Verschwinden ihres Mannes. Seine Frau, damals Schwester in der Klinik, hätte ihm das erzählt. Herr Kormann sprach von der Arbeitslosigkeit, die eine selbst verursachte gewesen wäre, weil sie nach der Wende ganz Deutschland mit ihrem Ersparten durchqueren und ihren Mann hatte suchen wollen. Sie hätte gekündigt und natürlich nicht wissen können, dass zwei Jahre später nicht daran zu denken gewesen sei, einfach wieder in den Beruf einzusteigen. Schließlich war die Wende die wirkliche Wende gewesen! Frau von Hof, die die Nase für gewöhnlich höher trug als die Stirn, berichtete hinter vorgehaltener Hand, dass der Mittwoch Sophies Weintag sein müsse. Schließlich liege ihr Wohnzimmer neben dem von Sophie, und von Schallschutz hätten die damals ja wohl ohnehin nicht viel gehalten. Auf meinen fragenden Blick lachte sie hoch auf, errötete: Sie meinte natürlich nicht den Tag des Weines, sondern des Weinens. Sophie weine jeden Mittwoch von 22–23.30 Uhr, das wisse sie ganz genau. Und glaubte ich es nicht – nun, wenn ich eine weibliche Person zu ihrer Sicherheit mitbrächte, dürfte ich mir das am nächsten Mittwoch von ihrem Wohnzimmer aus anhören.

Tatsächlich bat ich die Kleine, die in der Tankstelle sonntags an der Kasse stand, mitzukommen.

Am Mittwoch standen wir beide pünktlich vor Frau von Hofs Wohnungstür. Leise, um Sophie keinen Anhalt für unseren Besuch bei ihrer Nachbarin zu geben, klopften wir und wurden eingelassen. Wir setzten uns, Frau von Hof hatte sogar einen kleinen nächtlichen Imbiss vorbereitet und Flaschen mit Bier, Saft und Selters auf dem Beistelltisch deponiert. Wir griffen zu. Ich hatte mir ein Bier geöffnet und wollte gerade in ein Hackepeterbrötchen beißen, als es tatsächlich losging. Es erinnerte stark an das Geräusch einer Ralle, was da zu hören war: hohe Kratzlaute, von gluckernden Tieftönen unterbrochen. Von der Betonwand tatsächlich nicht zu schlucken. Ich fragte Frau von Hof, ob sie Sophie Rammenau darauf angesprochen habe, aber sie verbat sich das energisch und setzte hinzu, sie werde sich doch nicht um anderer Leute Rituale scheren. Und außerdem: Wenn sie den Fernseher anmache, sei es kaum noch zu hören! Zum Beweis schaltete sie irgendwann die Tagesthemen ein.

Ich war ratlos. Bat die Kleine, niemandem davon zu erzählen und händigte ihr 20 Euro aus für ihre Hilfe.

Sophies Beine blieben. Wenn ich die Augen schloss, waren sie da, und wenn ich sie wieder öffnete, verschwanden sie nicht sofort. Ihr Weinen hörte ich allenthalben, zwischen dem Starten und Absaufen eines Motors oder abends in meinem Ohrensessel, wenn die Lichter weniger wurden. Dazwischen sah ich sie, immer mittags, durch die oben gelegenen Fenster der Werkstatt zum Restaurant schlendern und eine Stunde später zurück zur Bushaltestelle.

Bis es mir reichte: Das reichte mir nicht!

Am Donnerstag vor zwei Wochen aß ich nicht meine mitgebrachten Schnitten, sondern ging ins Restaurant. In Arbeitsklamotten wollten sie uns da nicht sehen, also hatte ich mich richtig angehübscht. Ich setzte mich zu Sophie an den Tisch.

Warum weinen Sie mittwochs?

Sie sah mich an, lachte dann los. Es klang genauso wie an jenem Mittwoch, nur dass jetzt keine Betonwand zwischen ihr und mir stand. Prustend fand sie keine Worte, stieß dann aber hervor, Mitglied eines Lachclubs zu sein und immer am Mittwochabend, wenn die anderen im Haus hoffentlich schon schliefen, zu den häuslichen Übungen anzusetzen. Ihre Arbeitslosigkeit, von Kursen und diversen Maßnahmen unterbrochen, sei seitdem einfach lächerlich für sie. Das sei ein besserer Zustand als vorher, da nicht nur die Ungewissheit über das Schicksal ihres Mannes sie am Lachen gehindert hatte … Lachtränen rollten aus ihren Augenwinkeln.

Vier Stunden später war mein Dienst zu Ende. Ich klingelte an ihrer Wohnungstür. Sie ließ mich ein. Zum langen

Wickelrock trug sie ein schwarzes Trägerhemdchen, das ihre schönen, zierlichen Arme für den Moment ins Zentrum meiner Aufmerksamkeit rückte. Sie bat mich herein, nahm mir die Rosen ab, die ich an der Tankstelle gekauft hatte und noch immer, in Papier eingeschlagen, in der Hand hielt, wickelte sie aus und stellte sie ins Wasser. Als sie an mir vorbeistrich, um voranzugehen, kam sie mir sehr nahe in der Enge ihres kleinen Flures. So nahe, dass ich ihr den Rock von den Hüften wickelte. Beim Anblick ihrer Beine wusste ich, wo sie hinwollte.

Und sie wusste, dass ich es wusste.

FRAU YPSI UND HERR LON

Frau Ypsi trug eine Flotte Lotte vor sich her, als sie die Zeitung entdeckte, die da im Papierkorb vor sich hin dümpelte und das Datum des heutigen Tages trug. Frau Ypsi konnte das genau erkennen, denn auf ihrer Nase saß die Fernsichtbrille, als sie vorbeiging. Sie sah sich verstohlen um, und als kein Mensch in der Nähe zu sehen war, der hätte Anstoß nehmen können an ihrem Verhalten, eine gebrauchte Zeitung aus einem städtischen Papierkorb hervorzukranschen, tat sie es. Stopfte sie einhändig in ihre Umhängetasche, denn die andere Hand war ja von der Flotten Lotte okkupiert; die steckte in einem Pappkarton, um den die Verkäuferin einen Strick gewickelt und zu einer Schlaufe verknotet hatte. Frau Ypsi trug die Schlaufe ums Handgelenk. Sie kaufte sehr gern im Haushaltwarengeschäft Mayer ein. Dass dort noch Stricke um die Verpackungskartons geknotet wurden, löste immer eine eigenartige Welle des Erinnerns in ihr aus, die sich, nachdem sie sie durchrauscht hatte, in konzentrischen Kreisen fortsetzte. Sie wurde zu deren Mittelpunkt und sah, wie die Gegenstände in ihrer Umgebung beinahe unmerklich abhoben und wieder aufsetzten. Auch eine Gänsehaut überzog sie in Wellen. Sie sah sich mit ihrer Mutter am Verkaufstisch des Mayer-Ladens stehen. Fünfzig Jahre war das jetzt her. Die Mutter hatte schließlich einen Karton mit einer Flotten Lotte nach Hause getragen, für die sie ein Weilchen gespart hatte. Letzte Woche, mehr als zwanzig Jahre nach dem Tod der Mutter, war diese Flotte Lotte entzweigegangen, eine vernietete Stelle hatte sich aufgetan und das Gerät unbrauchbar gemacht, sodass sie nun eine neue gekauft hatte. Ein Weilchen gespart hatte sie auch, denn es war eine Marken-Flotte-Lotte aus Edelstahl und nicht so ein billiges Ding, das nach fünfmal Abwaschen die ersten Roststellen zeigte.

Eine Tageszeitung hielt sie sich nicht mehr, seit sie arbeitslos war und, wie sie ahnte, bleiben würde, bis ihre Rente sie erlöste. Aber das waren noch mindestens sieben, acht lange Jahre, und manchmal, wenn sich im städtischen Papierkorb eine Zeitung zeigte, griff sie schon zu, um sich ein schönes Kaffeestündchen zu machen. Das tat sie an solch einem Tage zwischen fünf und sechs. Sie hatte sich genau ausgerechnet, wie viel Kaffee sie verbrauchte, wenn sie morgens zwei Tassen trank – und hatte es aufgegeben. Der Blutdruck musste als Argument herhalten, doch den kannte sie gar nicht, denn so oft ging sie nicht zum Arzt. Am späten Nachmittag aber, wenn solch ein Tag ihr eine Zeitung beschert hatte mit einem Rätselteil und einer Abteilung Vermischtes und all den politischen Nachrichten, die sie mit großer Emsigkeit ebenfalls las, war es ihr ein tiefer Genuss, sich zwei große Tassen Kaffee zu gönnen.

Heute früh hatte sie schon Kartoffeln und ein Bund Suppengrün gekocht und freute sich unbändig darauf, die neue Flotte Lotte ausprobieren zu können. Eine wunderbare Kartoffelsuppe kam heraus, mit Salz und Maggi wurde abgeschmeckt, und zur Feier des Tages öffnete sie ein Päckchen H-Schlagsahne, die sie unterrührte. Der Kaffee wurde mit dem alten Melitta-Filter gebrüht, den ihre Mutter irgendwann einmal von ihrer Schwester aus dem Westen geschickt bekommen hatte. Ein Platzdeckchen zierte den Tisch, auf dem der geblümte Suppenteller neben dem Kaffeepott zu stehen kam, und als sie aufgeschöpft und eingegossen hatte, sog sie die Aromen erst einmal ein, die ihre Vorfreude noch steigerten. Vor dem ersten Löffel, dem ersten Schluck, entfaltete sie die Zeitung, um sich dann den wechselnden Genüssen hinzugeben.

Auf Seite eins wurde die Kriegführung der Amerikaner im Irak in einer sie überraschenden Art und Weise gerügt – Frau Ypsi hatte derartige Stellungnahmen eigentlich erst auf Seite zwei oder drei erwartet. Da, wo sie hingehörten. Wenn ihre Gedanken spazieren gingen, dann kam es schon vor, dass sie sich als ältliches Fräulein in einer Stadt wie Falludscha zurechtfinden musste und Frauen und Kindern zu essen anbot. Kartoffelsuppe, mit der neuen Flotten Lotte fabriziert, oder heiße Würstchen mit Senf. Seit ihr Fernsehgerät kaputtgegangen war und sie die Reparatur Monat um Monat aufschob wegen anderer, meist unvorhergesehener Ausgaben, fehlten ihr die Bilder zu den fremden Städten. Was ihr Kopf ihr vorspielte, nahm sie als Realität, und wenn, wie heute, ein Foto in der Zeitung dazu beitrug, ein Stückchen vermeintlicher Wirklichkeit unterzumischen, sah sie sich fortan in den abgebildeten Kulissen herumstreichen. Bis das nächste Foto in einer der nächsten Zeitungen für Ablösung sorgte. Eine *gute Seele* hatte sie ihre Lehrerin immer genannt, weil sie für Hartmut Lämmerhirt getragene Hosen ihres Bruders mitgebracht und Lutz Müller mit den sieben Geschwistern von ihrem zusammengesparten Taschengeld ein Eis spendiert hatte, und darauf war sie noch heute, da sie in Falludscha als Heilsbringerin unterwegs war, stolz.

Sie löffelte. *Der Genuss kommt beim Essen*, hatte ihre Mutter immer gesagt, aber das stimmte nicht ganz, denn Frau Ypsis Genuss nahm während des Essens mit fortschreitender Sättigung ab und machte einer stillen, satten Zufriedenheit Platz, in der den letzten Löffeln manchmal gar kein Raum mehr blieb und der Rest für den kommenden Tag zurück in den Topf wanderte. Heute aber schaffte sie ihr Süppchen. Holte sich schließlich den zweiten Pott Kaffee und überflog die Sportseiten, die einzigen, die ihr Interesse nicht ganz so fesselten. Es sei denn, es war ein längerer Beitrag über die Rhythmische Sportgymnastik abgedruckt. Das passierte aber selten, denn Rhythmische Sportgymnastinnen hatte das Land fast keine mehr, und große internationale Meisterschaften fanden nur zweimal im Jahr statt. Dass sie ausgerechnet an den jeweiligen Folgetagen eine Zeitung ergatterte, war mehr als unwahrscheinlich. Als Frau Ypsi die Heiratsanzeigen, wie ihre Mutter sie immer genannt hatte, erreichte, wollte sie sie mit gewohnter Prüderie und einem arroganten Aufschnäuzen übergehen, aber ihre Augen ankerten unversehens an einem schwarz gerahmten Inserat mit fettem erstem Wort: ***Halt!*** Und tatsächlich machte sie halt und las weiter: *Herr Lon, 55, gut gebaut, Vietnamese, sucht gleichaltrige Partnerin. Spätere Heirat nicht ausgeschlossen.* Eine seltsame Unruhe erfasste Frau Ypsi, die an Heiraten nie in ihrem Leben gedacht hatte. Nicht einmal, als Burkhart hinter ihr her gewesen war und es einmal fast geschafft hätte, sie zu überreden, mit ihm tanzen zu gehen. Fast, denn als der Tag gekommen war, hatte sie unter starker Übelkeit und Rumoren im Bauch gelitten, sodass Burkhart alleine hatte hingehen müssen und am nächsten Tag mit dem Mädchen, das er dort kennengelernt hatte, vor ihr posierte. Sie hatte ihm interessiert in die Augen gesehen und sich gewundert über die Geringschätzung in seinem Blick.

Herr Lon. Vietnamese. Sie sah sich plötzlich in Ho-Chi-Minh-Stadt, hatte sogar eine genauere Vorstellung davon, denn früher, als noch der Name Saigon galt, hatte sie einen Film über den Einzug der Nordvietnamesen gesehen, der ihr nachdrücklich in Erinnerung geblieben war. Herr Lon griff nach ihrem Arm und zog sie hinter sich her, verschwand mit ihr in einer kleinen Gasse und hielt ihr dabei die Augen zu, die sie erst wieder öffnen durfte, als sie in seinem Elternhaus angekommen waren. Eine kleine, alte Frau zog das rechte Bein hinter sich her, als sie zur Begrüßung aus dem Haus kam. Sie weinte vor Rührung über die deutsche Schwiegertochter und rief laut nach ihrem Mann, der hinter einem Mauervorsprung gesessen und mit einem anderen Alten offenbar ein Brettspiel gespielt hatte. Die beiden alten Leutchen verbeugten sich unzählige Male vor Frau Ypsi, und als sie wenig später ein kleines Tischchen nach draußen unter das Vordach des Hauses gestellt und Tee darauf angerichtet hatten, bediente sich Frau Ypsi. Mit dem ersten vermeintlichen Schluck schon kehrte sie zurück von ihrem Ausflug, denn ihr schmeckte der Kaffee nicht mehr, den sie noch immer in der Hand hielt. Sie stellte die Tasse ab, holte sich einen Bogen von ihrem guten, selten benutzten Briefpapier sowie ein längliches, gefüttertes Kuvert und begann, an Herrn Lon zu schreiben. Ja, sie sei gleichaltrig, und nein, ob er gut gebaut sei, sei ihr egal. Auf einmal wunderte sie sich, dass sie keine Kinder und demzufolge natürlich auch keine Enkel aufzuweisen hatte – etwas, was die ganzen Jahre unterhalb der Schwelle ihrer Aufmerksamkeit verharrt und stillgehalten hatte, und auch jetzt war die Verwunderung darüber von einer erstaunten Leichtigkeit und ohne Bedauern. Sie sei ganz und gar alleinstehend, -sitzend und -liegend, und wenn man einmal von den früheren Kollegen absähe, die fast alle aus der Sparkasse rausgeflogen seien, weil die wenigsten Abschlüsse als Finanzkaufleute vorzuweisen hatten, so habe sie in ihrem Leben nur wenige

Menschen gekannt, mit denen sie regelmäßig zu tun gehabt hätte. Frau Mayer aus dem Haushaltswarenladen zählte sie dazu, die noch junge Ehefrau des Enkels jener Frau Mayer übrigens, die ihre Mutter vor fünfzig Jahren bedient hatte. Zu ihr ging sie einmal die Woche, um sich die sehr oft wechselnden Auslagen des Geschäfts anzuschauen und ein Schwätzchen mit ihr zu halten. Genügend Zeit hatten sie beide dafür, denn viele Leute verirrten sich nicht in den kleinen Laden. Dass sie sich heute eine Flotte Lotte gekauft hatte, gehörte zu den Außerordentlichkeiten in ihrem regelhaften Leben, und nun folgte mit dem Brief an Herrn Lon gar eine weitere. Sie unterschrieb den Bogen mit *Sehr herzlich – Ihre Frau Ypsi,* drittelte ihn mit Hilfe des Lineals, faltete ihn in das zuvor beschriftete Kuvert und klebte eine rote Briefmarke darauf. Eine davon hatte sie immer zu Hause, mehr lohnten nicht. Als sie den Brief eingesteckt hatte, in den Briefkasten vor dem Postgebäude, leistete sie sich die dritte Außerordentlichkeit des heutigen Tages: Sie begab sich in die oberhalb des Marktplatzes gelegene Kneipe *Bayerischer Hof* und genehmigte sich einen Eierlikör.

Von da an wartete sie. Die Zeitung mit dem Inserat legte sie griffbereit, *man weiß ja nie!*, auf den kleinen Ablagetisch neben ihrem Lieblingsohrensessel.

Ihre Gedanken spazierten nun seltener durch Falludscha oder Bagdad, sondern durchwanderten Ho-Chi-Minh-Stadt und Hanoi, Hue und Da Nang, machten in kleinen Fischerdörfern des Mekong-Deltas halt und suchten in den Bergen nach Angehörigen des Hmong-Volkes, von denen sie einmal gelesen hatte, als sie ihre Zeitung noch bekam. Eine Antwort von Herrn Lon blieb aus. Dennoch bekam er langsam deutliche Züge, sie erkannte ihn allmorgendlich als jenen älteren Herrn wieder, von dem sie sich kurz vorm

Einschlafen am Abend zuvor verabschiedet hatte. Tagsüber tauchte er hin und wieder zwischen Putzen, Kochen und Stricken auf, aber wenn sie hinausging, um sich die Beine zu vertreten, begleitete er sie die gesamte Zeit über und unterhielt sich mit ihr, was zu hinterhältigem Kichern und lautem Lachen bei jenen Leuten führte, die Frau Ypsi währenddessen begegneten. Als ihr einmal die Leiterin der Volkssolidarität des Städtchens über den Weg lief, blieb diese einen Augenblick stehen, griff nach ihrem Notizbuch und notierte *Fr. Ypsi – verkalkt?*, was sie innerhalb der nächsten Zeit mit Hilfe der ortsansässigen Ärztin zu klären hoffte. Frau Ypsi aber wurde mit jedem Tag der Begleitung durch Herrn Lon ein wenig mehr durch Selbstsicherheit und Stattlichkeit erleuchtet. Ihre vormals eingezogenen Schultern hatten sich aufgerichtet, was sie zweieinhalb Zentimeter wachsen ließ, und ihr Schritt griff weiter und kraftvoller aus. Sie sah beim Laufen nicht mehr zu Boden, sondern hielt den Kopf aufrecht und wandte ihn hin und wieder dem neben ihr gehenden Herrn Lon zu. Auch Herr Lon wurde mit jedem Tag schöner und stattlicher. Er war schon fast so groß wie Frau Ypsi, seine Beine hatten einen enormen Muskelumfang und sein Haar, das anfangs kurz und grau gewesen war, wuchs sich nun kohlrabenschwarz zu einer regelrechten Mähne aus. Ein schönes Paar.

Am Ende des dritten Monats seit ihrem Brief, Frau Ypsi hatte sich gerade hinter einem Pott Tee verschanzt, klingelte es. Sie war so erschrocken, dass sie für einen Moment über der Seite *Vermischtes* erstarrte und das Bild von Maxie Popdudei kaum aus dem Sinn bekam, die wieder einmal geheiratet hatte und sich für einige Zeit aus dem Scheinwerferlicht zurückziehen wollte. Frau Ypsi, die Scheinwerferlicht nicht kannte, war so geblendet von dem Wort, dass Maxies Gesicht in einer Woge von Helligkeit versank, als es zum zweiten Mal klingelte. Endlich konnte Frau Ypsi ihren Schreck überwinden und lief zur Tür, riss sie auf und erstarrte aufs Neue: Ein kleiner Vietnamese mit grauem Haaransatz stand lächelnd auf dem Treppenabsatz, scheu und schüchtern wollte er die rechte Hand zum Gruß reichen, während die linke, an deren Handgelenk ein Täschchen baumelte, einen Strauß roter Rosen umklammert hielt. Frau Ypsi schickte sich nun ebenfalls an, ihre Rechte vorzuschieben. Sie lachten. Die Blumen nahm sie ihm erst einmal ab und führte ihn in den Flur, lud ihn ein, die Schuhe auszuziehen und in ein Paar Hausschluppen zu schlüpfen, die sie extra zu diesem Zweck vor einigen Wochen besorgt hatte. Eine Vase fand sie nicht, selbst ihre Mutter, deren Hausstand sie weiterführte, hatte keine besessen. Stattdessen musste ein leeres Gurkenglas herhalten, die wunderschönen, langstieligen roten Blumen aufzunehmen. Herr Lon schien ihr so vertraut, dass sie keine Scheu hatte, ihn bei den Schultern zu nehmen und ins Wohnzimmer zu führen, wo sie sich, einander gegenüber, in die beiden schweren, alten Ohrensessel fallen ließen. Für einen Moment war Frau Ypsi versucht, das Gespräch von heute früh fortzusetzen. Aber Herr Lon konnte nicht gut genug Deutsch, um es mit ihr aufzunehmen. Als sie das bemerkte, schlug sie sich in einer Aufwallung von Realitätssinn an die Stirn und begann, ihn in sehr einfachen Sätzen nach seinem Leben auszufragen. Schnell begriff sie, dass er eine Imbissbude in der benachbarten Kreisstadt betrieb, sehr viel früher einmal als Betreuer einer ganzen Horde junger Wäscherinnen aus Vietnam hierhergekommen war und nur deshalb hatte bleiben können, weil er sich gegen alle Widerstände durchgesetzt und eine deutsche Frau geheiratet hatte. Auf Frau Ypsis Frage, wo diese sich denn zur Zeit aufhalte, schwirrte in Herrn Lons Augen einige Augenblicke lang das Unverständnis wie ein Schwarm aufgescheuchter Spatzen, aber sie wiederholte die Frage langsam und deutlich. Die Spatzen kamen zur Ruhe: Sie ist fort, *weggelaufen*, sagte er nur, und er müsse sich nun eine neue Frau suchen. Sie gefiele ihm ganz gut, *jaja!*, nickte er heftig und blickte von unten her zu ihr auf, als erwartete er einen Schlag, und tatsächlich war ihr vor Verlegenheit auf einmal schwarz geworden vor Augen, sie hüstelte, griff nach der drei Monate alten Zeitung, faltete sie zu einer Rolle und zog ihm kokett eins drüber, wozu sie herrlich kickerte. Herr Lon forschte in seinem Gesicht, bis ein immer breiter werdendes Lachen sich langsam von einem zum anderen Ohr zog. Schließlich warf er mehrmals den Kopf nach hinten, wenn wieder eine Lachsalve aus seinem Innersten heraufkroch und ganz plötzlich explodierte, und die beiden beruhigten sich nur zögerlich.

Als Frau Ypsi an ihren Kühlschrank zu denken begann, verflüchtigte sich die Beruhigung gleich wieder. Nur ein Eckchen Schmelzkäse, eine angebrochene Packung Cervelatwurst und zwei sich vor Schmerzen krümmende Scheiben Pumpernickel dümpelten darin vor sich hin. Nein, so konnte sie Herrn Lon, dem Imbissbudenbesitzer, nicht kommen, und in ihrem Hirn überschlugen sich die Varianten eines gemütlichen Abendessens. Aber Herr Lon, als hätte er es geahnt, zog aus seinem wirklich nur kleinen Täschchen zwei Packungen eines asiatischen Nudelgerichtes hervor, dazu ein Tütchen mit frischem, zerkleinertem Gemüse. Schnell hatte er die Nudeln mit kochendem Wasser versetzt und das Gemüse in Frau Ypsis alter, gusseiserner Pfanne angebraten. Ein paar Tröpfchen Maggi ersetzten die Sojasauce, und als er alles miteinander vermischt hatte, duftete es so ungeahnt köstlich durch Frau Ypsis doch schon etwas altersklamme vier Wände, dass kein Halten mehr war: Mit Feuereifer überließ sie sich dem Essen, nahm weit mehr als die Hälfte und hielt sich schließlich den Bauch, was Herr Lon mit einem freundlichen Nicken quittierte.

Das Ende ist schnell erzählt: Der Doppelname Ypsi-Lon gefiel ihnen so gut, dass sie tatsächlich nach einem halben Jahr heirateten. Herr Lon zog in Frau Ypsis Wohnung und verwandte seine knappe Freizeit darauf, sie zu verkuscheln. Dafür brachte er vom Asiamarkt der Kreisstadt mal einen Wandteppich, mal einen Topf Kunstpflanzen mit. Gleich zu Beginn hatte er die ganze Wohnung in sanften Pastellfarben gestrichen. Frau Ypsi mochte es, dass ihre alte Behausung unterm Dach nun angemessener ausgefüllt war, die zwei Zimmer waren ihr allein immer ein wenig zu weiträumig gewesen, um sie im Winter beide zu heizen, und dass sie jemandem zur Hand gehen konnte, der sein Geld mit seiner Hände Arbeit verdiente, tat ein Übriges. So fuhren sie frühmorgens immer beide in die Kreisstadt, Herr Lon freute sich über Frau Ypsis Putzbegabung, durch die er keine Hygieneinspektion mehr zu fürchten brauchte. Dafür brachte er abends jene Speisen mit, die sie sich wünschte. Nur sehr selten, zu Weihnachten oder anderen Feiertagen, holte sie die Flotte Lotte heraus für eine schöne Kartoffelsuppe, die sie beide genießen konnten. Was sie aber von nun an täglich zelebrierte, war ein Kaffeestündchen mit der regionalen Tageszeitung, die ihr Herrn Lon geschenkt hatte. Er hatte das Abonnement zu ihrem sechsundfünfzigsten Geburtstag in die Wege geleitet, und wenn sie am Nachmittag aus der Kreisstadt kam, in der er stets bis zum Abend blieb, wusste er sie gut versorgt und beschäftigt. Sie schnitt aus, sortierte vor, ordnete an. Breitete auf dem Tisch aus, was sie für wichtig, lustig oder auch nur mitteilenswert hielt und legte ihm so täglich eine Presseschau vor, mit der er zunehmend besser Deutsch lernte, denn natürlich half sie ihm beim Lesen.

Jenes Inserat, das einst zum Ankerplatz für ihre unstet wandernden Augen geworden war mit seinem schwarzen Rand und dem fetten ***Halt!*** zu Beginn der drei Zeilen, fügte sie in ein Passepartout und spannte einen kleinen Kiefernholzrahmen darüber, ehe sie es in ihren Nachttisch legte und es täglich vor dem Einschlafen an ihr Herz drückte. Das Glas im Rahmen war kalt, und erst, wenn es so warm geworden war, dass sie es nicht mehr spürte, riss sie es sich von der Brust und packte es zurück in die Schublade. Mit rotem Stift hatte sie das Erscheinungsdatum der Anzeige darüber geschrieben, und wenn sie daran dachte, wie viele Zeitungen seit Beginn ihrer leidigen Arbeitslosigkeit an ihr vorbeigerauscht waren, jubilierte es in ihrem Inneren, dass sie ausgerechnet an jenem Tag mit der Flotten Lotte am städtischen Papierkorb unterhalb der Post vorbeigekommen war.

BISSEL LJEBE WÄR NETT, GÖLL!

Lucie hatte immer die dritte Stufe von oben unter den Füßen, wenn dieser Satz zwischen ihre Schulterblätter knallte wie aus der Mündung eines altersschwachen Gewehrs. Wiklam hatte mittwochs noch nie versäumt, sie um Leber zu bitten, und doch war es immer wieder Entsetzen, was seine Stimme in ihr auslöste. Sie beeilte sich regelmäßig, das Gewünschte an die Klinke seiner Wohnungstür zu hängen in einem Kunststoffbeutel, meist ein knappes Pfund braunroter Innerei, die ihr seltsame Gefühle bescherte, wenn sie sie anfasste durch die Folie hindurch. Nie hatte Wiklam eins der Leberpfunde bezahlt, er nahm sie lautlos zu sich herein, sobald die verängstigte Lucie die Tür ihrer neben der seinen gelegenen Wohnung geschlossen hatte, nur mit der linken Hand und ohne dass mehr als zwanzig Zentimeter seines Armes zu sehen gewesen wären. Wusste der Henker, was er damit anfing. Lucie kannte aus Kindertagen den Geruch gebratener Leber, von Apfel- und Zwiebelschmordünsten überlagert, sie wusste, wie es zu riechen hatte, wenn ein Ragout angeschwitzt wurde. Nichts – Wiklam besaß nicht einmal eine Katze oder einen knittrigen Hund, denen er die Leber hätte ins Näpfchen schneiden können. Er war keineswegs alt, vielleicht vierzig wie sie selbst, überlegte Lucie, während sie die eigenen Einkäufe des heutigen Mittwochs in den Kühlschrank sortierte. Es stand für sie außer Zweifel, dass sie dem Mann zu gehorchen hatte, der seit acht Monaten ihr Nachbar war. Seine

Wohnung hatte leer gestanden zuvor. Seit sie eingezogen war vor drei Jahren, waren ihr gelegentliche Besichtigungen nicht entgangen, aber die Wohnung hatte wohl niemandem gefallen wollen, bis Wiklam kam. Lucie hatte sich eines Tages sehr gewundert, ein kräftiges Uriniergeräusch zu vernehmen aus dem Nachbarbad, und als kurz darauf die Spülung sich meldete, hatte sie jemanden wie Wiklam zu ahnen begonnen. So vernehmlich konnten nur Männer pinkeln.

Die ersten Wochen mit Wiklam hatten eigentlich nichts Ungewöhnliches ahnen lassen. Da es Kontakte der Hausbewohner untereinander kaum gab, hatte sich Lucie immer gefreut, wenn ihr Wiklam mit einer flüchtigen Bewegung des Kopfes einen Gruß zuzunicken schien. Umso mehr hatte sie, als sie am ersten August die Wohnung hinter sich schloss und eben die Stufen hinabspringen wollte, um die Bahn zur Arbeit noch zu erreichen, Wiklams Ruf nach *Ljebe* gepfählt, war ihr zwischen den Schulterblättern durch die Rippen ins Herz gefahren und hatte es aussetzen lassen für die Dauer einer Absence. Nie würde sie Wiklams Blick vergessen: Als sie erst abends nach ihrer Rückkehr an seine Tür klopfte, scheu und schuldbewusst ob der Verspätung, und ihm das knappe Pfund Leber, frisch und vom Schwein, in die Hand geben wollte, fiel ihr der Klumpen zu Boden, das dünne Papier riss entzwei und legte den Blutschwamm frei. Wiklams Brust zog sich zusammen in einem kaum ahnbaren Schmerz, seine Pupillen verengten sich hörbar und rückten näher zusammen, sodass er nach Sekunden nur noch furchterregend wirkte und Lucie zu schreien begann. Da hatte er ihr ins Gesicht geschlagen, wie zur Erlösung und mit ziemlicher Selbstverständlichkeit, und sie hatte aufhören können, laut zu sein und sich zu fürchten. Zumindest für den Moment. Später, hinter der geschlossenen Tür ihrer Wohnung, hatte sie sich auf den mintfarbenen Teppich übergeben müssen und sich sehr gewundert über den braunen, schmierigen Brei, den sie spie – sie aß für gewöhnlich blutfrei.

Einige Monate war das so hingegangen mit Wiklam. Zur Vermeidung der Anfangsquerelen ließ Lucie die Leber inzwischen in immer dieselben Kunststoffbeutel packen an der Frischtheke des Supermarktes, und sie hatte ihren Vormittagsputzjob gekündigt, um nicht mehr erst abends Wiklams Befehl befolgen zu können. Es genügte ihr, dass sie mit der Nachmittagsanstellung als Nachhilfelehrerin in einem namhaften Lernhilfeinstitut genügend Geld verdiente, um sicher auszukommen damit und sich die wöchentliche Ausgabe für den Nachbarn nicht schmerzen zu lassen. Sie war stolz darauf, als Lehrkraft eingestellt worden zu sein nach einigen Jahren der Arbeitslosigkeit und hatte den Putzjob eigentlich gern an den Nagel gehängt. Vor Jahren hatte sie nicht nur Nachhilfeschüler, sondern große Klassen unterrichtet, sie in Russisch und Geschichte ins Abitur geführt mit sicherer Zunge. Wen sie für einen guten Schüler hielt und wen nicht, und wessen Eltern für zuverlässig genug oder nicht, in irgendeinem Sinne, den man ihr beigebracht hatte, den sie aber inzwischen schon gar nicht mehr hersagen konnte, hatte sie auf durchschlaglosen Bögen an ihren damaligen Direktor weitergegeben. Manchmal geschah es dann, dass Schüler einen kleinen schimmernden Orden bekamen zum Appell oder *Unsere Volksbücher* in Leinen gebunden. Darüber hatte sie sich immer sehr gefreut. Ihre beiden Töchter waren neben ihr erwachsen geworden und auf die Suche nach ihren Vätern gegangen, was Lucie ein wenig schmerzte. Sie hatte sie den Kindern niemals verschwiegen, aber die Herren hatten vorzeiten kein Interesse aufbringen können. Nun, jenseits der Volljährigkeit der Kinder, schien es ihnen auf einmal Freude zu bereiten, die Damen auszuführen und ihren Familien vorzustellen. Die jüngere lebte inzwischen sogar ganz in der Nähe ihres Vaters, der nie auch nur einen Pfennig zu ihrem Unterhalt beigetragen hatte, nun aber auf einmal die kleine Mansarde seines Hauses an sie vermietete. Lucie seufzte und stellte die Milch in die Kühlschranktür.

Als sie abends wie beinahe immer mit sich allein saß, dachte sie weniger an die beiden Töchter als an den seltsamen Herrn Wiklam und dessen einzigen Wunsch. Sie musste sich eingestehen, hin und wieder die Mülltonnen hinter dem Haus inspiziert zu haben: Irgendwo musste er das Wochenpfund Schweineleber doch lassen – aß er es am Ende roh? Welche Macht gebot ihr, sich seinem Leberwunsch fraglos zu fügen und Angst zu bekommen bis hinter die eigene Wohnungstür? Sie hatte sich heute auch eine Leber gekauft. Sie sagte sich, die Blutfreiheit sollte vor der Angst haltmachen. Also schnitt sie die Leber in kleine Stücke, briet sie in heißem Öl an, gab Äpfel und Zwiebeln dazu. Beinahe erstaunt nahm sie dann den Duft wahr, den sie aus ihrer Kindheit kannte und eigentlich aus Wiklams Wohnung hatte erwarten wollen.

Träumend gab sie heiße Brühe in die Pfanne, verschloss sie mit dem Deckel und begann auf den Zustand *Ragout* zu warten. Nach dessen Eintritt entsorgte sie die Speise in den Mülleimer, der noch eine Weile vor sich hindampfte.

Gegen zwei Uhr dreißig erwachte Lucie unüblicherweise. Das Geräusch, das dazu geführt hatte, war unverkennbar das eines sexuell beschäftigten Mannes. Lucie wohnte lange genug im Haus, um zu wissen, dass es nur aus Wiklams Wohnung kommen konnte. Je länger sie ihm zuhörte, desto sicherer wurde sie, dass er Selbstliebe betrieb, Selbsthass womöglich, er masturbierte ausdauernd und laut jammernd, er grollte, er grunzte, dazwischen schien er um Hilfe zu flehen und nannte einige Namen. *Wichsvorlagen*, stieß es durch Lucies Kopf, der sich sofort bestrafte für dieses Wort und etwas wie Mitleid zu murmeln begann. Lucie stand auf, es hielt sie nun nicht mehr im Bett, ihre blaukalten Füße fanden den Weg durch den dunklen Hausflur, der wie das ganze Treppenhaus aufdringlich und schwülstig von Zwiebelleber mit Apfel verhangen war. Wiklams Tür öffnete sich, als Lucie das Ohr ans Glas legen wollte, war nur angelehnt gewesen, und als sie in der Wohnung stand, umfing sie der gleiche Geruch wie im Flur und wie drüben in ihrer eigenen Wohnung. Das Blut schlug laut an Grenzen, als sie dem Geräusch nachschlich, aufgeregt nun und schuldbewusst, und als sie Wiklam sah, endlich, im Schein eines Testbildes, sprang sie ihm auf den Leib und ritt ihn so selbstverständlich, wie er ihren Angstschrei geohrfeigt hatte, zu Ende. Es erstaunte sie nicht, dass Wiklam auf der Stelle einschlief, auch sie drückte sich bald tief in seine Achsel und spürte den Lebergeruch nicht mehr, den sie zu ihm geschickt hatte, sich anzukündigen.

Am Freitag saßen Wiklam und Lucie zum zweiten Mal beim gemeinsamen Frühstück. Erst als die ältere Tochter vorbeikam mit einem Stipendienantrag, als Lucie statt »Guten Tag« laut »Sdrastwujtje« rief und fröhlich »Nu pagadi!«, als sie dem Mädchen gut gelaunt auf den Hintern schlug, fiel es ihr auf: Sie sprach Russisch. Hatte sie die letzten beiden Nächte, während sie Wiklams Begierde fürsorglich pflegte, seine Hoden massierte und die Wirbelsäule hinauf- und hinabglitt mit Zunge und Lippenspalt, hatte sie wirklich ihn gänzlich auf Russisch geliebt? Wie zum Beweis parierte Wiklam ihr Staunen mit rollenden *R*s und vergnüglichen Zischlauten, zwittrigen *Yi*s und dunklen, schlundtiefen *Uo*s. Sicher glitt Lucies Rede an seine Seite zurück, ungläubig hörte sie ihren Mund flöten und gurren, und als die Tochter daraufhin lieber rasch wieder gegangen war, legte sich Lucie weit geöffnet unter den Stuhl des sitzenden Wiklam und lud ihn zum Fragen und Antworten. Im folgenden Spiel geriet Wiklam tiefer und tiefer in Lucie hinein, die nun zum ersten Mal ein gewisses Feuer fing und begriff, was Wiklam mit der Leber getrieben hatte. *Bissel Ljebe wär nett, göll!* war der einzige deutsche Satz, den er akzent- und angstfrei aufsagen konnte. (Das heißt, er konnte ihn eigentlich keineswegs akzentfrei aufsagen, er legte einen seltenen Sound hinein und machte ihn darum doppelt glaubhaft: Lucie dachte an Schwaben und Frankenwald, obwohl sie nicht genau wusste, wie die Leute da redeten.) Früher hatte Wiklam auf einem Kiewer Wochenmarkt Fleisch geschlagen und die Stücke verkauft, wenn jemand das Geld dazu hatte. Es musste zu jener Zeit gewesen sein, da Lucie die durchschlaglosen Bögen, deretwegen sie später aus dem Schuldienst entlassen worden war, an ihren Direktor gegeben hatte. Wiklam war auch entlassen worden, aus seiner Staatsbürgerschaft, denn er hatte rechtzeitig einen Antrag gestellt, seiner damals noch lebenden Schwester ins Deutsche zu folgen, wo sie sich als Aussiedlerin schon vor Jahren ansässig gemacht hatte. Als er eintraf, von langwierigen Prozeduren anhaltend gereizt, hatte er nicht mehr die Schwester, sondern nur noch deren Totenschein vorgefunden. Der Schwager, ein gebürtiger Kasache, und die beiden Neffen, hatten sich umgehend auf den Weg zurück in die Heimat gemacht, die Urne der Toten im bürokratischen Schlepptau. Die Züge in gegenläufiger Richtung mussten einander ungefähr auf dem Bahnhof von Brest begegnet sein, glaubte Wiklam dem einzigen späteren Brief seines Schwagers. Sein Deutsch war nicht ohne Umfang, seine Scheu, es zu gebrauchen, aber riesengroß. Da war ihm eingefallen, wie der Satz jenes netten, teuer gekleideten Herrn auf dem Kiewer Markt regelmäßig für viel Demut gesorgt hatte aufseiten der fleischverkaufenden Frauen: *Bissel Ljebe wär nett, göll!* Und wie er es aussprach, hatte die Frauen ganz kirre gemacht, dass sie nicht daran dachten, ihm Lebern zu suchen unter den stinkenden Haufen, stattdessen ihre blutbefleckten Kittel ein wenig hochzogen, die weißen Turmhauben wie zufällig vom Kopf nahmen und schönes Haar zeigten, so es ihnen gewachsen war. Und mit einer von ihnen hatte sich der nette Herr, geschäftsreisender Schuhfabrikant, dann stets auf der Stelle verabredet, sie dabei ein wenig in die Ecke geschoben und vorgekostet, das Fleisch geprüft, und Wiklam wusste von den anderen, dass er den Genuss reichlich entlohnte.

Arkadij Wiklam, Enkel der Emilie und des Hugo Schwamberger auf der einen, der Galja Borissowna und des Viktor Wiklam auf der anderen Seite, Sohn also seiner Mutter Regina Schwamberger und seines Vaters Sinowij Wiklam, hatte sich aufhelfen wollen mit jenem Befehlssatz aus einem Alleinsein, das Lucie nicht einmal ahnte, als sie ihm wieder und wieder mittwochs ein Päckchen an die Tür hängte. Und als Wiklam Lucie nun hinübertrug in seine Wohnung, ja, er setzte sie sehr vorsichtig jenseits der Schwelle ab und schloss hinter ihnen die Tür, da führte er sie in die Küche und wies mit dem Kopf zur Tiefkühltruhe. Was Lucie verbiss, war nicht nur ein Lachen, als sie den Deckel hob und die Lebern dort sah, unberührt, mit aufgetackerten Preisetiketten, und alle gleichermaßen im eigenen Blute gefroren. Nun musste auch Lucie ein bisschen frieren, auf Russisch, dass Wiklam lachte, wie Lucies Schüler auch manchmal gelacht hatten über den Ernst ihrer Sprache.

FALSCH VERBUNDEN

Am Montag holte ich einen Ballen Nessel vom Boden. Nessel habe ich immer reichlich, auf Vorrat, um Vorhänge, Kleider und Täschchen zu nähen. Ich wunderte mich, warum mein Herz so laut schlug, führte es dann aber auf mein Alter zurück. Irgendwann ist es halt das erste Mal, dass der steile Aufstieg über die kleine Ziehharmonikatreppe dir die Luft nimmt. Ich dachte daran, wieder täglich zu laufen. Vielleicht ließe sich so das Schwachwerden noch ein wenig hinauszögern.

Den Ballen legte ich auf den Tisch und rollte einige Meter der feinen naturweißen Baumwolle ab. Was wollte ich eigentlich damit anfangen? Noch ehe ich darüber nachdenken konnte, hatte ich schon armlange Stücke abgeschnitten, die ich fein säuberlich faltete und zu einem Stapel auf meinem Nachttischchen aufschichtete. Anschließend räumte ich den Ballen wieder auf den Boden, schob die Treppe ein und verschloss die Luke. Geschafft. Die Maschine brühte einen frischen Kaffee, ich setzte mich in den Schatten der Birke hinter dem Haus, schlürfte und überlegte nicht weiter.

Am Dienstag topfte ich meine Zimmerpflanzen um. Den Drachenbaum, den Hibiskus und die Sansevierie. Die Crassula ovata war zu groß geworden, ich bekam ihre Wurzeln nicht aus dem bauchigen Gefäß heraus. Schade, denn der kugelförmige Topf gefiel mir eigentlich. Er war von einem Schnurgeflecht überzogen und sah sehr dekorativ aus. Es half nichts, ich zerschlug ihn mit dem Zimmerhammer meines Mannes und gab dem Geldbaum einen größeren, wenn auch geradwandigen. An diesen Anblick würde ich mich gewöhnen müssen. Das Schnurgeflecht des Bauchtopfes ließ sich überraschend leicht in einzelne Fäden zerzupfen. Ich sammelte sie und knüpfte sie zum Bündel. So viele Stauden in meinem Garten brauchten das Jahr über Stützen! Mit den Sisalfäden würde ich das Gefühl haben, ihnen etwas Gutes, Natürliches zu tun, wenn ich sie an die Stäbe oder die Kletterpflanzen an den Zaun band.

Ich freute mich und legte die Schnur neben den Nesselstapel auf mein Nachttischchen.

Am Mittwoch bemerkte ich das laute Herzschlagen seltsamerweise schon beim Aufstehen. Ich schlüpfte in meinen Hausmantel. Mein Körper gab vor, zerspringen zu wollen. Mir kam das nicht gerade gelegen, denn der Mittwoch ist mein Einkaufstag, und als Mann und Kinder aus dem Haus waren, zog ich mich nicht etwa an, sondern legte mich in der Küche auf den Boden. Ich wartete. Das Herz wartete nicht, es donnerte gegen den Brustkorb, dass mir schwarz ward vor Augen. In benommenem Zustand krabbelte ich hinüber ins Schlafzimmer und nahm mir eines der Nesselstücke. Und noch eines und noch eines. Mit erstaunlicher Beweglichkeit gelang es mir, den Stoff über Brust und Rücken zu legen und mit der Schnur zu umwickeln. Ich glaubte zu merken, wie mein Herz sich einen Spaß daraus machte, gegen die Verpackung aus Stoff und Strick mit doppelter Kraft anzuschlagen, aber ich war mir sicher, es so daran hindern zu können, mich zu sprengen. Ich zog mich an, wählte ein weites T-Shirt und ging wie gewohnt einkaufen.

Am Donnerstag wollte ich das am Mittwoch erworbene Hackfleisch zubereiten. Ich fühlte mich nicht schlecht in meiner Verpackung, gab sie mir doch noch immer die gewünschte Sicherheit. Zum Glück sah mein Mann schon lange nicht mehr so genau hin, wenn er mich betrachtete. Ich trug das weite T-Shirt, das ich auch in der Nacht nicht ausgezogen hatte, unter dem Hausmantel und wartete auf das Verschwinden von Mann und Kindern, um mit dem Zwiebelschneiden zu beginnen, die Brötchen einzuweichen und einen schönen Fleischteig herzustellen. Es dauerte auch nicht länger als gewöhnlich. Schließlich schnitt ich, gedankenversunken, nicht nur die Zwiebel, sondern auch den Zeigefinger der linken Hand an. Ich setzte mich auf einen Küchenstuhl. Es schmerzte nicht, was mich wunderte, aber das Blut beeilte sich davonzukommen. Mir schien, als würde es schwallweise aus dem Körper gepumpt vom donnernden Herzen. Das wurde tatsächlich etwas ruhiger mit der Zeit. Ob mein Blut ihm zu hohen Druck gemacht hatte? Mitleid kam auf. Ich spürte dem nun leiser werdenden Herzschlag nach. Wie lange ich so gesessen haben mochte, kann ich nicht sagen. Es kam auch niemand, danach zu fragen. Dass ich schließlich daranging, mir den linken Arm mit Nessel und Strick zu umwickeln, musste mit der Vorstellung zu tun haben, kein Blut mehr in die linke Hand fließen zu lassen. Dann würde es mich nämlich nicht mehr verlassen können und daran hatte ich in der Tat Interesse.

Am Freitag war mein Niemandstag. Seit etwa zwei Jahren haben mein Mann und ich einen Tag der Woche, an dem der jeweils andere für alles verantwortlich ist, was die Familie bereithält. Der Niemandstägler tut, was er will. Ich war meist zu einem Mann gegangen, den ich per Annonce kennengelernt hatte. Nun aber, mit verbundenem Oberkörper und linkem Arm, traute ich mich nicht so recht, ihn aufzusuchen. Er kannte weder meine Telefonnummer noch meinen Namen, sodass ich auch keine Angst zu haben brauchte, dass er mich anrief. Stattdessen legte ich mich in den Liegestuhl auf dem Balkon. Ich hatte mich bis auf den Nesselstoff nackt ausgezogen und staunte über die wärmende Märzsonne. Nach einer halben Stunde merkte ich, dass ich mich an Unterbauch und Beinen zu röten begann. Wie viele Jahre lang hatte ich eigentlich keinen Sonnenstrahl an meine Haut gelassen? Die Kinder waren noch klein gewesen. Ich hatte mit ihnen am Strand der Ostsee gespielt und in den Wellen gebadet. Das war doch weit mehr als eine Dekade her! Ich sprang auf, um mir den sonnenentwöhnten Balg nicht zu verbrennen, und lief hinunter ins Schlafzimmer. Sieben Nesselstücke waren noch da. Sorgfältig verband ich mir jede Stelle des Körpers, auf die ein Sonnenstrahl hätte fallen können. Für die Augen ließ ich nur einen schmalen Schlitz frei. Seltsamerweise reichten die Fäden aus dem Topfgeflecht gerade so, als hätte ich sie abgezählt. Als verpackte Mumie schlich ich mich wieder in meinen Liegestuhl. Es war ja Niemandstag.

Am Samstag vermisste mich mein Mann zum Frühstück. Nein, zunächst vermisste er das Frühstück, dann erst mich, die ich es ihm nach meinem Niemandstag eigentlich hätte auf den Tisch stellen müssen. Aber ich hatte die Nacht auf dem Balkon verbracht, mir eine Decke geholt und verschlafen, so wohl tat mir die frische Luft. Mein Mann fand mich dösend im Liegestuhl und wunderte sich. Ich wusste nicht sofort, worüber er so erstaunt war. Als ich ihn danach fragen wollte, merkte ich, dass ich mir auch den Mund verbunden hatte. Natürlich, darüber konnte einer schon staunen. Ich bekam unter der Verpackung plötzlich Lust, ihm Grimassen zu schneiden und sein Reden zu kommentieren mit anzüglichen Mienen. Sehr sicher fühlte ich mich unter dem Stoff. Leider redete mein Mann kaum, sondern bat mich lediglich, den Unfug zu lassen und hinunter in die Küche zu kommen. Meine Tochter hatte inzwischen den Tisch gedeckt. Als ich mich setzte, fiel ihr vor Schreck der Salzstreuer aus der Hand. Er zerbrach auf dem Fliesenfußboden.

Am Sonntag merkte ich, wie ich unter der Verpackung zu stinken begann. Seit Tagen schon hatte ich mich ja nicht mehr gewaschen. Gestern hatte mein Mann den ganzen Tag über nicht mit mir gesprochen. Auch wenn ich ihn dann nicht unter dem Stoff kommentieren konnte – es hatte mir gut getan, seine Stimme nicht hören zu müssen. Mein Sohn und meine Tochter waren nach dem Frühstück ohnehin verschwunden, und so hatte ich den lieben langen Tag Zeit gehabt, meinen Gedanken nachzuhängen. Die Nacht hatte ich wach gelegen, wiederum auf dem Balkon, und nun, da ich zu stinken begann, ging ich ins Bad. Ich schloss die Tür ab und ließ Wasser in die Wanne laufen, gab vom Ölbad meiner Tochter einen guten Schuss hinzu und begann mich auszuwickeln. Das Bad war heiß und tat gut, ich wusch mir die Haare. Die Haut war beim Abtrocknen seidig vom Öl. Ich putzte die Zähne und schlüpfte in den Hausmantel. Schließlich klaubte ich den Nesselstoff, die Fäden und meine Zahnbürste zusammen und brachte sie in die Küche. In Seidenpapier gepackt und mit roter Schleife versehen, lag das Zeug schließlich wie ein Geschenk auf dem Tisch, während ich mich anzog. Mein Mann war nicht da und ich wusste, er würde niemals wirklich wiederkommen. Höchstens, um mehr und mehr seiner Sachen zu holen.

Ich dehnte und streckte mich.

Später steckten meine volljährigen Kinder den Kopf durch die Tür und fragten nach ihm, aber ich antwortete nicht.

Falsch verbunden, dachte ich.

Je länger ich das Geschenk auf dem Tisch beobachtete, umso stärker wurde mein Eindruck, dass es mit roter Zunge am Sonntag zu lutschen begann. Schließlich schien von ihm gar nichts mehr übrig zu sein, sodass ich ihn im Seidenpapier vermutete, bei den Nesselstreifen und Sisalfäden. Sehr zufrieden warf ich das Zeug letzten Endes in die Mülltonne.

… VON DRINNEN RAUS

Ja, man muss schon eine schöne Stimme haben, wenn man gewisse Dinge sagen will. Der hölzerne Nachklang seines Sprechens war nicht geeignet, geschmeidige Gelenkigkeit anzudeuten. Tief saßen Lust und Unlust miteinander verschränkt in seiner Kehle. Unfähig, sich auch nur für einen Moment voneinander zu lösen, ließen sie in ihrer Gleichzeitigkeit alle Warnglöckchen bimmeln, sobald er zu reden begann. Die Frauen flohen.

Er hatte sich daran gewöhnt. Erwartete nichts anderes.

Stattdessen war er darauf verfallen, Männern zu Diensten zu sein. Wenigstens das. Er ging mit ihnen in dunkle, kalte, erhabene, karg möblierte, helle, warme oder barock eingerichtete Wohnungen und drehte sich im Bett zur Wand. Waren sie fertig, steckten sie ihm das Geld zu, das vereinbart worden war, er zog sich an und ging. Hatte auch eine Wohnung, aber dorthin nahm er niemanden mit. Nicht einmal seine Schwester, deren Duft ihn immer noch schwindeln machte. Dabei lebte sie nur zwei Häuser entfernt, und er ging dreimal die Woche zu ihr! Um mit den Kindern zu spielen. Zum Abendbrot. Zum Einatmen der Luft, die sie ausgeatmet hatte … Aus dem Nichts tauchte er auf und ins Nichts verschwand er, wenn sein Teller leer war. Das Mädchen und der Junge hatten nur zwei-, dreimal gefragt, wo er herkäme. Als er darauf nicht antwortete, hatten sie es gelassen. Wie auch seine Schwester es gelassen hatte, ihn nach seinem Woher und Wohin zu fragen. Manchmal, wenn sie spätabends noch eine Runde mit dem Hund spazieren ging, blieb sie unter seinem Fenster stehen und spähte hinauf. Nie wäre es ihr in den Sinn gekommen, die Treppe zu nehmen. Stattdessen nahm sie ihren Mann, wenn sie wieder zu Hause war.

So lebten sie. Nur seine Stimme ließ zu wünschen übrig.

Ein schöner Herbstmontag. Sein zweiundvierzigster Geburtstag. Zwei flüchtige Männerattacken. Er danach zufrieden, denn das Geld würde für die kommende Woche reichen. Setzte sich an der Straße in das nächstbeste Café und schaute zum Fenster hinaus, den *Caffè Crema* und einen doppelten Wodka vor sich. Nippte genüsslich. Dachte über Genuss nach und darüber, dass er nicht genau wusste, was das war. Seine Hände gingen währenddessen brüderlich miteinander um, eine rieb die andere warm, das war schön. Aber Genuss? Wie immer an dieser Stelle fiel ihm seine Schwester ein. Er wollte sie. Im Arm halten. Mehr wagte er nicht zu denken, wagte den Bildern, die er im Kopf hatte, keine Worte zuzuordnen, die sie in eine Art Realität verwandeln würden. Den plötzlich schwesterlichen Umgang seiner Hände miteinander bemerkte er nicht sofort. Erst nach geraumer Zeit ging ihm auf, dass sie sich streichelten, liebkosten. Er untersagte es ihnen entschieden, setzte sich drauf, klemmte die eine links, die andere rechts unter den Oberschenkel. Sah zum Fenster hinaus.

Sah sie kommen. Sie ging langsam, schlenderte, an einer Hand der kleine Sohn. Die Tochter hatte montags Ballettunterricht, fiel ihm ein. Sogar die Straßenseite wechselte sie dreimal, weil immer andere Schaufenster lockten. Das Eisgeschäft drüben, der Dessousladen, die Zootierhandlung. Eine Vogelspinne lebte mit ihr im Zimmer, häutete sich regelmäßig. Vermutlich befanden sich im Beutel in ihrer Hand ein paar Grillen oder Heimchen, als sie den Laden verließ. Ihr Haar flatterte, sie nahm den Jungen an die Hand, der vor dem Geschäft mit seinem Eis auf sie gewartet hatte. Lief nun wieder über die Straße, genau auf das Fenster zu, hinter dem er saß. War schließlich vielleicht drei Meter entfernt und leckte vom Eis des Kindes das Geschmolzene ab. Er sah ihre Zunge, wie sie sich vorstreckte, krümmte, die weiße Soße aufnahm und wieder verschwand. Sein Herz setzte aus. Seit der Kindheit schon litt er an Synkopen, die ihn mitunter mehrmals täglich ereilten. (Wenn er nicht gerade saß oder lag, hielt er sich in solchen Situationen an etwas Festem aufrecht, einer Wand, einem Baum. Nach einem Augenblick verschwand dann der Anflug einer Ohnmacht.) Als er wieder wusste, was er gesehen hatte, glaubte er das Eis mit seiner eigenen Zunge zu schmecken, ging der Spur von Kokos nach, die seine Sinne durchzog. (Wahrscheinlich war es gut, dass er der ärztlichen Aufforderung, sich einen Herzschrittmacher implantieren zu lassen, nicht Folge geleistet hatte, sonst hätte er diesen Moment des Weggangs und der Wiederkehr nicht in dieser Weise erleben können.) Die Fenster des Cafés waren von außen verspiegelt, wie ihm einfiel. Den Impuls, sich umzudrehen, um ihr hinterhersehen zu können, unterdrückte er. Schloss die Augen.

Es war genug. Ihre Zunge forderte nämlich, seinen Mund zu durchstreichen, sodass er die brüderlich-schwesterlichen Hände benutzte, ihn zuzuhalten. Wo sie hergekommen war, schien ihm ein Rätsel – der Duft der Schwester, ihr untrüglichstes Anwesenheitszeichen, fehlte völlig, wie auch sie selbst völlig fehlte. Allein ihre Zunge machte sich daran, seine Finger auseinanderzudrängen, er zog also immer wieder die eine unter der anderen Hand hervor, sie neuerlich seinen Lippen aufzupressen. Architektin war seine Schwester, er gelernter Zimmermann, er fühlte den

Druck, sich ihr beugen zu müssen, sozusagen berufsbedingt, aber etwas in ihm hatte zu kämpfen begonnen. Setzte zunächst kleine, spitze Laute gegen das Vordringen der Schwesterzunge, wenn wieder eine Hand abrutschte vom Mund. Irgendwann ging den Händen die Kraft aus, sie lösten sich, und ein bis ins Beißende gesteigertes Schreien brach sich Bahn. Er zitterte, während er schrie. Schrie so lange, bis die erschrockene Zunge der Schwester nach einer Zeit der ratlosen Reglosigkeit wirklich verschwunden war. Als er die Augen öffnete, stand das Personal des Cafés mit den wenigen anderen Gästen vereint an seinem Tisch, nur der Oberkellner stand abseits und hängte den Telefonhörer zurück auf die Gabel.

Zahlen. Gehen.

Schon schlug die Glocke der Kirche sechsmal. Während er langsam durch die Straßen strich, musste er plötzlich daran denken, dass sich die Zahl seiner Körperzellen heute womöglich zum sechsten Mal vollständig erneuert hatte. Die Vorstellung faszinierte ihn, er hatte vor Wochen ein paar Artikel zum Thema aus dem Netz gezogen und verschlungen. Sieben Jahre brauchten die Zellen nach Meinung der Esoteriker, um sich einmal komplett auszutauschen. Er wusste eigentlich, dass das nicht stimmte: Hautzellen erneuerten sich schon nach neunzehn Tagen, Knochenzellen erst nach fünfundzwanzig bis dreißig Jahren. Aber statistisch gesehen, wenn man die paar nicht erneuerbaren Hirnzellen einfach vernachlässigte, mochte das stimmen. Und er vernachlässigte auf der Stelle. Seinen Geburtstag zum Beispiel. Der hatte den Tag über nur geschmerzt, wenn er kurz daran gedacht hatte, aber nun, da er sechs mit sieben multipliziert und daraus geschlossen hatte, dass er ins siebte Jahrsiebt seines Lebens gewissermaßen runderneuert würde eintreten können, machte es ihm nichts mehr aus, dass er heute zweiundvierzig geworden war. Des Weiteren vernachlässigte er (und staunte, wie einfach das war!) die morgendlichen Männlichkeiten, das Geld, seine Schwester, die Vogelspinne, deren Häutung, *Caffè Crema*, Wodka, Eis und Schwesterzunge. Kurz: nicht mehr wichtig, was heute geschehen war. Nur sein Schreien stand groß und erhaben in seiner Erinnerung. Wenn er daran dachte, war ihm, als hätten Lust und Unlust ihren gemeinsamen Platz in seiner Kehle aufgeben müssen und wären im Schrei hinausgewirbelt worden. Vorsichtig versuchte er, seine Stimme zu gebrauchen. Sang zunächst ein paar Vokale in gleicher Tonhöhe. Die Stimmlippenstellung blieb dabei nahezu gleich, vielmehr kamen die Klangfarben durch unterschiedliche Bewegungsabläufe seiner Mund- und Rachenmuskulatur zustande. Also nahm er zu einem Lied Zuflucht, musste sehr lange kramen in seinem Gedächtnis. *Horch, was kommt von draußen rein.* Als er begann, sang er, vollkommen entspannt, *horch, was kommt von drinnen raus* und wunderte sich einen Moment lang, dass ihm der Text darauf nicht passen wollte, wie er gedacht hatte. Lachte aber, als ihm sein Fehler aufging. Dann das Lied in voller Länge, und noch einmal, und lauter, und als es sieben schlug, hatten sich seine Hände voneinander entfernt und untermalten seinen volltönenden Gesang. Zwei Frauen, eine, drei, die an ihm vorbeigingen, verlangsamten ihren Schritt, hörten zu, gingen weiter. In einem Gesicht glaubte er flüchtig einen verträumten Ausdruck wahrgenommen zu haben.

Lust und Unlust waren zurückgekehrt in seine Kehle, dessen war er sich sicher, aber sie hockten in unterschiedlichen Winkeln seines Kehlkopfes und kamen nicht mehr gleichzeitig zum Einsatz.

Gegen acht klingelte er an der Wohnungstür seiner Schwester. Sagte nicht viel, denn sie gratulierte ihm sogleich freundlich zum Geburtstag. Als Schwester, sagte die Schwester, müsse sie ihm aufhelfen, wenn er im Dreck sitze. Die Kinder waren schon im Bett, der Mann noch nicht zu Hause. Er wollte sie nicht. Hielt sie umarmt. Sie löste sich von ihm, zog ihn hinein. Mit siebzig würde er zehn Jahre Montage erlebt haben, aber sicher nicht noch einen von dieser Sorte. Er lächelte. Aß seinen Teller leer.

Sie duftete.

Jetzt haben wir Dezember.

Draußen ist es kalt, und an Brombeeren zu denken, mag zu diesem Zeitpunkt wie das stete Einrieseln von Salz in süße Vanillesuppe erscheinen. Aber er denkt laut, und seine Stimme fließt voller Fruchtzucker ins herbe Beerenschwarz, dass den anderen am Tisch der Speichel läuft. Er sitzt im Café, eine Männerstimme bietet, von der Seite, leise in sein Ohr. Sie gefällt ihm.

Nachher würde er sich nicht zur Wand drehen, muss er denken.

SPIEL, SATZ, SCHLAPPENSIEG

Der Bruder war womöglich einer der ersten ihr erinnerlichen Sektlaunen der Mutter zu verdanken, hatte das Mädchen später, als sie alt genug dafür gewesen war, oft gedacht. Seine Anlagen hatte er sorgfältig der Chromosomenschrotmühle entnommen, dass ihm auch ja keine verloren ginge, und war dann für neun Monate im Chorion versackt, wo er zu einem Brathähnchen heranreifte. Diesen Eindruck jedenfalls hatte man von ihm, als man ihn zum ersten Mal sah: ein mageres, gelbliches, nacktes Hähnchen, zu dem der dicke, pausbäckige Kopf nicht recht passen wollte. Hatte die Mutter sich womöglich gefragt, welch hybrides Wesen sie da zur Welt gebracht hatte? Wenn ja, konnte diese Irritation nur den Hauch eines Augenblicks angehalten haben, denn an das alsbaldige Einschießen mütterlicher Gefühle in jener Frau glaubte sich das Mädchen zu erinnern. Sie umgaben das Brüderchen mit beinahe aller in der ersten Lebenszeit nötigen Innigkeit. Jedoch stillte die Mutter nicht, weil sie meinte, dem Kind auf diese Weise nicht zu dem zum Kopf passenden Körper verhelfen zu können. Zweidrittelmilch war angesagt. Sie als Schwester war nicht gefragt, als das Schreifritzchen zwei Wochen nach seiner Geburt an einer Lungenentzündung erkrankte und Senfwickel erhielt, die eine schwarz gewandete Nonne ihm täglich aufpackte. Schreifritzchen schrie, seine Haut leuchtete roh unter dem Senf hervor, und der Doktor, der jeden Tag kam, ihm eine Spritze zu geben, verbreitete keine schönen Aussichten. Also musste sie sich, da Mutter und Vater gefangen waren von der Sorge ums Brathähnchen, diese Aussichten selbst fabrizieren. Sie kletterte auf einen Stuhl am Dachfenster und fragte den Herrn Jesus, ob er ihr wohl erscheinen möge, und siehe da: Der Herr Jesus schickte seinen Vorboten in Gestalt des Nachbarsjungen Kuno Bause zu ihr auf den Boden und ließ die beiden da oben, im über den Schöpfen der Familien gelegenen Versteck, gemeinschaftlich sehr laut singen: *O Haupt voll Blut und Wunden …* Sie kannte das Lied von den sonntäglichen Gottesdiensten, die in der kleinen Kapelle im Garten, der zu ihrem Haus gehörte, abgehalten wurden. Niemand sonst hatte eine richtige Kirche im Garten. Sie schleppte regelmäßig Besucherkinder von der Straße herein, um sie davon zu überzeugen. Obwohl sie dort natürlich nicht hingehen durfte, nichts zu suchen und nichts verloren hatte, *nichts da!,* so verbrachte sie doch die Sonntagvormittage im Januar mit dem Schlitten auf dem Wäscheplatz und im Juni bei den sich rötenden Erdbeeren, und ihre Eltern, die nicht wussten, dass auf der Rückseite der kleinen Kapelle meist ein Fenster geöffnet wurde, um der Erstickungsgefahr der Gottesdienstler vorzubeugen, ahnten nichts von der Vielzahl der andächtigen Lieder und schönen Worte, die das Mädchen lernte. Wusste sie die Eltern im Bett oder unterwegs, hockte sie sich direkt unter die geöffnete Luke und löste in Gedanken eine Fahrkarte der Deutschen Reichsbahn, die sie ja doch ins Gottesreich bringen konnte, oder? Am schönsten aber waren die Aussichten, wenn sie nachts in ihrem Bett noch lange nicht schlief, sondern durch ein Loch in der Dielung in den Himmel schaute, was ihr ganz natürlich erschien. Die Goldmarie war ja auch in die Tiefe gesprungen und unter dem blauen Himmel angekommen, und wenn sie durch dieses Zweizentimeterloch den Herrn

Jesus auf sich warten sah, mit verklärtem Blick und gefalteten Händen, so verfröstelte sie einen Atemzug mit Wonnen und konnte beruhigt einschlafen.

Schreifritzchen gesundete zusehends, was ihr die Aufmerksamkeit der Eltern zurückgab. Einmal fuhr sie das Brüderchen gegen den Willen der Urgroßmutter, die die Aufsicht über die Kinder übernommen hatte, spazieren, karrte heimlich den dicken, bauchigen Wagen mit dem schlafenden Hahn, der an Gewicht zugelegt hatte, aus dem Garten und bekam ihn auf der abschüssigen Straße einfach nicht zum Stehen, sodass sie Glück hatte, Herrn Wehnert zu begegnen. Ehe er Zeit gehabt hätte zu überlegen, ob er sich einem solchen Gefährt in den Weg stellen und es aufhalten sollte, hatte er schon seine Tasche von sich geschleudert und seine Mannsmassigkeit in die Waagschale geworfen. Die Nadel schlug zu seinen Gunsten aus. Nachdem er den Wagen, schlummerndes Bündel darin, wimmerndes Bündel daran, zurück in die Hofeinfahrt gebracht hatte, schlich er sich aufmunternd lächelnd davon. Sie schniefte noch ein paar Mal laut und wischte sich den Rotz mit dem Ärmelaufschlag ab, ehe sie unter den Fenstern der Parterrewohnung schnellstens nach hinten zum Sandkasten lief, um sich jedem Verdacht zu entziehen.

Von diesem Tage an wurde Schreifritzchen ihr Liebstes.

Er hing an ihr, die wie ein Äffchen über den Hof wirbelte, als noch viel kleineres Äffchen. Sie kaute ihm, wenn die Mutter sich zum Herd umgedreht hatte, die Reiterchen vor und stopfte sie ihm in den Mund. Später zog sie ihm Hosen an, die dem Bruder der Freundin Annegret zu klein geworden waren, und verfütterte ihr spärliches Taschengeld; sie steckte ihm unter der Hand Kapern zu, die sie für ihn aus der Rotbarschsoße gefischt hatte, wobei allerdings zu bemerken ist, dass sie selbst sich vor Kapern maßlos ekelte;

sie schleppte ihn mit zum Chor, wo er der kleinste, aber hübscheste Knabe war (und seine Augen waren wirklich chorknabenblau!); sie veranstaltete Gartenolympiaden und Rezitationswettbewerbe mit ihm, erledigte seine Deutsch-Hausaufgaben und war sich in seinem dreizehnten Jahre nicht zu schade, einem angehimmelten Mädchen die Liebe des Bruders kundzutun, was aber nichts nutzte. Dreizehn lange Jahre an Schreifritzchens Seite hatten ihn ihr nicht austreiben können, sie war sogar ein bisschen froh darüber, dass das Mädchen nichts von ihm wissen wollte. Den Eltern fiel die Symbiose nicht weiter auf, sie hielten sie wohl für normal. Es waren die letzten Monate ihres täglichen Zusammenseins, in denen sie sich auf ein Studium der Medizin in der Hauptstadt vorbereitete.

Die Fehlstelle, die der Bruder hinterließ, heilte schwer. Sie puderte sich täglich. Bis zum dritten Studienjahr hatte sie es geschafft, sie nicht mehr täglich zu spüren. Da sie weiteren Abkömmlingen ihrer Intellektuellenfamilie mit ihrem hervorragenden Schulabschluss den Weg zum Abitur verbaut hatte, beendete Schreifritzchen die Schule just am Tage ihres Physikums. Diese Schuld empfand sie tief, während ihre Eltern offenbar dem staatlich verkündeten Gebot, Kindern der *Intelligenz* nur in begründeten Fällen längeren Schulbesuch zu gestatten, widerspruchslos Folge leisteten. Schreifritzchen wurde Elektriker, was ihren Vater zu der Aussage verleitete, es mit dem geistigen Kleinrentner der Familie zu tun zu haben. Glücklicherweise lagen die Stromleitungen der elterlichen Wohnung noch immer nicht unter Putz, und Schreifritzchen eiferte, sie dorthin verfrachten zu dürfen. Er begann damit am Tag nach dem Ende seiner Lehre und schaffte es binnen dreier Tage, die riesige Fünfzimmerwohnung der Eltern und der Urgroßmutter unterzuputzen. Beifall. Dass er öfter zum Bier greifen wollte als

Flaschen im Haus waren, fiel nur der Urgroßmutter auf, aber sie äußerte sich dazu nicht weiter.

Das Mädchen bekam drei Kinder und musste danach jedes Mal heftig abnehmen. Zwar hatte sie der konturgebenden Versammlung der Muskelzellen schlankere Formen ins Statut geschrieben, aber die Fettzellen unterlagen dieser Satzung ja nicht! Sie stammten noch aus der Kleinkindzeit und füllten die Subkutis während jeder ihrer Schwangerschaften mit Speck auf. Unschlitt nannte sie den, die Vorsilbe betonte sie für gewöhnlich mit einem abfälligen Herunterziehen der Mundwinkel. Das Schreifritzchen saß indessen in der Heimatstadt der Eltern, und zwar fest, und es kam auch nicht hinauf nach Berlin, um mit dem Mädchen zu joggen oder ihm gelegentlich eine Freundin vorzustellen. Darüber trauerte sie. Wenn sie mit ihren Kindern in den Urlaub gefahren war, so nutzte Schreifritzchen ihre Wohnung schon, ob mit oder ohne Frau, aber wenn sie wiederkam, war er stets verschwunden. Als sie sich endlich entschlossen hatte zu heiraten, kam er zwar aus der fernen Provinz, aber nur, wie sie meinte, um die kleine Feier durch die Bekanntgabe seiner eigenen Verlobung zu unterbrechen. Das Mädchen litt fortan unter anhaltendem Schlucken.

Sie wusste nicht, dass Schreifritzchen soff. Erst, als ihre Mutter von ihr verlangte, ihn zu einer Entziehungskur zwangseinzuweisen und sie deshalb weinend anrief im fernen Berlin, ging ihr auf, was geschehen war: Die Verlobte hatte ihm des Alkohols wegen Lebewohl gesagt, was für ihn nur ein Grund dafür gewesen war, noch einen Zahn zuzulegen beim Saufen. (Zwar hatte er, wenn man es wörtlich nahm, genau einen Zahn beim Saufen verloren, nämlich, als er in volltrunkenem Zustand mit dem Kopf auf die Trottoirkante schlug nach der Verabschiedung eines Kumpels zur Armee, aber das spielt hier eigentlich keine Rolle.) Natürlich kam es ihr weder in den Sinn noch zu, den Bruder zwangseinzuweisen. Während sie ihrem Mann davon erzählte, packte der komischerweise seine Sachen, und als sie ihn beiläufig fragte, was er da eigentlich tue, die Gelegenheit beim Schopfe, ihr zu sagen, dass er doch lieber wieder zu seiner ersten Frau zurückginge. Sprach's und schloss die Tür hinter sich.

Die folgenden Wochen verbrachte sie im Krankenstand, bis ihre Mutter kam, sie und die Kinder nach Thüringen zu holen. Sie heulte während der langen Zugfahrt, sah ihre Kinder nicht. Als sie ausstiegen, waren Vater und Bruder gekommen, sie abzuholen. Sofort fiel ihr deren breites, vielsagendes Grinsen auf, das sie so gar nicht in Übereinstimmung bringen konnte mit ihrem eigenen Zustand. Anteilnahme und Beileid zum Tode ihrer Ehe hatte sie erwartet, aber die Männer feixten, aus ihren Augen sprach die kaum zurückzuhaltende Frohe Botschaft, was sie, da sie sich des atheistischen Zuschnitts ihrer Kindheit immer bewusst war, zumindest verwunderte. Sie zwängten sich zu siebt in den Trabant, auf jedem ihrer Beine hockte ein Kind, das dritte auf Schreifritzchens Schoß. Zu Hause holte der Vater eine Flasche teuren grusinischen Kognaks hervor, von dem völlig unklar bleiben musste, wo er herkam, und eröffnete die Wahrheit: Schreifritzchen hatte Tele-Lotto gespielt, einen Fünfer gelandet, den größtmöglichen Treffer, und nannte nun fünfundfünfzigtausend Mark der DDR sein eigen. Wohlig strich sich der Vater nach einem Kognak über den Bauch, während dem Bruder plötzlich anzusehen war, dass er *voll, nass, rammdösig, benebelt, blau, bezecht, fidel* durch den weiteren Tag zu gehen gedachte.

Das Mädchen weinte heimlich.

Er kaufte ihr ein Klavier, als sie Wochen später nach Berlin zurückkehrte.

Klavier spielte sie gut und gerne. In den Jahren des Studiums und auch danach noch hatte sie das nicht tun können, ein gutes wäre viel zu teuer gewesen, und eine Schindmähre wollte sie sich nicht antun. Während sie nun in freien Stunden oft versank mit Rachmaninow, Kabalewski oder Prokofjew, die Russen hatten es ihr angetan, musste sie an ihn denken. Die Eltern erwarteten, dass er das Mietshaus kaufte, in dem sie wohnten. Die alte Frau Blauwald, der es gehörte, hatte keine Kinder und wohl überhaupt keine Anverwandten, sie würde es ihm billig überlassen wollen, hatten sie gesagt. Wohnen würde er dort nicht können, denn eine Zuweisung für eine solch große Wohnung bekäme er von der Kommunalen Wohnungsverwaltung keinesfalls, egal, ob ihm das Haus gehörte oder nicht. Andererseits hätte er den ganzen Ärger, wenn es darum ging, dieser Hornzche den Zusammenbruch zu ersparen, der aus den Löchern im Dach, den Ritzen in den Fensterlaibungen und den riesigen Putzfehlstellen leckte und darauf wartete, sich die ganze Angelegenheit in einem unbeobachteten Moment einzuverleiben. Handwerker zu finden, würde ihm vielleicht nicht schwerfallen, er war ja selbst einer, aber sie angemessen zu bezahlen, würde ihm das sauer erspielte Geld schneller wieder aus dem Kreuz leiern, als ihm lieb sein konnte … Sie würde dem Bruder abraten, beschloss sie, und da ein Telefon damals weder in ihrem noch in seinem Besitz war, sie nur durch das Telefon der alten Blauwald, eine Etage über den Eltern wohnend und begierig auf jedes Fremdgespräch in ihrem Flur, miteinander hätten reden können, schrieb sie ihm einen Brief. Er zeigte ihn den Eltern. Die regten sich fürchterlich darüber auf, wie sehr sie ihnen in den Rücken gefallen sei, wo sie *den Jungen* doch schon fast so weit gehabt hätten … *Der Junge* jedenfalls sah ab von Haus und Hof, glücklicherweise, wie sie damals dachte, bastelte sich mit den teuersten vorfindlichen Geräten eine Diskoanlage und wurde Schallplattenunterhalter. Die Prüfung legte er vor dem Bezirkskabinett für Kulturarbeit ab und fand nach einiger Zeit eine Anstellung in der Kulturfabrik, dem kleinstädtischen, neu gebauten Jugendclub. Hausmeister war er dort, jedoch brachte ihm die Lizenz zum Schallplattenunterhalten lange Diskoabende ein, an denen er sein relatives Talent unter Beweis stellen und geharnischt trinken konnte, bis er nahezu sein Gehör verlor. Hammer, Amboss und Steigbügel des einen Ohres hatten wegen Durchfaulens entfernt werden müssen, als er noch bei der Armee gewesen war, und die Knöchelchen des verbliebenen zweiten hielten offenbar dem Beschallungsdruck nicht stand.

Als er so weit war, die Diskoanlage verkaufen zu wollen, markierte der Umsturz der Verhältnisse die Stelle zwischen Wert und Unwert der Gerätschaften, auf denen er also sitzen blieb. Das Restgeld tauschte er bis auf den Sockelbetrag im Verhältnis 2:1.

Zeit zu heiraten.

Die Frau, die er fand, hatte er nicht gesucht. Glücklicherweise konnte seine Mutter die alte Blauwald mit einer überreichlichen Kostprobe des Festmenüs davon abhalten, am Tage der Hochzeit zu sterben. Sie tat es erst, als alles vertilgt war, was sich auf ihrem Teller befunden hatte, und das war einen guten Tag später. Eine entfernte Übergroßnichte meldete sich überraschenderweise. Sie hätte, gab sie unumwunden zu, vor der *Wende* niemals ihre Verwandtschaft mit der Blauwald publik gemacht und, hätte man sie wider Erwarten gefunden, das Erbe ausgeschlagen. Nun aber war sie heilfroh, ein Haus erben zu können mit solventen Mietern darin und Blauwalds herrlich großer Wohnung, in die sie sofort und keinesfalls unter Aufgabe ihrer heimatlichen

Anstellung einzog: Arbeitslos war sie schon ein halbes Jahr zuvor geworden. Das Haus veränderte sich. Wurde wärmegedämmt, frisch verputzt, bekam neue Wasserleitungen und Bäder in die einzelnen Wohnungen. Die erhöhten Mieten reichten gerade so aus für das Bedienen des hierzu notwendigen Kredits und sicherten darüber hinaus der Eigentümerin ein bescheidenes Einkommen.

Geschenkt.

Schreifritzchen gestattete sich keine überflüssigen Gedanken. Sein Geld war ausgegangen. Bis dahin auch er, sehr oft mit seiner Frau, nur, dass sie immer wieder heimkehrten in ihre kleine Altneubauwohnung. Bald kamen zwei Söhnchen, die das Ihre forderten, und er, schon über vierzig, hätte ihnen nun gern ein Haus gebaut oder zumindest ein Pachtgärtchen gehabt. Seine Arbeit als Hausmeister lag so lange zurück wie der Tag, an dem man den Jugendclub geschlossen hatte. Später verlor auch seine Frau ihre Arbeit in einer Bank, in der sie sich sicher geglaubt hatte. Er bewarb sich als Nachrichtensprecher beim regionalen Fernsehsender. Was daraus geworden war, hatte er nach seiner Rückkehr vom Vorsprechen niemandem erzählt. Vom versuchten Suizid genas er nur langsam. Die Schwester, obwohl schon lange Jahre im selbstverständlichen Besitz eines Telefons, versuchte es wieder mit einem Brief, er war ja ihr Liebstes geblieben! Wusste er das überhaupt? *Liebes Schreifritzchen,* schrieb sie, *weißt Du noch? Wie wir zusammen im kleinen Bollerwagen saßen und mit der Omi in die Himbeeren fuhren, in die Blau- und Brombeeren oder in die Goldröhrlinge und die dicken Rotkappen – weißt Du noch? Wie wir die Pilze in Scheiben geschnitten und als Schnitzel paniert und gebraten haben? Oder nimm den Winter: Wie wir zusammen Schlittschuh liefen und das Eis so herrlich knackte unter den Kufen …* Die Vergangenheit beschwor sie wie eine ferne, schöne Zukunft, auf die sie sich gemeinsam zubewegten, schlitternd auf schwankem Eise, und eins hätte das andere festhalten und stützen müssen, wäre ihm aufgegangen, wo sie ihn hinhaben wollte. Er aber las den Brief ohne Erinnern, und als er damit fertig war, legte er ihn in eines der Bücher, die er besaß.

Ihre Kinder wurden erwachsen, hatten ihr stetig wechselndes Auskommen. Eines zog nach Schweden, ein anderes nach Thüringen. Nur das dritte, ein Junge von achtzehn Jahren, lebte noch mit ihr zusammen. Sie war besorgt, wenn sie an *die Zukunft* dachte. Ihr war, als hätte sie alles, was noch kommen würde, schon einmal erlebt. Als spiegelte sich Vergangenes an der Achse der Lebensmitte und kehrte nun wieder. Als sei das Stück, das gerade lief, schon einmal gegeben worden, unter anderem Vorzeichen, in anderer Besetzung, und liefe aufs Ende zu, an dem auch sie wieder am Ausgangspunkt ankam. Immer öfter ging sie in der Vergangenheit umher und suchte nach Zeichen. Sie fand aber nur das Schreifritzchen, das mit kurzen Lederhosen, kurzen Haaren und einer kurzen Aufmerksamkeitsspanne Rabatz machte. Die Lederhose, die er heute trug, war schwarz und lang und sein Haar band er im Rücken zu einem Schwanz. (Oben schmückte eine natürliche Tonsur seinen Kopf, sodass nicht allzu viel Bewuchs dafür übrig blieb; lediglich der Glatzenkranz wucherte in den Zopf.) Seine Aufmerksamkeitsspanne aber war kurz geblieben, und dass sie darin nicht verweilen konnte, hatte sie wohl begriffen. Sie wünschte ihm Glück für seinen Job, den er über eine Agentur für Zeitarbeit gefunden hatte. Im ganzen Bundesgebiet war er nun wochenweise auf der Flucht vor seiner Frau, und wenn er nach Hause kam, reichte der mitgebrachte Frieden für das Wochenende aus. Manchmal, wenn er in Berlin arbeitete, wohnte er bei der Schwester. Wie klein er immer wieder wurde, während er, wie diese Woche, in ihrem Hirnkasten herumturnte, merkte er nicht einmal, als sie ihm ein Kinderbesteck kaufte und es eines Abendbrots neben den Rotkäppchenteller legte. Unbewegten Gesichts aß er die Reiterchen, die sie ihm darauf zubereitet hatte. So müde war er, dass er kauend im Sitzen einschlief. Sie bettete ihn auf die Sitzbank, zog ihm die Schlappen aus, deckte ihn mit einer Wolldecke zu und sang leise, damit er nicht aufwachte, *O Haupt voll Blut und Wunden …*

ZWIELICHTE ZEITEN

Immer, wenn die Schatten kurz waren und die Zeit lang wurde, legte sich Brigitte Bambosa in den Liegestuhl in der hintersten Ecke des Gartens. Das moderne Einfamilienhaus davor hätte dem, der vorbeiging, viele Fragen beantworten können, ließ also nicht viel offen. Aber wer hier spazieren ging, im neu erbauten Wohnpark, der hatte womöglich gar nicht viele Fragen. Darüber dachte Brigitte Bambosa manchmal nach. Selten nur setzte sie selbst einen Fuß vor die Tür. Ihr Mann tat das für sie. Er arbeitete jenseits des Speckgürtels in der Großstadt. Brigitte Bambosa lüpfte, auf dem Liegestuhl liegend, das Strohhütchen, das sie über die Augen gezogen hatte, und blinzelte in die Sonne. Die Zeit wurde ihr in den letzten Wochen immer länger, dabei war sie doch mit ihren siebenunddreißig Jahren gerade noch jung! Auf der Pflege des Gartens bestand ihr Mann, er brauchte den Ausgleich zum Bürositzen, und selbst die Bäumchen auf dem kleinen Rasenstück hinter dem Haus wuchsen ganz von allein. Seit sie mit dem Schlafzimmer auch den letzten Raum des neuen Hauses eingerichtet hatten, stellte sie sich morgens manchmal auf einen Stuhl und strich mit dem Finger über die obere Schrankkante. Zu selten fand sich ein bisschen Staub, den es wegzuwischen galt. Zu oft aber dachte Brigitte Bambosa an die Verlängerung der Zeit, die sich zwischen heute und morgen ausdehnte. Ein weich gekauter Kaugummi. Immer länger wurde der, wenn man versuchte, ihn irgendwie zusammenzuklauben. Das unterließ Brigitte Bambosa inzwischen, aber das, was sich zwischen den Tagen ausbreitete, konnte auch sie nur noch Langeweile nennen.

Sie stand auf, weil sie sich eine Flasche Wasser holen wollte. Als sie die Tür auf der Vorderseite des Hauses erreicht hatte, sah sie ein altes Paar, das die baumlose Neustraße entlanghastete. Hier und da aber stehen blieb. Sie öffnete die Haustür, trat ein und schloss sie hinter sich. Erstaunt fand sie sich hinter der Gardine des Flurfensters wieder und beobachtete die beiden Alten. Der Mann wies in ihre Richtung mit der rechten Hand, Brigitte Bambosa rührte sich nicht. Er konnte sie unmöglich entdeckt haben. Was mochte er jetzt zu der Frau sagen? Die jedenfalls schüttelte den Kopf und zog, geringschätzig, wie Brigitte Bambosa aus der Ferne fand, die Lippen herab. Die Uhr zeigte zehn nach zwölf.

Fünf Stunden später kam ihr Mann nach Hause. Brigitte Bambosa hatte einen Toscanasalat vorbereitet, einen frischen Weißwein entkorkt und Baguette getoastet. Sie aßen auf der Terrasse hinter dem Haus, sprachen dabei über die bevorstehende Kommunalwahl. Ihr Mann wählte zu gern links, wie sie wusste. Aber außer ihr durfte das niemand wissen. Sie selbst hatte um der Gewissenserleichterung willen in den letzten Jahren immer grün gewählt und sich gut gefühlt dabei, wenn auch das gute Gefühl immer spätestens zwei Wochen nach der Wahl nicht mehr auffindbar gewesen war. Die heimlichen Grünlinken nickten einander mit dem Weinglas in der Hand zu: Die Welt war erträglich, wie sie war. Später, als sie im Bett des neu eingerichteten Schlafzimmers nebeneinanderlagen, rauchte sie noch eine Zigarette und beobachtete ihn, der längst eingeschlafen war.

Der Stuhlaufstieg am nächsten Morgen, nach dem Fortgang des Mannes, erbrachte wieder einmal zu wenig Staub auf der Schrankkante. Seufzend langte Brigitte Bambosa nach Platz drei der Bestsellerliste, mit dem sie sich ihre zweite Tasse Kaffee wenigstens ein bisschen verkürzen wollte. Ihr Blick fiel durch das Fenster nach draußen. Da stand schon wieder das alte Paar! Der Mann sah so aus, als suchte er mit den Augen Fenster um Fenster nach etwas Einprägsamem ab. Die Frau, verhärmt, verbuckelt, hatte etwas Mühe, den Kopf so weit zu heben, dass sie ihm folgen konnte. Die Uhr zeigte drei nach neun.

An den folgenden Tagen begann Brigitte Bambosa, nach den beiden Alten Ausschau zu halten. Durchschnittlich viermal täglich liefen sie am Haus vorbei.

Immer blieben sie vor Bambosas Neubau andächtig stehen, blickten vom Klingelschild zur Eingangstür und sahen einander an. Brigitte Bambosa meinte ein unterschwelliges Schulterzucken wahrzunehmen dabei. Dann gingen sie weiter. Es war, als hielten sie sich ziemlich genau an einen Zeitplan. Am Mittwoch zum Beispiel sah Brigitte Bambosa die beiden gegen zehn Uhr voll beladen mit Einkäufen die Straße hinaufgehen, die sie aber zuvor nicht hinuntergegangen waren. Am Donnerstag liefen sie die Straße zweimal hinunter, ohne sie zuvor wenigstens einmal hinaufgegangen zu sein. Brigitte Bambosa rätselte. Wahrscheinlich absolvierten sie an diesen beiden Tagen eine Ringtour. An den anderen kamen sie nämlich mit je einem kleinen Täschchen zuerst die Straße hinab, zwanzig Minuten später wieder hinauf. Immer hielten sie sich bei den Händen, was in Brigitte Bambosa eine tiefer gelegene Rührung evozierte. Drei Wochen lang wartete sie Tag für Tag auf die Alten. Die Schatten wurden schon wieder länger, dafür verkürzte sich jetzt nicht nur die Zeit zwischen Morgen und Abend, sondern auch die zwischen den Tagen eilte eher, als dass sie bedächtig humpelte. Brigitte Bambosa vergaß die Langeweile beinahe.

In der vierten Woche endlich ließ sie am Montag, kurz vor dem erwarteten Vorbeimarsch der Alten, ihr Portemonnaie auf die Straße fallen und legte sich hinter der noch niedrigen Vorgartenhecke auf die Lauer. Das heißt, sie legte sich natürlich nicht hin, sondern beschäftigte sich, allen Interessen ihres Mannes zum Trotz, mit dem Jäten des nur spärlich nachwachsenden Unkrauts. Die beiden kamen, die Frau sah das Portemonnaie, der Mann bückte sich, es aufzuheben. Brigitte Bambosa hatte ihren Personalausweis gleich in das erste Börsenfach gelegt, die beiden Alten hatten also keine Mühe, die Besitzerin und deren Adresse ausfindig zu machen. Sie näherten sich der Vorgartentür, und als sie Brigitte Bambosa sahen, riefen sie laut nach ihr. Sie tat ganz verwundert, strich sich die erdbeschmutzten Hände an den Shorts ab und kam näher. Die Frau schwenkte lächelnd das Portemonnaie und Brigitte Bambosa hielt in gespieltem Entsetzen die Hand vor den Mund, als sie es sah. *Nein, wann ist mir denn das passiert! Das ist ja furchtbar! Und gut, dass es von solch ehrlichen Leuten wie Ihnen gefunden wurde! Wollen Sie nicht für ein paar Minuten hereinkommen? Ich mache Ihnen einen schönen Kaffee auf den Schreck!* Nun, einen schönen Kaffee mochten die beiden Alten nicht, die im Übrigen ja auch gar keinen Schreck erlitten hatten, aber auf ein Tässchen Tee ließen sie sich ins Haus bitten. Die kleine Frau mit krummem Rückgrat schob ihren Mann vor sich her. Der hatte, wie Brigitte Bambosa jetzt sah, offenbar nur noch ein funktionierendes Auge. Der zweite Augapfel hockte gläsern in der Höhle. Sie hatte einige Mühe, ihn anzusehen. Wenn sie ihm direkt ins Gesicht schauen wollte, so wurde ihr Blick vom Glasauge angezogen, das aber keine Reaktion zeigte. Das irritierte sie. Die Frau hatte einen herabhängenden Mundwinkel und auf derselben Gesichtshälfte auch ein hängendes Augenlid, das die Iris, wanderte sie zu weit nach links, zu einem Drittel bedeckte. Geschlagene, musste Brigitte Bambosa augenblicklich denken. Die beiden Alten ließen einander auch dann nicht los, als sie längst saßen. Als könnte er alle Hilflosigkeit damit umgehen, suchte seine die Hand seiner Frau. Ein eingespieltes Team.

Brigitte Bambosa redete ein bisschen viel. Sie merkte das, konnte sich aber kaum bezähmen, denn Pausen, in denen sogar die Luft stockte, konnte sie eigentlich nicht leiden. Redete beim Zubereiten des Tees über dic Wasserhärte in der Gegend, beim Aufschneiden des gestern gebackenen Kirschkuchens über die Anfälligkeit so mancher alternden Galle diesem Steinobst gegenüber, wobei sie die alte Frau fragend ansah, und als sie ein Kännchen Milch auf den Tisch stellte, palaverte sie über die Euterkrankheit in der Herde eines nicht weit vom Wohnpark residierenden Viehwirtes. Als aber der Mann zu sprechen anfing, ging ihr ganz plötzlich die Luft aus. Sie merkte, dass sie darauf gewartet hatte.

Vorsichtig fragte er, ob er Süßstoff bekommen könne. Sie bejahte nicht, sondern drehte sich mit Schwung um, entnahm dem Schrank die Dose und stellte sie mit reinweiß blankem Lächeln vor ihn auf den Tisch. Die kleine Frau nahm drei Löffelchen braunen Zuckers in ihren Tee. Ihren Blick bezeichnete Brigitte Bambosa im Stillen als scheu, was ihr ein Gefühl der Überlegenheit gab.

Sie fragte die beiden Alten nach ihrem Namen. *Frischer*, sagte die Frau, *Max und Hildegard.* Sie betonte, wie sie sich freuten, Frau Bambosa kennengelernt zu haben. Zu süßlichem Lächeln verzogene Münder. Nie hatte Brigitte Bambosa derart alte Leutchen um sich gehabt. Ihre Eltern waren schon lange tot, waren bei einem Verkehrsunfall vor zwanzig Jahren ums Leben gekommen, und die Eltern ihres Mannes waren gerade mal sechzig Jahre alt.

Sie seufzte hörbar.

Nun müssen wir aber weiter, die Pflicht ruft!, rief der Mann aus. Brigitte Bambosa schätzte die beiden auf weit über achtzig Jahre und wunderte sich, was da wohl rufen könnte. Ob sie ein Stückchen Kirschkuchen mitnehmen wollten? Und überhaupt: Sie kämen doch sicher öfter hier vorbei, da wäre es doch schön, wenn sie auch öfter mal hereinschauten! Die beiden lächelten verlegen, ehe sie eine Spur zu heftig nickten.

Zwei Tage später klingelten sie. Brigitte Bambosa hatte sie kommen sehen und stand gleich hinter der Tür, sie musste einige Zeit vergehen lassen. Kämmte also ihr Haar nochmals auf und besprühte sich mit dem Parfum, das ihr Mann ihr zu Weihnachten geschenkt hatte. Als sie den beiden die Tür öffnete, tat sie freudig überrascht. Die Alte hielt ihr einen Strauß blutroter Nelken vor die Nase.

Heute waren die beiden neugierig genug, sich das Haus ansehen zu wollen. Besonders interessiert schienen sie an den spärlichen Fotos, die Brigitte hier und da hingestellt hatte. Ihre Eltern, die drei Brüder mit ihren Familien. Ob sie auch ein Foto von ihrem Mann habe? Sie überlegte, suchte dann nach dem alten Fotoalbum. Als sie es gefunden hatte, warteten die beiden Alten beinahe unverhohlen neugierig darauf, es aufschlagen zu können. Kaum hatten sie die dritte Seite erreicht, *Tag der sozialistischen Namensgebung*, als auch schon der Mann triumphierend erst seine Frau, dann Brigitte Bambosa anschaute. *Der Name ...*, stammelte er aufgeregt, *der Name ist doch so selten, dass wir sofort daran dachten, sie wiedergefunden zu haben!*

Brigitte Bambosa verstand zunächst nichts.

Eine Stunde später verstand sie schon mehr.

Ihre Schwiegereltern waren Mitglieder der Parteigruppe gewesen, der auch die beiden Alten angehört hatten. (Dass Hannelore und Gerhard Bambosa in der Partei gewesen waren, hatten sie niemals erzählt, und auch ihr Mann hatte es ihr verschwiegen.) Ärzte waren sie gewesen, in einer Poliklinik, wie die beiden Alten. Letztere hatten sich nachwendlich zur Ruhe gesetzt, während die Bambosas eine Gemeinschaftspraxis eröffnet hatten, die sie nun noch drei, vier Jahre zu führen gedachten. Brigitte hatte die Schwiegereltern kennenlernen dürfen, als ihr Mann sich ihrer sicher gewesen war. Die Bambosas waren stets auf Achtung gebietende Distanz aus gewesen, und die Schwiegertochter hatte die unsichtbare Linie, die um sie gezogen war, nie übertreten wollen. Die Frischers hingegen waren von transparenter Präsenz, erzählten aus den alten Zeiten nicht, als hielten sie an, aber doch so, als wollten sie sich ihrer wieder und wieder vergewissern. Die Erinnerungen schärfend, sie nicht hergebend. Das war neu für Brigitte Bambosa, und sie fragte sich, warum sie in die Vergangenheit ihrer Schwiegereltern niemals Einlass begehrt, ja nicht einmal vorsichtig angeklopft hatte. (Diesem Gedanken hing sie den ganzen restlichen Tag über an, zerfaserte ihn, setzte die Einzelstücke neu zusammen, ohne aber den alten Bambosas näherkommen zu können.)

Sie ließ sich schließlich zum Gegenbesuch einladen. Am nächsten Freitag machte sie sich auf. Die Frischers wohnten im ersten Haus der alten Siedlung, die an den Wohnpark grenzte. Brigitte Bambosa glaubte die Pressspan-Schrankwand, Eiche maron und hoffnungslos ächzend, mit durchhängenden Regalbrettern unter der Last der Bücher, zu kennen. Ein alter Teppich konkurrierte mit einer ebenso alten Liege um das bessere Grau, und zwei Sessel aus den

Siebzigern komplettierten die Einrichtung. Einen davon boten sie ihr an. Der Mann setzte sich auf die Liege, die Frau huschte in die Küche, um Kaffee zu holen. Brigitte Bambosa fühlte sich, wenn sie von den Büchern absah, zurückversetzt in das Wohnzimmer ihrer Eltern. Obwohl es dort weitaus ordentlicher gewesen war als bei den Frischers. Zeitungsstapel um Zeitungsstapel konnte sie durch die Tür auf der Veranda liegen sehen und auf dem Tisch parkten säuberlich Ausschnitte daraus, die nach Themen geordnet und beschwert waren von kleinen und größeren Steinen. Frischer zerriss einen Bogen Papier. Immer ein Stück davon packte er zwischen die Stapel, bis er sie vom Tisch geräumt hatte. Die Wachstuchdecke wischte er mit warmem Lappen ab und holte eine Kaffeetasse aus dem Schrank, für seine Frau und sich selbst Teegläser.

Als sie am Tisch saßen, tat die Unterhaltung einen Moment lang so, als könne sie sich nicht entscheiden zu beginnen. Aber dann räusperte sich Frischer und sagte, sie seien *Vielläufer*, *Vieltuer* und *Vielbedenker*. In der Tat kamen die beiden an einem Tag öfter bei ihr vorbei als Brigitte Bambosa in der ganzen Woche das Haus verließ. Ihr fiel der Stuhl ein, auf den sie morgens stieg, um nach Staub zu fahnden. Die Schwiegereltern steuerten Geld bei, damit sie nicht arbeiten brauchte, sondern sich um die Häuslichkeit verdient machte, was niemand sonst bezahlte. Sie hatte das gut gefunden, auch wenn ihr Mann ihr zunächst nicht hatte abnehmen können, dass sie ihren Job als Lehrerin gerne aufgab. Und das heutzutage! Aber die Schwiegereltern hatten ihnen Aussicht auf ein beträchtliches Erbe gemacht, und das wog die Aussicht auf dreißig weitere Berufsjahre vor zu großen Klassen voller desorientierter und demotivierter Schüler allemal auf. *Viel bedenken?*, sagte sie, *viel laufen, viel tun?* Eigentlich galt diese Frage geistesabwesend der eigenen Befindlichkeit, was die Frischers natürlich nicht wissen konnten. Sie erzählten nun von *der Partei*, deren Mitglieder sie seit mehr als fünfzig Jahren waren. Versammlungen der Ortsgruppe. Aktionen. Wahlkampf. Dem Umweltschutz hätten sie sich verschrieben und eckten damit gelegentlich an. Es sei für sie eine Erleichterung, noch mittun zu dürfen, wo doch die Übergangszeit – und hier meinten sie die Monate zwischen Grenzöffnung und Vereinigung – sie über die Maßen gebeutelt hatte! Bei Frau Frischer Apoplex, ganz plötzlich, am 5. Januar 1990, unvergessliches Datum, und kurz darauf Frischers einseitige Erblindung infolge einer Netzhautablösung, er hätte sich das Auge wegen fortdauernder Entzündung gleich herausnehmen lassen und sich anfangs sogar gefreut, nicht so genau hinsehen zu müssen. Die Auslagen in den Geschäften hatten sich vom einen Tag auf den anderen geändert, als er mit seiner Frau zur Rehabilitationskur war, Gott sei Dank, so schnell hätten sie das gar nicht ermessen können damals. Beinahe dankbar schienen sie, aber wem?, dass das vermeintliche Unglück damals über sie hereingebrochen war. Sie hätten in Watte gepackt verharren dürfen, bis die neuen Zustände sich einpegelten. Den Pegelstand hätten sie dann einfach als gegeben angenommen und angefangen, dagegen zu opponieren. Das war ihnen neu. Bis dahin wären sie stets entlang *der Linie* geschippert, aber die war ja nun nicht mehr da. (Brigitte Bambosa fragte sich einen Herzschlag lang, ob diese Linie mit jener zu tun hatte, die ihre Schwiegereltern Achtung gebietend um sich gezogen hatten, kam aber auf die Schnelle zu keinem Ergebnis.) Sie bräuchten ja nicht mehr viel und nutzten ihre gute Rente für Dritte-Welt-Projekte und dafür, dass das Dach über ihnen nicht einstürzte. Der Partei hielten sie die Treue, obwohl es nicht leicht für sie sei zuzugeben, dass sich diese Treue religiös gebärdete. Aber was soll man mit den Alten und ihrer Religion anfangen? Für den Rest ihres Lebens wollten sie die nicht mehr ändern …

Brigitte Bambosa aß vom Kalten Hund. Ihre Mutter hatte ihr den zu ihren Kindergeburtstagen auch gemacht. Ihr wurde schlecht: Das war das reine Kokosfett. Trotzdem fiel ihr nichts anderes ein, als die Übelkeit niederzufressen.

Und die Schwiegereltern?

Frischers Frage stand als Hologramm in der Luft: Von Brigitte Bambosas Seite aus ähnelte sie einer Dampframme, deren Knopf sie lieber nicht betätigen wollte, weil sie sich davor fürchtete, was sie zum Einsturz bringen würde. Die Frischers aber sahen die Frage als kleines blütenweißes Leinensäckchen im Winde des Wiederfindens flattern. Begierig, von den *alten Genossen* zu hören, wollten sie es füllen mit den Fundstücken aus Brigitte Bambosas Mund. Die druckste. Die Kekskrümel des Kalten Hundes ließen eine Warteminute zu, die sie mit einer wedelnden Handbewegung in Mundhöhe unterstrich. Aber schließlich waren sie geschluckt, die Bedenkzeit ging vorüber, und wie leer geblasen schien ihr Kopf. Keine Antwort. Frau Frischer sprang mit einer alten Geschichte ein: Als die Unruhen auf dem Platz des Himmlischen Friedens in Pekings 89er Juni stattfanden, hatten sie mit den alten Bambosas zusammengesessen und sich die westlichen Fernsehbilder angeschaut. Während die Frischers *sahen*, wie die chinesische Armee Studenten angriff, was sie nicht fassen konnten und sich verzweifelt anschauten, hatten Bambosas diese Szenen völlig anders wahrgenommen als sie. In ihrer Version nämlich waren die Studenten diejenigen, die die Armee angriffen, auch das hatten sie tatsächlich *gesehen,* Frau Bambosa habe noch laut und deutlich gesagt, was denn die Armisten anderes tun sollten als sich gegen diese Konterrevolutionäre zur Wehr zu setzen, und da hätten sie, Frischers, plötzlich gewusst, dass Denkweisen auf die Art der Wahrnehmung durchschlugen. Sie waren wortlos auseinandergegangen an diesem Tag, die Frischers anders verzweifelt als die Bambosas, und sicher seien *die treuen Seelen noch immer so rot wie damals, was?* Brigitte Bambosa merkte, wie **sie** knallrot wurde. Sie stand nun schnell auf und verabschiedete sich eilig, sie hätte den dringenden Zahnarzttermin ja beinahe vergessen bei dem interessanten Gespräch! Die Frischers schauten überrascht drein, blieben zurück und sahen ihr nach, wie sie im Laufschritt die Straße überquerte und hinter der übernächsten Grundstücksecke verschwand.

Sie blieb stehen.

Atmete.

Wenn sie die Treue der Frischers zur alten, neu gewandeten *Partei* auch nicht einfach gutheißen mochte, so fand sie sie doch stimmig. Vermutlich hielten sie an dem fest, was diese Partei vorgab erreichen zu wollen, und sie war ihnen darüber hinaus jene Nische, in der ihnen das, was auch sie angerichtet hatten, wenigstens zu einem Teil dauernd vor Augen blieb, auf dass sie es nicht vergaßen. Fast war es ihr, als betrachteten die beiden ihre schweren, wendezeitlichen Erkrankungen als Preis, den sie zu zahlen hatten für das Beharren auf ihren Irrtümern und für das Unterlassen jeglicher Fragerei. Mit dem alten Staat hatten sie abgeschlossen. Dennoch verharrte er irgendwie tief in ihnen. Möbel waren ihnen nichts weiter als Gegenstände zur Einrichtung und stammten, wie Tassen und Teller, eben aus vergangenen Zeiten. Brigitte Bambosa musste daran denken, dass ihre Schwiegereltern alle zwei oder drei Jahre das Porzellan wechselten, das zur Schau in den Messingvitrinen stand, die sie nach dem Bezug ihres Hauses neu angeschafft hatten. Lustig hatte sie das gefunden, hin und wieder auch eines der

Kaffee- und Speiseservices übernommen, bis das nächste anstand und sie das »alte« einer Sammlung der Obdachloseninitiative überantwortete oder anderweitig verschenkte. War es besser, selbst dem Kaffeetisch jeden Anschein von Kontinuität zu nehmen? Waren die Frischers Ewiggestrige, denen die Schwiegereltern meilenweit voraus waren, was Anpassung an heutige Verhältnisse betraf? Brigitte Bambosa schwindelte. Immer, wenn sich eine Antwort zu nähern schien, waren ihre Gedanken nicht fähig, sie zu fassen und ans Licht zu ziehen. Ihre Beine wurden unruhig, als drängte es sie, auf den Stuhl zu steigen. Schließlich stöckelte sie die Straße hinunter. Zeit konnte Licht und Zwielicht sein, wie ihr schlagartig klar wurde, als sie in der beginnenden Dämmerung das Auto der Schwiegereltern vor ihrem Haus halten sah.

Von Frischers erzählte sie später, als sie beim Abendbrot saßen, nichts.

TADEUSZ. PUNKT.

Seit er in Deutschland lebte, nannte er sich *Taddäus*, auch wenn ihm der Name fremd anmutete. Nicht über den Körper schlüpfte, sondern immer am Hals baumeln blieb wie gute Vorsätze, halbherzige Nachfragen und dumme Sprüche. *Tadeusz* zischte über die Zunge und er hatte lange üben müssen, bis das Geräusch ausgeblieben war. Nicht einmal einen kleinen Schub an Selbstbewusstsein hatte das ausgelöst, obwohl er darauf doch so gewartet hatte. Stattdessen lebte er ein kleines, eher schüchternes Leben an der Seite seiner Frau, deren Nachnamen er bei der Hochzeit angenommen hatte: *Geissler*. Tadeusz Geissler ahmte in den vielen freien Stunden, die der Tag für ihn bereithielt, die Vögel *Erithacus rubecula, Troglodytes troglodytes* oder *Emberiza citrinella* nach, indem er die Lippen spitzte, die Wangen nach innen sog und sodann ein Trillern und Pfeifen absonderte, das sich gewaschen hatte. Oder er häkelte. Immer verrücktere Mützen fertigte er für seine Frau, die davon ohnehin nie genug bekommen konnte und die Dinger mit einer Freude trug, die sein liebster Lohn war. Diese Freude zeigte sich stets zuerst in ihrem Gesicht, dessen spitz zulaufendes Kinn sich allmählich nach unten senkte, damit breiter wirkte und für das durch die Zähne schimmernde Lächeln genug Platz hatte. Dann aber, wenn sie die Mütze aufgesetzt, sich ein paar Mal vor dem Spiegel gedreht hatte, flog sie Tadeusz an die Brust, küsste ihn überschwänglich und begann, Jacke, Hemd und Hose aufzuknöpfen. Das liebte er. Obwohl er streng katholisch war, hatte er sich nicht bezähmen können, als sie zum ersten Mal nach ihm gelangt hatte. Mit ihrem Frauenchor war sie per Bus von Gotha aus nach Kielce gekommen, um in der Heiligen Dreifaltigkeitskirche zu singen. Nach dem Vormittagskonzert hatte er zu den Männern gehört, die den Frauen die Stadt hatten zeigen sollen, aber sie allein war mit ihm auf die Pirsch gegangen – die anderen hatten es vorgezogen, im Hotel den Geburtstag ihrer Chefin zu feiern. Er war mit ihr im Palast der Krakauer Bischöfe gewesen und in der Felsengrotte Raj, ehe sie sich in der Sienkiewicza zu einem Kaffee niedergelassen und beide ihr Russisch aufzupolieren versucht hatten, um einander ein bisschen näherzukommen. Irgendwie musste es dabei passiert sein, dass, wie sie ihm später gestand, sein linker Oberarm mit der schmächtigen Schulterkugel ihre Hand berührte, als er sich nach einem heruntergefallenen Streichholzpäckchen bückte. Sofort war es um sie geschehen gewesen, sie hatte ihn unter einem Vorwand mit ins Hotel gelotst und war im Zimmer ohne Umschweife und zu ihrer eigenen Verwunderung über ihn hergefallen. Sieben Jahre war das nun her und heute waren sie beide schon jenseits der fünfzig. Pia Geissler liebte ihren Mann wie in der ersten Zeit ihrer Bekanntschaft, und dass er in ihrer Familie nicht gerade wohlgelitten war, kümmerte sie nicht weiter. Sie war eine selbstständige Frau, Chefsekretärin im ehemaligen Fahrzeugwerk, das sich passabel über die Wende gerettet hatte, und verdiente genügend Geld, um die kleine Wohnung mit dem polnischen Mann und dem steten Schuss *General Bergfrühling* darin zu finanzieren. Er hatte gut Deutsch gelernt, seit er übergesiedelt war. Die Fahrschule hatte sie ihm zum fünfzigsten Geburtstag geschenkt, und nun saßen sie abwechselnd am Steuer, wenn sie an den Wochenenden die nähere und weitere Umgebung erkundeten oder im Urlaub das Land verließen. Zwei Freundinnen kamen manchmal mit, Berit und Silvia, die ihn beinahe ebenso mögen wollten wie Pia, sich aber immer wieder ihrer Ehemänner erinnerten. Ebenso arbeitslos wie Tadeusz, hockten sie zu Hause bei Bier und Filmen, würden aber niemals auf die Idee kommen, Vogelstimmen zu imitieren oder Häkelnadeln zu klassifizieren. Berit und Silvia seufzten einander zu mit grauem beziehungsweise grünem Blick und sahen dann meist zum Autofenster hinaus, jede auf ihrer Seite.

Für diesen Samstag hatte Pia Geissler einen *Quadrigenflitz*, wie sie ihre Ausflüge zu viert nannte, nach Johanngeorgenstadt angeregt. Unter dem Frühstücksmesser nahmen Brotscheiben die Form rundlicher Herzen an, zwischen denen sich schließlich Salat, Salami, Schinken und Eischeiben zu schönsten Füllungen auftakelten, sodass es nicht leicht sein würde, in solch ein Sandwich hineinzubeißen. Wie nebenbei ließ Pia die Krusten in ihrem Mund verschwinden, nicht ohne sie unter der Hand mit einem Eckchen Schinken, einem Scheibenrestchen Salami drapiert zu haben. Von acht Sandwiches, deren jedes aus zwei Scheiben Brot bestand, ergab das sechzehn großzügige Umrandungen gebeutelter Herzen. Pia rülpste zufrieden, als sie das letzte Butterbrotpapier zum Einschlagen hervorzog. Ihr Mann kam nur langsam aus den Federn, zu wohlig warm war ihm dort. Als er unter der Dusche stand, blinzelte Pia durch die Tür hinein, die er nie abschloss, und freute sich.

Berit und Silvia hatten sich wieder einmal so schön wie möglich gemacht, wobei Berit das frisch gerötete Haar heute offen trug und nicht, wie sonst, zu einem 60er-Jahre-Dutt aufgesteckt. Warum sie das normalerweise tat, war Pia ein Rätsel, denn eigentlich kleidete sie sich ganz modern, nicht halsbrecherisch trendy, aber doch so, wie es in diversen Dickmadame-Katalogen vorgemacht wurde. Silvia trug eine dreifache Korallenkette um den Hals – ihr Lippenstift ahmte die Farbe sehr treffend nach. Pia hatte ihnen nach dem Klingeln die Tür geöffnet und musste nun, da sie im Flur herumstanden, ihrem Mann die Klamotten in die Dusche bringen, sonst hätte er nackt vor die Damen hintreten müssen.

Die drei setzten sich auf einen Moment in die Küche. Pia hatte viel Kaffee gebrüht und goss den Freundinnen davon ein, ehe sie ihn in einer bauchigen Thermoskanne verschwinden ließ. Ein Witzchen hier, ein Blablachen da – fünf Minuten waren schnell um und Tadeusz kam mit geeltem Haar, in hervorragend sitzendem Anzug mit weißem Hemd und Fliege und schwarzen Lederhalbschuhen, um die Damen aufzufordern, doch mitzukommen. (Berit und Silvia wollten ihn natürlich wieder einmal beinahe so gerne haben wie Pia, verkniffen sich das aber, wie immer, mit einem Seufzer.)

Sie fuhren auf der Auffahrt Boxberg auf die Autobahn, weil die Tour sie, wenn auch in zum Ziel entgegengesetzter Richtung, über Sundhausen und Leina führte. Pia wusste, wie sehr ihre Freundinnen diese beiden Dörfchen mochten. Sie hielten später an der Tankstelle Mühlberg, um sich noch mit einigen Flaschen Wasser zu versorgen, die sie vergessen hatten einzukaufen, und düsten dann los. Tadeusz saß am Steuer. Berit, während sie gedankenversunken ihre Augen ins Autorund schickte, wunderte sich auf einmal, kam ihr sein Haar doch dunkler vor als das letzte Mal, und, ja!, tatsächlich!, die grauen Strähnen fehlten! Sie musste lächeln, als sie sich ihn unter den Händen einer jungen, sanften Friseuse vorstellte, die nach ausdauernder Waschmassage der Kopfhaut die Farbe auftrug. (Oder handelte es sich nur um eine Tönung?) Sehr gern wäre sie selbst dieses Wasch- und

Auftragemädchen gewesen, aber sie war, nun ja, zu alt, als dass sie in einem der vielen wie Champignons aus dem Kellerstroh geschossenen Salons eine Stelle hätte finden können. Außerdem lag ihre Lehre zur Friseuse viel zu lange zurück, sie traute sich nicht, den Beruf noch einmal anzugehen nach so vielen Jahren. Erst als Bibliotheksmitarbeiterin im Gummikombinat, später, als die Winde sich gedreht hatten, als Öffentlichkeitstussi im Rat der Stadt. Und Silvia? Berit schaute nach ihr: Auch deren Augen sprachen beredt von Tadeusz, hingen aber eher am Spiel seiner Kaumuskeln. Um das sehen zu können, hatte sie stets eine Packung *Daydent* dabei.

Pia erzählte von der zurückliegenden Arbeitswoche, in der Tadeusz als Übersetzer eingesprungen war, ein saftiges Honorar bekommen hatte von ihrem Chef und nun hoffte, öfter einbezogen zu werden in derlei Aktivitäten. Ihre Heimatstadt unterhielt partnerschaftliche Beziehungen zu Kielce, es gab sogar ein Vertretungsbüro in Gotha, und wer konnte schon Polnisch?! (Andersherum sah es natürlich besser aus: In Kielce hatte man kein Problem damit, des Deutschen Kundige zu finden …) Während sie ein wenig an ihrer Bluse herumzuppelte, die Haare frisch toupierte, den Eyeliner nachzog, konnte Pia Geissler gar nicht aufhören, von Tadeusz zu schwärmen, und während sie ihn als *Dolmetscher* lobte, ersetzte Silvia das Wort in Gedanken durch *lover*.

Sie verließen die Autobahn an der Abfahrt Meerane. In Zwickau genehmigten sie sich eine Pinkelpause, saßen in einer kleinen Eisbar. Hier gab es Schwedeneisbecher, *wie früher*, sagte Berit und bestellte sich einen. Die anderen zogen umstandslos nach, und als die vier Portionen kamen, schwelgten sie nicht nur im Genuss des Vanilleeises mit Apfelmus, Eierlikör und reichlich süßer Sahne, sondern kamen vom Hundertsten der Gegenwart ins Tausendste der Vergangenheit. Tadeusz empfahl sich zur Toilette. Die letzten fünfzehn Schrumpfjahre waren vergessen, stattdessen lebten die Frauen gickernd und gackernd in den vierzig davorliegenden, sprangen miteinander um die Wette weit, wobei Berit sich unwillkürlich ihrer dicken Schenkel schämte, gingen ins Kino am Markt und kauften sich Roster um Roster auf dem Rummel an der Stadthalle. Geflügelbratwurst, lang und dünn, mit dem guten Born-Senf aus Erfurt. Nein, sie hätten nicht gelitten damals, sagte Berit auf einmal, und ein plötzlicher Verlegenheitsschleier, der ihnen das Lachen vom Mund pflückte und sie zurückkommen ließ auf ihre Schwedenbecher, legte sich über sie. Unmöglich, ihn zu zerstoßen.

Verlegen stiegen sie dann auch ins Auto und fuhren die letzten fünfzig Kilometer nach Johanngeorgenstadt. Das Schweigen, das sie gepackt hatte, war von trotziger Art und hatte sich über ihre gehobene Stimmung hergemacht wie sie selbst einst über die Geflügelbratwürste. Ganz und gar aufgefressen hatte es das Vergnügen, und minutiös nahm Pia Geissler ihre Handtasche auseinander, als wären alle anderen gar nicht mehr da. Berit wickelte beharrlich die Bänder ihrer Kuttenkapuze um den Finger, wieder ab, wieder auf, und schaute schroff aus dem Autofenster. Silvia wurde von der plötzlichen Beklommenheit nur an das übliche Aufbegehren ihrer Mutter erinnert, für die etwas wie *Staatssicherheit* die notwendige Überwachung Bekloppter gewesen war und die behauptete, früher habe sie besser reisen können als heute, zwar nur nach Osten, aber es habe ihr nicht am Geld dafür gefehlt, während heute *kleine Leute* wie sie selbst jeden Cent zweimal umdrehen und sich dann trotzdem wundern mussten, wo er denn während dieses Vorganges abgeblieben sei … Die drei Frauen seufzten in schöner Gleichzeitigkeit, und diesmal war es nicht Tadeusz, der den Grund dafür abgab. Tadeusz saß am Steuer, hatte wohl das plötzliche Stillesein, nicht aber dessen Ursache mitbekommen und pfiff sich eins, weil er dachte, das ermuntere die Damen.

Sie erreichten das Ziel des *Quadrigenflitzes* vier Stunden nach ihrer Abfahrt in Gotha, und Pia dankte Gott dafür, obwohl Tadeusz der Gläubigere von ihnen war.

Ein Fest auf dem Marktplatz war im Gange, von dem sie natürlich nichts gewusst hatten, das ihnen jedoch sehr gelegen kam, konnte es doch ihre Aufmerksamkeit von sich selbst auf die *Randfichten* umlenken, die erzgebirgisch daherträllerten. *Lebt denn dr alte Holzmichl noch? Griene Kließ und Schwammebrie ... Steig ei, mir fahrn in de Tschechei!* Pia mochte solche Musik überhaupt nicht. Dennoch ließ sie es sich nicht nehmen, zu trampeln und zu klatschen und bei der Sache zu sein, als hinge ihr Leben davon ab. Berit und Silvia taten es ihr nach, und Tadeusz, der nicht allzu viel verstand wegen des platschenden Dialekts, seufzte nun seinerseits und zog noch ein Bier nach.

Die drei dachten an früher. Pia an ihre Zeit als *Zuträgerin*, die zu Ende gewesen war, als sie so richtig hätte beginnen können, weil sie es Berit erzählt hatte. Berit war damals in der Bücherei des Gummikombinates beschäftigt gewesen, man hatte auch sie angeworben, und sie hatte nicht *Nein!* sagen wollen. Trug also brühwarm den *Dekonspirationsakt* zu ihrem Führungsoffizier, in *guter Absicht*, wie sie Pia später gesagt hatte, denn eine wie sie wäre halt für andere Sachen besser geeignet. Von da an hatte sich niemand mehr gemeldet bei Pia, die sich zwar gewundert, es aber mit den Jahren beinahe vergessen hatte. Und über allem hockte recht still Silvia, die als Parteimieze der Ortsgruppe fungierte, weil sie erst ein, dann zwei und später drei kleine

Kinder und keine Betriebszugehörigkeit hatte für die Zeit nach ihrem Zuzug aus Jena zu ihrem Mann. Es hatte sie genervt, das schon, aber es war mit solcher Selbstverständlichkeit über sie gekommen, dass sie an eine andere Karriere schließlich gar nicht mehr gedacht hatte. Kreisparteischule. Bezirksparteischule. Schließlich Parteihochschule, die sie aber verließ, als sie an Krebs erkrankte. Berentet wurde. Über zwanzig Jahre war das nun her. Dass sie alle drei ausgerechnet daran denken mussten, hatte mit der Frage zu tun, die Berits Satz implizierte: *Haben wir leiden lassen?* Diese Frage kroch zwischen den sächselnden Lauten, zwischen Bassgitarrengedröhn und dem Klatschen der an die tausend Leute auf dem Platz immer wieder hinterrücks in ihre Ohren, wo sie sich schließlich einnistete und nicht wegzukriegen war, und während die Musik ihr Gehör übertölpelte, wussten sie, dass nur ein *Ja!* stimmte, das sie nun, erst zögerlich, dann lauter und lauter in die Runde zu rufen begannen. Schließlich hatten sie sich völlig verausgabt, hakten einander unter und sahen sich so wissend in die Augen, dass für einen wie Tadeusz kein Hineinkommen gewesen wäre. Die *Randfichten* waren noch nicht am Ende, die Frauen aber schon, und als sie Tadeusz an einer Bierbude stehen sahen, wurde ihnen ihre Scham beinahe schmerzhaft bewusst, dass sie wegschauten. Er nickte und rief ihnen aus einiger Entfernung etwas zu, um sie auf sich aufmerksam zu machen. Das hätte er lieber nicht tun sollen, denn so outete er sich als Ausländer, als slawisch sprechender noch dazu, und das war gefährlich an einer Bierbude auf dem Marktplatz von Johanngeorgenstadt. Zwei angetrunkene Jungbullen pöbelten, rempelten ihn an, rissen ihm das Bier aus der Hand, und ehe er überhaupt hätte feststellen können, wie ihm geschah, ging er auch schon zu Boden unter einem kräftigen Schlag ins Gesicht. Die drei Frauen waren so schnell zur Stelle, dass Pia, indem sie sich zwischen Tadeusz und einen herannahenden Fuß warf, Letzteren ab-, aber auch einfing, und Berit verdrosch den anderen der beiden verdutzten Angreifer mit ihrer ledernen Handtasche. Silvia hatte vor ihrer Krebserkrankung Judo betrieben, und wenn es auch sehr, sehr lange zurücklag, so kam ihr doch die Erinnerung an einen einfachen O-Soto-Otoshi ganz von selbst. Sie hatten die beiden Jungbullen schnell am Boden arretiert und ihnen die Hände auf dem Rücken fixiert. So in eins gelegt waren ihre Handlungen, dass Silvia und Berit die Männer festhielten, während sich Pia um Tadeusz kümmern und den Bierverkäufer auffordern konnte, die Polizei zu rufen, die auch nicht lange auf sich warten ließ. Tadeusz stand wieder, als die Polizistin ihn nach seinem Namen fragte. Wie immer wollte er mit *Taddäus Geissler* antworten, aber ein Zahn hatte sich selbstständig gemacht, er spuckte ihn mit einem Schwall Blut aus. *Taddäus* konnte er nun nicht mehr sagen und *Geissler* auch nicht, stattdessen zischte es, unangenehm, wie er zunächst fand, aus seinem Mund, und er sprach erst einige Male *ins Unreine*, wie Pia immer gesagt hatte, als er Deutsch zu lernen begann. *Geischler, Geischler* zischelte es, und *Tadeusch, Tadeusch* … Im Aussprechen aber besann er sich mehr und mehr seines Namens und dessen polnischen Klangs, *Tadeusz!*, sagte er laut, *Tadeusz!, Tadeusz!*

Pia schaute ihn überrascht an. *Punkt!*, setzte sie entschlossen hinzu. Untergehakt, Tadeusz in der Mitte, verließen die Freundinnen erhobenen Kopfes den Platz.

Die Polizisten sahen ihnen so verdutzt hinterher, dass der Augenblick den Jungbullen reichte, im Gewühl zu entkommen.

LAUBERS LACHEN

Herr Lauber war Eigentümer dreier Häuser. Ihm gehörten Mützchen, Blockhaus und Bohne, die im thüringischen W. ein gleichschenkliges Dreieck bildeten. Das hatte er ziemlich genau gesehen, als er sich einen Hubschrauberflug geleistet hatte zum 500. Stadtjubiläum.

Im Osten der Stadt, auf dem Ziegenberg, lag das Mützchen, ein Zweifamilienhaus mit tief in den Nacken gezogenem, dunkelgrünem Dach. Lauber hatte es sich von seinem Ersparten vor zehn Jahren zum 60. Geburtstag gekauft.

Das Blockhaus war eine hölzerne Einfamilienbaracke in der *Bambus* genannten ehemaligen Fremdarbeitersiedlung an der westlichen Stadtgrenze. Hier hatte Lauber gewohnt, als er Kind gewesen war.

Und schließlich war ihm auch die Bohne vererbt worden, von Edeltraud Lysi, die ihn zum Gefährten ihrer letzten Jahre erkoren hatte. Die Bohne war das einzige Haus, das in der langen, aufs freie Feld auslaufenden Bohnenstraße unweit des Bahnhofes im Süden W.s stand. Niemals hatten sich weitere Anrainer für die Straße gefunden, die in der Gründerzeit für Aufstiegswillige konzipiert worden war, und so war sie übers Jahrhundert zum blinden Ende hin durchlöchert worden. Zwar hatten die Zeitläufte der ansprechenden Fabrikantenvilla die Jugendstilattitüde genommen und sie durch geglättetes Grau ersetzt, aber sie hatten ihr nicht die Besitzerin nehmen können, und die war nun einmal Frau Lysi gewesen.

Herr Lauber verwaltete seinen Besitz von einer kleinen Mietwohnung in der Nähe des Marktplatzes aus. Wenn man das gleichschenklige Dreieck mit den Linien der Winkelhalbierenden vervollständigte, die natürlich gleichzeitig Seitenhalbierende und Höhen waren, so hätte man erkennen können, dass die Mietwohnung ungefähr in deren Schnittpunkt, also im Mittelpunkt des Dreiecks, gelegen war.

Lauber hatte das Dreieck in den letzten Jahren nicht mehr verlassen.

Er lebte gern zur Miete. Ebenso gern ordnete er seine Liegenschaften vom Sessel aus, der sich in seiner Wohnung unweit des Fensters zum Marktplatz befand und von dessen Armlehne ein Utensilo für die Fernbedienung des Fernsehers baumelte.

Eines Morgens Anfang April blieb Lauber an einer Reportage hängen, die sich mit dem Leben des Mr. Kaunadodo beschäftigte. Mr. Kaunadodo stammte aus Namibia. Auf seiner braunen Haut tummelten sich schillernde Lichtspiele, während er sprach. Sie wurden durch einen breitkrempigen, durchbrochenen Korbhut hervorgerufen, unter dem das Gesicht des Mannes einfach nicht auszumachen war, und erinnerten an Lichtreflexe, wie bewegtes Wasser sie an den Strand werfen konnte, wenn die Sonne günstig stand. Lauber meinte das Sonnenöl seiner frühen Kindheit, ein dunkelbraunes mit Walnuss-Komponente, zu riechen, als er genauer hinzuhören begann. Mr. Kaunadodo sprach ja deutsch! Akzentfrei! Und noch dazu mit anhaltinischem Einschlag! So hatte Ute Schöller gesprochen, eine frühe Liebe aus seiner Studienzeit, die aus dem Kaff Gänsefurth herstammte … Lauber ruckelte sich auf seinem Sessel zurecht und stellte das Gerät lauter. Mr. Kaunadodo sprach von seiner Kindheit. Mit drei Jahren das Massaker von Kassinga überlebt, seine Eltern aber nicht. Als Sechsjähriger

1981 im mecklenburgischen Bellin gelandet. Dort eine gute, sichere Zeit verbracht, die nach den Aufregungen im Flüchtlingslager Kwanza Sul einfach ein Segen für ihn war. Lauber verstand Bahnhof. Der Kommentator erklärte: Die South-West Africa People's Organization hatte bei der Regierung der DDR angefragt, ob sie nicht verwaiste und elterngelöste Kinder aufnehmen, versorgen, erziehen und ausbilden lassen könnte, und die hatte das Belliner Schloss dafür bereitgestellt. Nach offizieller Lesart sollten die Kinder später zur Elite Namibias gehören, ihre Erziehung erfolgte offenbar nach strengen Regeln und Normen. Inoffiziell aber sei es schon zu Herzensverwachsungen gekommen mit den beteiligten Deutschen, erzählte nun wieder Mr. Kaunadodo. Seine Lehrer, die Hausmeister, die Gärtner, Köche und Erzieher seien ihm mit etwas, was er nur Liebe nennen könne, begegnet. Gab aber zu, dass sein Begriff von Liebe vielleicht schwer zu fassen sei.

Die späteren Schuljahre habe er dann in Staßfurt verbracht, bis er 1990 in einer sehr kurzfristig anberaumten Aktion mit allen anderen jungen Namibiern zurückgeflogen worden sei. Er habe damals gar nicht richtig verstanden, sagte er, was vorgefallen sei, aber an die Rückkehr nach Namibia erinnere er sich mit Schrecken. Zwar habe er in Bellin und Staßfurt namibische Erzieherinnen gehabt, die dafür hatten sorgen sollen, dass er seine Muttersprache Oshivambo nicht völlig vergaß, aber er sei nun einmal deutsch aufgewachsen, sodass ihn das Leben im namibischen Auffangheim nur erschrecken konnte und er ausgerissen sei. Als er von Ziegenhüten und Gelegenheitsarbeiten nicht mehr leben wollte, hätte er nach anderen *Ossis,* wie sie sich nannten, gesucht und tatsächlich einen gefunden: Patrick H., seinen besten Freund aus jener Zeit. Der hätte ihn an ein deutsches Förderprogramm vermittelt, mit dessen Hilfe er wieder einreisen durfte in die Bundesrepublik, um eine Ausbildung zu absolvieren. In Baden-Württemberg sei er Industriekaufmann geworden. Sein Verbleiben in Deutschland jedoch hätte man abgelehnt. Da die Behorden in Härtefällen absehen konnten von der Regelung, dass der Antrag auf Wiederaufnahme fünf Jahre nach der Ausreise und bis zum 21. Geburtstag gestellt werden muss, habe er es noch einmal versucht, mit juristischer Hilfe, sei aber erneut unterlegen. Da habe er beschlossen unterzutauchen, und mithilfe dieses und jenes Pfarrers, aber auch dieser und jener Frau – er lächelte – habe er es geschafft, in der Bundesrepublik zu bleiben.

Jetzt verstand Lauber den breitkrempigen Hut von Mr. Kaunadodo. Er stellte sich vor, an dessen Stelle zu sein.

Unruhe erfasste ihn.

Als seine Familie, aus dem Sudetenland vertrieben, in die Bambusbaracke eingewiesen worden war, hatte seine große Schwester sich ins Bett gelegt, um nicht mehr aufzustehen, während er die ersten, tastenden Schritte in die neue Heimat gesetzt und vor Angst eingeschissen hatte. In der gemeinsamen Schlafstube hatte er sie gefunden. Ein ganzes Jahr lang hatte er nicht sprechen können damals.

Er setzte sich an seinen Schreibtisch und schrieb an die Arbeitsgemeinschaft der öffentlich-rechtlichen Rundfunkanstalten der Bundesrepublik Deutschland einen Brief, in dem er um Kontakt zu Detlef B. und Annalisa G. bat. Die Namen der beiden Filmemacher hatte er der Fernsehzeitung entnommen. Nach sechs Wochen wurde ihm die Anschrift Annalisa G.s mitgeteilt, und an sie wandte er sich mit seinem Plan. Schrieb von seinen seit zehn Jahren sehr guten finanziellen Verhältnissen, die es ihm sicher erlaubten, einem untergetauchten Namibier zu einem anerkannten Aufenthaltsstatus zu verhelfen, indem er für Unterhalt,

Kranken- und Rentenversicherung aufkäme. Außerdem könne er dem jungen Mann über kurz oder lang eine Wohnung anbieten, da er Eigentümer dreier Häuser in der thüringischen Kleinstadt W. sei. Akribisch beschrieb er Mützchen, Blockhaus und Bohne. Er bat inständig um die Anbahnung eines Kontaktes mit Mr. Kaunadodo. An den Schluss seines Schreibens setzte er ein »Venceremos!«, auch wenn er sich dunkel erinnerte, dass dieses Wort anderen Zeiten und Zusammenhängen entsprang.

Jetzt hieß es warten.

Anfang Juni erhielt er einen Anruf.

Eine Frauenstimme, es war die von Annalisa G., dankte ihm mit leichtem Spott in der Stimme, wie er meinte, für seine Bereitschaft, Mr. Kaunadodo helfen zu wollen. Allerdings sei das nicht mehr möglich, denn man habe ihn erwischt und abgeschoben. Wo er sich in Namibia aufhalte und was er dort mache, entziehe sich ihrer Kenntnis.

Schade, sagte Annalisa G.

In der Tat, sagte Herr Lauber.

Er dachte nach.

Sehr langsam dämmerte ihm, dass ihm die Welt jenseits des Dreiecks offen stand. Wenn Mr. Kaunadodo nicht zu ihm kommen durfte, so gab es doch niemanden, der ihm verbieten konnte, zu Mr. Kaunadodo zu gehen! Die Vorstellung, den Spieß umzudrehen, erheiterte ihn mit der Zeit so sehr, dass er manchmal, mitten in seinen geschäftlichen und privaten Verrichtungen, auflachen musste. Im Reisebüro Winkler hinter der Schule kaufte er eine Selbstfahrer-Pauschalreise nach Namibia. In seinem Adressbuch verzeichnete er die Anschrift der deutschsprachigen Allgemeinen Zeitung in Windhoek, mit der er Kontakt aufnahm. Ein Redakteur versprach, ihn an den Ossi-Club zu vermitteln, in dem er entweder Mr. Kaunadodo selbst oder aber jemanden finden würde, der ihn kannte. Dessen war er sich sicher. Nicht sicher war er in der Frage, was er anstellen würde in Namibia. Zweitrangig erschien es ihm angesichts der Möglichkeiten, die ihm sein Geld eröffnete. Zu einem Notar ging er und diktierte dort etwas, was aber verschwiegen, in verschlossenem Umschlag, in einem Safe der Sparkasse verwahrt wurde.

Schließlich setzte er Frau Gehlenhardt, mit fünfundfünfzig die jüngste der Bohnenmieter, als Verwalterin seines Vermögens ein, mit einem auskömmlichen Gehalt.

Am 25. Juni schloss er seine Wohnung ab, überreichte Frau Gehlenhardt einen Schlüssel und machte es wahr: Mit einem Taxi fuhr er zum Bahnhof der Kreisstadt und bestieg den Zug nach Berlin. Flugzeuge der Air France brachten ihn über Paris und Johannesburg nach Windhoek, wo er in diesen Minuten den Flughafen verlässt.

Den Nachbarn hat er gesagt, die Sommerfrische rufe. Sein Lachen hallt in ihren Ohren nach.

FINITO. SCHWAMM DRÜBER.

Ich hatte Popescu zum ersten Mal wahrgenommen, natürlich ohne seinen Namen zu kennen, als er mit den drei Dittman-Kindern vor meinem Haus, auf der staubigen, unbefestigten und kaum befahrenen Straße, Fußball spielte. (Ich wohne nicht in einer der hiesigen Villenstraßen, sondern in einem von solch einer Allee abzweigenden Seitenweg.) Die Dittman-Kinder gehörten zum Inventar, wie man es nannte, wenn jemand schon lange und über die Zeitenwende hinaus hier lebte. »Schon lange« betraf in diesem Fall freilich erst einmal die Dittman-Mutter, die sich die Kinder im Laufe der Jahre auf eine unüblich zu nennende Weise angeschafft hatte. Sie war zyklothym, und aus den regelmäßigen Zuständen der Manie war sie einige Male schwanger in die Depression zurückgekehrt, ohne sagen zu können, wer hierfür verantwortlich war. Die alte Zurwacke, eine Etage über der Dittman-Mutter zu Haus, hatte es nicht nur mir mit einem zwischen Mitleid und Schadenfreude hin- und hergerissenen Gesicht erzählt. Unter guter medikamentöser Einstellung hatte sich die Amplitude der zyklischen Erkrankung mit den Jahren abgeschwächt, und niemand hatte es je geschafft, der Dittman-Mutter die Kinder mit amtlichem Befehl abzujagen, wenn es auch einige Versuche der Verwandtschaft gegeben hatte, ihr Erziehungsuntüchtigkeit nachzuweisen. Die Dittman-Mutter lief morgens klein und still und fein gekleidet zur Arbeit in der Bank, kehrte am späten Nachmittag klein und still und fein gekleidet zurück. Die Kinder, zwei Mädchen und ein Junge, alle im Grundschulalter, machten den älteren Leuten im Haus das Leben nicht einmal im Ansatz zur Hölle, sodass man schon zu munkeln begann, die Dittman teile ihre Medikamente mit ihnen, um sie in die Unauffälligkeit zu zwingen. Mir schien die Dittman-Mutter sehr beherrscht und immer ein wenig ängstlich, wenn sie mit einem oder zwei der Kinder am Arm einkaufen ging. Sie sprachen kaum miteinander und schienen in einen seltsamen Frieden hineingepresst, aus dem sie nicht weglaufen konnten. Ich bewunderte die Umstandslosigkeit, mit der sie unter den ihnen zugesprochenen Mustern jenes ausgewählt hatten, das sie so unangreifbar machte, wenn ich auch nach dem Preis nicht fragen wollte, den sie dafür zahlten.

Die Dittman-Mutter lebte allein mit den Kindern, deren Großeltern mütterlicherseits keinen Kontakt wünschten, während die Großeltern väterlicherseits nicht einmal ahnten, dass sie Enkel hätten lieben können. Manchmal saß ich mit einer Tasse Kaffee im Garten und sah die Dittman-Mutter allein spazieren gehen. Ich hätte sie hereinrufen können und wünschte mir einmal sogar, zu ihr unter die Schädeldecke kriechen und etwas von jenem Druck spüren zu können, den ich dort vermutete. Ich trank. Grüßte flüchtig.

An jenem Tag, an dem ich Popescu zum ersten Mal mit ihren Kindern beim Fußballspielen wahrnahm, hatte ich ein übles Buch übel zerfetzt und wagte nicht, den Text an die Redaktion der Zeitschrift zu schicken, die mir diese Arbeit aufgehalst hatte. Unruhig lief ich am Küchenfenster auf und ab, als ich den dunkelhäutigen, verschwitzten Popescu über den Zaun klettern und den Ball aus meinem Vorgarten holen sah. Ich stieg die Eingangstreppe hinunter, um ihm die Gartenpforte zu öffnen, denn ich fürchtete um die Stauden, die ich im Herbst am Zaun gepflanzt hatte. Was hatte der Kerl mich derart unverfroren zu mustern! Popescu schätzte mich geradezu ab, wie ich da vor ihm stand in der Ausdruckslosigkeit meines billigen Hausanzuges aus rotem Velours. Er pfiff ein hochmütiges Lächeln durch die Zähne direkt auf mich zu, es schien in meinen Ausschnitt zu gleiten, ich wollte ihn hinauswerfen und sah dann die erschrockenen Kinder alle drei am Zaun stehen und unterwürfig auf ihren Ballpartner schielen, sodass ich mich, sie nicht zu ängstigen, einfach umdrehte, um wieder ins Haus zu gehen. Popescu indes benutzte nicht etwa die Gartenpforte, sondern überkletterte zum zweiten Male den Zaun. Dabei hinterließ er Spuren: Die metallenen Spitzen verbogen sich trotz seines nicht gerade erheblichen Gewichts nach außen, was eine Gefahr darstellte für jeden, der zufällig – insbesondere nachts, bei der schlechten Beleuchtung in dieser Straße – vorbeigehen würde. Ich war sprachlos. Popescu ebenfalls.

Stunden später blickte ich einigermaßen verstohlen nach links und rechts, ehe ich daran ging, die Zaunspitzen mit vollem Körpereinsatz wenigstens halbwegs in die ursprüngliche Position zurückzubiegen. Als mein Mann vom Dienst kam, nahm er vermutlich noch Unregelmäßigkeiten wahr, jedenfalls blieb er mit dem Fahrrad draußen an besagter Stelle des Zauns stehen und fuhr mit der Hand erstaunt die Spitzen ab. Unschlüssig, ob es etwas zu beanstanden gab, entschied er sich wohl dafür, nichts bemängeln zu wollen. Jedenfalls kam dazu kein Wort, als er das Haus betreten hatte. Meine Sprachlosigkeit zum Thema hielt ebenfalls an.

Am nächsten Tag ertappte ich mich dabei, auf Popescus Erscheinen zu warten. Immer wieder schaute ich aus dem Fenster, entschied mich sogar dazu, am Küchentisch zu arbeiten, um nicht alle Augenblicke das auf der Hinterseite des Hauses gelegene Arbeitszimmer verlassen zu müssen für einen Blick auf die Straße. Es wurde fünfzehn Uhr, ehe Popescu mit den Dittman-Kindern anrückte, und ich hatte bei dieser Art der angeregten Ablenkung nicht gerade viel geschafft.

Verblüffend, wie die Kinder während des Ballspiels auftauten. Sonst kleinen Schrittes und zaghaft, sprangen sie bald frei und wild herum. Sie schrien nicht etwa, aber in ihren Gesichtern zeigte sich wilder Stolz auf ihre ungezügelte Beweglichkeit, sie wischten den Schweiß von Stirn und Oberlippe und lachten, nahezu lautlos zwar, aber sie lachten tatsächlich. Ihre aufgetauten Gesichter erinnerten nur undeutlich an jene ernst und beherrscht dreinschauenden, die ich zu kennen glaubte und die sich immer schnell erübrigt hatten, wenn ich sie nicht mehr sah. Ein deutliches Unwohlsein breitete sich in mir aus.

Am Abend, als ich schnell noch einkaufen fuhr, stand die Dittman-Mutter vor mir in der Kassenschlange. Sie grüßte mich freundlich. Lächelte.

Ich erschrak.

Am nächsten Sonntag sah ich meinen dunklen Fußballspieler in der Rembrandtstraße in einem Mietshaus verschwinden, von dessen drei Parteien ich zwei kannte. Also musste der dritte Name, den ich auf einer sehr plötzlich anberaumten Schlendertour auf dem Klingelschild las, zu ihm gehören: Mircea Popescu. Beim Weiterschlendern blieb ich an diesem und jenem Zaun stehen, bewunderte laut die üppige Sommervegetation und nutzte die Gelegenheiten, mich beiläufig nach ihm zu erkundigen. Die Antworten, die ich bekam, standen in enger Beziehung zu den Mündern, die sie aussprachen, wie ich fand. Ein ins fast Lilafarbene geschminkter, verkniffener sprach hinter vorgehaltener Hand von einer *üblen Zigeunermischpoke*, die sich dort regelmäßig versammelte. Einer mit herabgezogenen Winkeln in einem abschätzig dreinschauenden Männergesicht ließ verlauten, wie sehr er sich wundere, dass es dort noch nicht zu einer Schießerei gekommen sei. Hingegen sprach ein voller, dunkelroter Frauenmund von dem hübschen Kerl, der Popescu ja unbestritten sei, und ein zerknittertes Altfrauenschnütchen meinte, wie der Popescu sich um die Leute in seinem Haus kümmere, sei vorbildlich. Schade, dass sie (die Inhaberin des Schnütchens) dort nicht wohne … Dass ich verwirrt gewesen wäre, kann man nicht sagen. Ich hatte nichts anderes erwartet.

Als Popescu eines Nachmittags wieder mit den Dittman-Kindern zum Fußballspielen vor mein Haus geriet, öffnete ich demonstrativ und unter lautem Rufen nach meinem Mann, der im Garten arbeitete, das Fenster. Der billige rote Veloursanzug hing draußen auf der Leine. Ich fand es bedauerlich, dass der Ball heute noch nicht über meinen Zaun geflogen war. Mein Mann hatte mein Rufen offenbar nicht gehört, ich setzte erneut an, aber ein lautes »Popescu!« entwich mir. Eigentlich war das ja auch das, was ich hatte rufen wollen. Nun, da es heraus war, schickte ich mich drein. Popescu öffnete die Gartenpforte und kam zu meinem Küchenfenster. Ich bat ihn und die Kinder herein, eine kleine Pause in einem solchen Fußballspiel könne doch nicht schaden, und stellte Orangenbrause und Mineralwasser zu der großen Wassermelone auf den Tisch. Die Kinder waren freundlich, ihre Schritte nach dem Spielen schon wieder kleiner geworden, wirkten aber nicht ängstlich. Der Junge juchzte sogar, als er die Melone sah. Mein Mann kam herein und schnitt sie mit großer Selbstverständlichkeit, von der ich gar nicht mehr gewusst hatte, wie sehr ich sie liebte, auf. Ich staunte darüber, wie unkompliziert es sein konnte, Kontakte zu knüpfen. Irgendwie hatte ich das in den letzten Jahren vergessen.

Die Dittman-Kinder sprachen leise und wenig. Wenn Popescu sie mit einem Knuff ermunterte, sprangen aber wie bei anderen Kindern Fünkchen aus ihren Augen. Und er ermunterte sie so oft, dass wir beinahe im Funkenregen zu sitzen glaubten. Wir verabredeten uns für den Abend zwei Tage später.

So ging das hin. Wir nicht bei ihm ohne die Dittman-Mutter, die ein feuriges Essen gekocht hatte. Er nicht bei uns ohne die Dittman-Mutter, die das sahnige Ragout meines Mannes lobte. Als er sie heiratete, erschien es ihm seltsam, ihr, die schon so lange hier gelebt hatte, ihren Namen wegzunehmen und durch einen zu ersetzen, der nicht in dieser Gegend zu Hause war. Lieber nahm er ihren an. Mit seiner Frau und den drei Kindern zog er in eine größere Wohnung, genau auf halbem Wege zwischen seiner und ihrer früheren Behausung.

Mircea Dittman gab mir dieser Tage kommentarlos Zeitungsausschnitte zur Lektüre. Umlandblatt, Rubrik Polizeinachrichten. Hauptstadtblatt dritte Seite, Rubrik Thema. Viele Leserbriefe. Neun Jahre her das Ganze. Dem Hauptstadtblatt konnte ich aus einem langen Artikel entnehmen, dass er offenbar damals seit fünf Jahren halbwegs legal in Deutschland lebte, wohin er in einer wahren Nacht-und-Nebel-Aktion gekommen war. Angehöriger der rumänischen Minderheit der Provinz Voivodina in Jugoslawien, war er als jüngerer Offizier desertiert, als die Kriegshandlungen einsetzten, wissend, was ihm bei Fahnenflucht blühte. Aber auch in Deutschland, wohin es ihn verschlug, nichts Gutes. Desertion war als Asylgrund nicht anerkannt. Als Angehörigem einer ethnischen Minderheit drohten Popescu unberechenbare Strafen bei Abschiebung, bis zur Exekution in jenen Landstrichen, deren Verwaltung von den paramilitärischen Gruppen des Serbischen Freiwilligenregiments übernommen worden waren. Seine Eltern hatten also große Teile ihres Besitzes verflüssigt, ihn mit falschen Papieren auszustatten, die ihn als Bosniaken auswiesen. Aus seiner niederbrennenden Gemeinde geflohen. Glaubhafte Geschichte. Flüchtlingsstatus. Nach dem Daytoner Abkommen sollte er als alleinstehender junger Mann zurückgehen. In seiner Not holte er die richtigen Papiere hervor und wagte eine Selbstanzeige, mit falschen in die Bundesrepublik eingereist zu sein. Der Fall ging durch die Presse. Aus Dzenan Galic war wieder Mircea Popescu geworden, der desertierte Offizier der jugoslawischen Armee. Als solcher fiel er nicht unter die Amnestie für Deserteure und Kriegsdienstverweigerer, die 1995 ergangen war. Man kam nicht umhin, ihm eine Duldung auszusprechen, wodurch allerdings seine Arbeitserlaubnis erlosch. Die Öffentlichkeit meldete sich in Leserbriefen widerstreitend zu Wort. Die einen meinten, Offizier sei Offizier, und welche Strafe gerecht sei, könne nur vor Ort verantwortet werden. Raus mit ihm. Die anderen sagten, die Sache sei klar: Er habe sich völkerrechtsverletzenden Straftaten entzogen durch seine Weigerung. Asyl sei das Mindeste, was ihm in Deutschland dafür gebühre, denn was nach seiner Rückkehr mit ihm geschehe, sei unklar. Es hatte Briefe gegeben, auch anonym, die sich dagegen verwahrten, dass jemand wie Mircea Popescu eine ordentliche Stellung in einer deutschen Schlosserei innehatte, während sie, die Schreiber, zum Narren gehalten wurden am langen Arm der Arbeitslosigkeit. Dieser Artikel die pure Lüge, Popescu einer von den ach so armen Zigeunern, die nach *der Wende* mit dicken Mercedes-Wagen voller geklauter Teppiche darauf in dieser Gegend über die Dörfer gefahren wären. Keine Stellungnahme der Redaktion, natürlich. Hoch kochten die Wellen, die er ausgelöst hatte. Aber um ein Asylverfahren kam man nicht herum, und es ging schließlich gut aus.

Mircea Popescu war also an falsche Papiere und in Gefahr geraten beim fortgesetzten Versuch, sich ihrer zu bedienen zu einem eigentlich guten Zweck. Wirklich abenteuerlich, wie er in meine Nachbarschaft geriet, in einen mittelständisch geprägten Berliner Vorort mit großen, gesunden Linden beidseits der Villenstraßen und halbwegs zufriedenen Gesichtern hinter den alten, schmiedeeisernen Zäunen. Er hatte gewagt und gewonnen, wenn auch knapp.

Darüber spricht er offenbar nicht.

Finito. Schwamm drüber.

BRENDELS WEG NACH MOLAUKEN

Brendel, der alte Wumsbart, war wieder unterwegs. Seine gratigen Ohren stachen in den Wind, sein Mantel ein wildes Segel, sein Rucksack ein Harmbeutel. Die rissige Haut, in der sein Körper steckte, war an verschiedenen Stellen, oberflächlich und in der Tiefe, entzündet, es eiterte aus ihm heraus und roch. Brendel, auf dem Weg nach Molauken, liebte den Gestank seines Köpers, der ihn sich seiner selbst gewahr werden ließ: Er spürte daneben nicht viel. Ein paar verlassene Gedanken beweinten in Brendels Kopf ihre Einsamkeit oder liefen ihm aus den Augen davon. Er verlangsamte von Zeit zu Zeit seinen Schritt und drehte sich ein paarmal um sich selbst.

Geschlossenen Auges wählte er dann die Richtung des Fortgangs, sodass sein Weg zum Zickzack geriet durch Gräben und Pfützlöcher, Buschwerk und Kothaufen. Zäune geboten ihm Einhalt und Haustüren, wenn er durch Dorf oder Stadt trieb. Nur nachts war Brendel unterwegs, seit Wochen verschlief er die Tage in Autowracks oder einfach nur in einer Mulde am Weg.

Er war weit gekommen, glaubte er. Im Sommer war ein junger Kerl in die Wohnung unter der seinen gezogen und hatte begonnen, ihn zu besuchen, ihm gelegentlich Essen zu bringen. Brendel wusste, dass er den Kerl, zwanzig mochte er sein und arbeitete als Kraftfahrer eines Transportunternehmens, eigenhändig erschossen hatte damals, er glaubte sich an das Gesicht plötzlich präzis zu erinnern.

Brendel ahnte hingegen immer noch nicht, was der Junge vorgehabt haben mochte mit seinen Aufmerksamkeiten. Es schien ihm möglich, dass er sich hatte bedanken wollen bei ihm für den kurzen Prozess damals. Brendel wollte keinen Dank. Brendel liebte die Ruhe und darum das halbe Jahrhundert, das sich zwischen ihn und jenen Jungen geschoben hatte. Wäre der nicht eines Tages vor seiner Tür gestanden mit einem Schüsselchen Suppe und einer Flasche Wein in der Hand, die er zum Einzug mit dem neuen Nachbarn zu leeren gedachte, hätte er, Brendel, nicht aufbrechen müssen. Aber er hatte die Suppe gelöffelt und wenig später seine Wohnung verlassen. In Richtung Molauken, wie er glaubte, und hatte dabei alle Orientierung verloren. Brendel zitterte.

Während er zum Morgengrauen nach Kippen stocherte im Dreck und mit der Taschenlampe den Rucksack und die vier, fünf Beutel durchsah, die ihm nach dem Verlust des großen braunen Pappkoffers geblieben waren, fiel ihm wieder mal Irmintrauts letzter Ausweis in die Hände. Eine Wucht. Noch im Schwarz-Weiß der kleinen Fotografie floss ihr das Haar leuchtend rot über die Schultern hinab ins Ungewisse. Er, Brendel, wusste, dass es sich bis über Irmintrauts Hüften ergossen hatte am Tag dieser Aufnahme. Er war mit ihr ins Studio Wilfroth gefahren nach Anklam, sie hatte ihr bestes, das safrangelbe, Kleid angezogen und eine Korallenspange über das linke Ohr geheftet, um den Blick ins Objektiv frei zu haben. Als er sich in den Graben legte neben der Straße, schob Brendel den Ausweis, nachdem er alles Erinnern an Irmintrauts Schönheit zwischen die Seiten gepackt hatte, unter dem Gürtel seiner schmutzstarrenden Hosen hindurch in das bisschen Unterleibswärme, das ihm geblieben war. Gut sollte es ihr gehen bei ihm, und im Einschlafen fühlte er die roten Haarwellen um seine Hüften, wärmte sie ihn also. Brendel hörte die drei jungen

Männer nicht, die über die Wiese jenseits der Straße lärmend auf ihn zuzutorkeln schienen.

Der Junge rauchte und hörte laute Musik, als es an seiner Tür klingelte. Eine spillerige Alte, die Füße in glänzenden Kinderstiefeln, den kleinen Körper in ein gut sitzendes Kaschmirmäntelchen verpackt, bat um Entschuldigung, ehe sie ihn nach Brendel fragte, von dem sie seit Wochen nichts mehr gehört und deshalb die weite Fahrt von Glauchau auf sich genommen habe, nach ihm zu sehen. Besonders die letzten paar Kilometer von Anklam in dieses gottverlassene Kaff seien die Pest gewesen, so schlechte Busverbindung, dass sie den halben Tag an der Haltestelle habe stehen müssen. Er bat sie, obwohl es nicht zu seinen Gewohnheiten zählte, Fremde mit seiner Unordnung zu konfrontieren, herein. Nahm ihr das Mäntelchen von den Schultern, bat sie, die Stiefel an den Füßen zu behalten. Sie aber wollte ein bisschen Schwung in den Blutstau des Alters bringen und die Sohlen dehnen und spannen, die Waden massieren, damit sich die Beine nicht eines Tages doch noch öffneten, wie es ihre Ärztin in Aussicht gestellt hatte für den Fall ihrer fortdauernden Passivität. Die Zugfahrt sei anstrengend gewesen, im Abteil habe sie nicht gewagt, ohne Schuhe ein paar gymnastische Übungen zu machen für die erschlafften Venen, und als der Junge in der Küche das erbetene Wasser ins Glas füllte, wunderte er sich ebenso über sein eigenes, eifriges Entgegenkommen wie über die Distanzlosigkeit der alten Dame, die inzwischen im Chaos seines Wohnzimmers ein Plätzchen freigeschaufelt hatte für ihr Bemühen. Beinahe wäre er über ihre sich hebenden und senkenden Schenkel gefallen, als er zurückkam mit dem Wasser und sie auf dem Boden liegend fand, mit vergnügtem Gesicht und einer Entschlossenheit gegen das Altern zwischen Augen und Haaransatz, wie sie Brendel mal hätte gebrauchen können, der alte Wumsbart. Um den ginge es ja wohl hier, oder? Der muss wohl unterwegs sein, sagte der Junge leichthin. Brendel habe sich eines Tages ohne ein Wort des Abschieds auf und davon gemacht, eine Nachbarin und die Verkäuferin des Dorfbäckers hatten ihn mit seinem braunen Pappkoffer losziehen sehen, an der Bushaltestelle vorbei Richtung Wald. Das musste jetzt an die acht, neun Wochen zurückliegen. Er versuchte sich zu erinnern, kramte dabei ein paar erfolglose Klingelattacken an Brendels Wohnungstür aus seinem Gedächtnis und ein Gespräch mit der ehrenamtlichen Seniorenbetreuerin, vor allem aber berichtete er der Dame von einem zu hoch frankierten Kuvert, in dem ihm Brendel den Schlüssel zu seinem Briefkasten sowie die Nachricht per Post geschickt hatte, dass bis zu seiner Wiederkehr Miete, Strom und Wasser bezahlt und dass die Grünpflanzen zur Pflege auf einige weibliche Personen des Ortes verteilt worden seien. *Bis zu seiner Wiederkehr.* Der Junge griff den Karton aus dem Regal, in dem er an Brendel gerichtete Post aufbewahrte. Brendel hatte viel Post bekommen seither, jedenfalls mehr, als der Junge in einem ganzen Jahr erhielt. Er hatte sich nicht die Mühe gemacht, die Kuverts nach Absendern durchzusehen. Die alte Dame fischte ihre eigenen, an Brendel gerichteten Karten und Briefe der letzten Zeit schnell und zielsicher aus dem Haufen und ging kommentarlos dazu über, sie laut vorzulesen. Der Junge war längst in den Sog dieser Stimme geraten, ehe ihm hätte einfallen können, gegen die nicht erbetene Verfügung über seine Zeit und die Störung der gewöhnlichen Geräuschkulisse zu protestieren.

Bad Sülze, den 31. 8. 19..

Lieber Gustav,

mein Herz geht immer noch nach Dir. Aber findet Dich nicht. Wie ist die Freude groß, daß nach so vielen Jahren endlich doch Post kommt, ich glaube es nicht. Werde Dir antworten, wenn ich von Reha zurück bin. Hatte Schlaganfall im Juni, verstehst?
Laß mal von Dir hören wieder, wünscht sich

Deine Reni

Glauchau, den 18. 10. 19..

Ach lieber Gustav,

ich komme von Kur, dort keine Post von Dir. Zu Hause auch nicht. Was ist??? Hast nach so vielen Jahren Dich aufgerafft, mir zu schreiben, ist aber nichts bei rausgekommen an Kontakt. Dabei war Dein Brief so vielversprechend für mich. Ach Gustav. Nimm doch den Stift.
Ich werde jetzt erst mal Dir schicken meinen Antwortbrief der letzten Wochen, hab' ich auf Kur geschrieben für Dich, wenn langweilig war. War oft langweilig, ist ein langer Brief geworden:

14. 9.

Es ist schön, nach so vielen Jahren wieder von Dir zu hören. Ich bin ja niemals umgezogen mehr nach 55, wo der letzte Brief von Irmintraut kam. Bin immer hier in Glauchau in der Rühlandtstraße geblieben, eine welkende Immobilie. Wie ist Dir eingefallen, wieder mal an Deine alte Reni paar Zeilen zu schreiben? Dieser Tage muss Irmis fünfundsiebzigster Geburtstag gewesen sein, ich weiß noch, wie wir immer nach Molauken hinüberfuhren Ende Oktober von unserer Stellung in Bischkehnen her, und meist noch paar Astern in den Gärten standen für Irmi. Hab ja damals nicht wissen können, daß Du mich mal eintauschen wirst gegen meine beste Freundin, waren ja damals schon verlobt, Du und ich. Trotzdem habe ich die Irmi immer gern behalten in meinem Kopf, das kannst Du mir glauben. Und ich habe es ihr hoch angerechnet, daß sie mich mitnahm auf die Flucht, wie ich so schlecht laufen konnte mit dem eingeklemmten Nerv, wo unser Gustav so früh schon draufsaß, der Kleine. Hast Irmi und mich fast gleichzeitig in Hoffnung gebracht, Gustav, und keins ist geblieben. Meins starb, wie Du ja weißt, noch im Bauch. Wird Irmi Dir ja später erzählt haben, ich hatte man nicht mal mehr Gelegenheit, den Kleinen Gustav Alfred zu nennen, wie wir vereinbart hatten. Wir haben ihn in einen Karton gepackt und verbuddelt unterwegs. Irmis Junge lebte paar Wochen mit uns beide Frauen, hieß denn wirklich auch Gustav Alfred, wir hatten ihn lieb und haben ihn doch begraben müssen, das war schon in Glauchau, die halbe Stadt ist hinter dem Sarg her, weil Irmi der Schwarm aller Männer und Schrecken der Ehefrauen war mit ihrer roten Schönheit, und alle wollten sie sehen und wissen, womit sie zu rechnen hatten nach Gustavchens Tod. Irmi hat immer nur Dich in ihrm Kopf gehabt, so daß ich dann bald die Scheidung eingereicht hab, als niemand Dich für tot erklären wollte. Den ich dann geheiratet habe nach Ellinors Geburt, war eigentlich auch aus gewesen auf Irmintraut, nahm aber mich, als Irmi immer nur Alfred rief im Traum und eines Tages wirklich Nachricht kam, daß Du noch lebst. Da war ich froh, daß die Scheidung schon entschieden und ich schon eines anderen Frau war, und immer noch seh ich Dein Gesicht, wie Du die sächsische Landstraße hochkommst mit Deine zerissene Klompen anne Füße und wie Du mich lieb umarmt hast und meinen Mann und Ellinorche, und wie Du dann hin bist zu Irmi und ihr fortgingt in die Anklamer Gegend, ein Herz und eine Seele, und die Leute weinten Euch nach. Das war schön. Daß man noch immer so auseinandergehen kann im Guten und wieder sich finden auf andere Art, das hat mir an uns gefallen. Leider hast dann kaum noch Dich gemeldet, Gustav, warst wohl so ganz versunken in Irmin-

trauts schöne Gravur und Haarflut, das kann ich verstehen, bin auch manchmal mit dem Gesicht in ihre rote Seide gegangen zum Trost, und wenn ich dann mit den Händen die Locken strich, dachten wir beide an Dich, Gustav, und was Du wohl wirst gemacht haben damals in Molauken, als man den Russen schon hörte und wir als Frauen uns aufmachen mussten, westwärts. Womöglich hast uns Molauken retten wollen für Irmi und mich und die beiden künftigen Gustavs, Du warst grad man dreiundzwanzig und hattest uns beiden Kinder gemacht, mein Gott, warst schon ein feiner Mann in dem Alter damals. Zum Glück, daß wir Freundinnen waren.
Jetzt, wo Irmi lang tot ist, meldest Dich wieder. Ich hatte noch oft an Euch geschrieben und paarmal auch Antwort bekommen von Irmi. Daß keine Kinder mehr waren und Du ihr immer bist treu geblieben in Eurer Zeit. Meiner ist auch jetzt schon tot und liegt hier in Glauchau unter der Erde. Vielleicht könnten wir unsere alten Tage zusammentun und was Schönes noch rausholen aus dem Leben. Was meinst, Gustav, wär das was für uns beide? Und noch mal nach Molauken hin, das wollte ich schon. Irmi wollte das nicht, ich weiß es von ihr selbst. Sie hatte Schluß gemacht mit der ganzen alten Heimat, glaube ich, ja. Aber uns beide laß hinfahren und nachschauen, was wir gelassen haben. Soll ja jetzt ganz gut schon möglich sein, und ist ja polnische Seite, wo unser Gustavche liegt. Ach, geht mir alles durchnander, was ich erzähle. Habe so viel an Irmintraut denken müssen und unseren langen Weg. Wird sie Dir auch alles viele Male erzählt haben, was. War so traurig, die Irmi, wie ihr Gustav meinem ins Sterben folgte. Haben wir drei kein Glück gehabt miteinander. Damals beiwenigstens. Ich habe ja noch zwei Mädelchen, die auch jetzt längst groß sind und eine Großmutter aus mir machten. Ellinor kennst ja als Säugling, sie lag mir im Arm, als zurückkamst. Drei Tage nach Eurer Hochzeit kam dann noch Helga dazu. Wird Irmi Dir ja berichtet haben. Jetzt mach ich mal erst die Buttermilch, für die Verdauung, melde mich bald wieder, in Liebe –

16. 9.

Habe jetzt Zeit. Geht weiter.
Du fragst, lieber Gustav, ob noch Wärme in mir ist nach Dir. Ja, ist. Haben uns ja Gott sei Dank nie müssen böse sein in den Jahren. War manchmal traurig, daß meine ganze Pracht nur ein Achtel von Irmintrauts Glanz abgab, das hat dann eben so kommen müssen, daß Du sie wolltest und ich Dich nie wieder kriegte nach Deinem Genesungsurlaub. Haben wir wenigstens das Gustavche gehabt aus der Zeit, wenn auch vergeblich ––––

Die Alte, das hatte der Junge inzwischen bemerkt, las eher sich selbst als ihm vor, was sie Brendel geschrieben hatte vor Wochen. Seine Gedanken gingen auf und davon. Nie hatte er so etwas Verrücktes erlebt wie diese magere Kreatur, die ihn ohne alle Scheu in die albernen Strudel längst vergangener Liebesgeschichten hineinzog und dabei ihre lächerlichen Schienbeinchen auf- und abbewegte oder im Storchenschritt durch sein Zimmer stakste. Zwischendurch setzte sie sich auf den Boden oder legte sich auf den Teppich. Dabei las sie in gleichbleibender Tonhöhe und stetem Rhythmus. Der Junge musste an die kleine goldene Uhr am Arm seiner Mutter denken. Diese erstaunliche Uhr war so alt wie seine Großmutter, deren Mutter wiederum das gute Stück zur Geburt ihres ersten Kindes erhalten hatte. Von ihrem Mann. Eher, so vermutete der Junge, würde das Blut seiner Mutter sein Puckern und Pochen aufgeben, als dass der gleichmäßige Puls der Zeit, der in jener Metallkapsel an ihrem Handgelenk schlug, ins Stolpern geriete. Allerdings musste die Uhr allabendlich aufgezogen werden. Der Junge überlegte jetzt, wer den Sprechapparat der Alten aufgezogen haben mochte für diesen Auftritt.

Er hörte ihr zu und erinnerte sich an jenen Abend in Brendels Küche, als er sich als neuer Nachbar vorgestellt hatte mit Wein und Suppe. Der alte Mann hatte ihn widerwillig, wie der Junge meinte, hereingebeten und ihm einen Platz auf der Küchensitzbank angeboten. Die halsstarrige Stille hatte er damals auf Brendels sicher schon lange währende Einsamkeit geschoben und das Schweigen erwidert. Ein oder zwei Tage nach dieser ersten Bekanntschaft hatte Brendel den Jungen dann gebeten, einen der wertvollen alten Truhenschränke aus seinem Wohnzimmer zu einem Antiquitätenhändler nach Schwerin zu bringen. Er hatte sich neben ihn gesetzt auf die Fahrerbank und wieder die ganze lange Strecke über geschwiegen, die ja doch, dachte der Junge, eine Fahrt zueinander hätte sein können, immerhin hatte er seinen Chef lange beknien müssen, ihm den Transporter für eine private Tour auszuleihen. Darüber ärgerte er sich schließlich, als er beiläufig mitbekam, wie viel Geld Brendel für den Schrank erhielt, wie sorgsam er die Scheine in seine Gürteltasche zählte und ihm lediglich die Benzinrechnung bezahlte.

Für alte Kerle hatte sich der Junge nie interessiert.

Als er an jenem stillen, kühlen Spätsommerabend zu ihm hinaufgegangen war, hatte nur die Gewohnheit, sich erwartet zu fühlen, den Jungen bewegt. Er wohnte hier nicht ganz freiwillig, er war der Nähe seiner Eltern ausgewichen, die in einem der Nachbardörfer die Jahre bis zur Rente zählten. Die Jahre der Rente würden sich von jenen davor dadurch unterscheiden, dass die beiden nicht länger schlecht bezahlte Beschäftigungsmaßnahmen würden fürchten müssen. Diese Furcht war etwas wunderbar Verbindendes, das sie, Mann und Frau, die einander den Tag über zwischen windschiefen Karnickelbuchten, Hühnerkotpfützen und dem verfallenden Stall belauerten und wortlos zur Strecke zu bringen trachteten, wenigstens zum Abend auf einer braunen Cordcouch zusammenführte. Dort saßen sie dann und warteten auf die Heimkehr der erwachsenen Kinder und mussten auf diese Weise nicht wahrhaben, dass sie über kurz oder lang nichts mehr würden fürchten müssen als jeder den anderen. So war das, und dem Jungen, der für den Zustand seiner Eltern nur selten treffende Worte zu finden imstande war, spürte die Drohung sehr genau. Sie hatte ihn dazu gebracht, die braune Cordcouch zu meiden und die alternden Eltern darauf, die, einer dem anderen nur um den Radius eines Bierglases entfernt, doch niemals mehr zusammenkommen konnten. Solange er noch gewachsen war, hatte ihm das nichts ausgemacht, aber nun, da er seit einigen Jahren neue Schuhe nicht mehr kaufte, weil ihm die alten zu klein geworden waren, spürte er, wie seine Lebenszeit aus einem Leck seines Körpers rieselte, und er hatte Angst, dass von ihm, harrte er aus, nicht viel bleiben würde als eine Tropfspur auf dem billigen Teppich im Wohnzimmer seines Elternhauses.

Es war gut gewesen, dass Brendel ihn nicht im Mindesten erwartet hatte. So war es leichter geworden, später noch einige Male hinaufzugehen und ihm etwas zu essen zu bringen oder eine Zeitung, die er unterwegs gekauft hatte. Beim dritten Mal hatte Brendel zu sprechen begonnen, aber ihre Unterhaltungen waren nicht besonders ergiebig geraten, schon weil der Junge für Brendels Begriffe nichts wirklich wusste und damit auch jene Löcher nicht stopfen konnte, die er mit jedem Wort aus seinem Mund in die verbrauchte Luft riss, sodass Brendel, von der sich ausbreitenden Leere gequält, den Jungen nach einiger Zeit gebeten hatte, ein andermal wiederzukommen und ihm für heute seine Ruhe zu lassen.

Natürlich konnte der Junge nicht ahnen, dass Brendel ihn erkannt hatte.

Die Alte machte unterdessen Anstalten, auf dem Sofa im

Zimmer des Jungen einzuschlafen. Eigentlich war er froh darüber, schloss die Tür und setzte sich in die Küche. Dort stand auch das Fernsehgerät, das er nun einschaltete. Hin und wieder wunderte er sich noch über die Selbstverständlichkeit, mit der die Alte die Kluft zwischen sich und ihm beinahe aus dem Stand übersprungen hatte mit ihren kurzen Beinchen und den kuriosen Avancen, die sie Brendel, mit dem sie vor langer Zeit, als es den Jungen noch gar nicht gegeben hatte, verheiratet gewesen war, heute noch nachschleppte. Auch der Junge hatte ein Mädchen geschwängert, noch in der Schulzeit war das gewesen, und er erinnerte sich mit Erleichterung an die frühzeitige Fehlgeburt. Vor sieben, acht Jahren hatte es hier beinahe zum guten Ton gehört, sehr früh ein Kind zu bekommen und sofort nach Erreichen der Volljährigkeit zu heiraten. Seine Eltern hatten sich das für ihn auch so gedacht, doch verband ihn nichts als ein dumpfes, ungutes Erinnern mehr mit jenem Mädchen, sodass er nicht recht verstand, wovon in den Briefen der Alten an Brendel die Rede sein mochte. Machte ein Mann zwei Frauen gleichzeitig ein Kind und verließ die ihm Angetraute bald nach der Hochzeit um einer andern willen, war das in seinen Augen nicht gerade ein Grund, ihm lebenslang nachzutrauern. Andererseits hatte die Alte offenbar auch gar nicht getrauert, sondern andere Kinder mit einem anderen Mann bekommen, von dem sie noch dazu gar nicht schlecht sprach. Und waren nicht die beiden Frauen, die von Brendel mit je einem sterbenden Gustav gesegnet worden waren, Freundinnen geblieben? Ihm gab es Rätsel auf, es wäre ihm lieber gewesen, er könnte in dieser Geschichte klare Fronten ausmachen, wie es üblich gewesen war, solange er denken konnte. Er rauchte nun wieder. Die Sonne ließ den lilafarbenen Reflex des Zifferblattes seiner Armbanduhr über die Küchenwand wandern. Zum ersten Mal spürte der Junge jetzt, dass er hoffnungslos überholt worden war, dass die vier Wände seines Elternhauses nicht die wirkliche Grenze gewesen waren, über die er hätte hinweggehen müssen, sondern dass die umbrafarbene Kleinlichkeit der Cordcouch von außen in sein Elternhaus eingedrungen und es für ihn nicht mehr auszumachen war, wo sich ihr Ursprung befinden mochte. Er steckte noch immer im Inneren einer Blase, und die Luft, die er eben durch die Nasenflügel einzog, hatte er schon unzählige Male geatmet, war verbrauchte, stockende, gestaute Luft, die sich nur innerhalb aller Kleinlichkeit regenerierte, und als er sich an das geöffnete Fenster stellte und hinausschaute auf das frisch verputzte Gutshaus, in dem vor zwei, drei Jahren ein Hotel eröffnet hatte, begann er zu weinen.

Brendel fror. Es war die letzte Empfindung, die er noch ausmachen konnte in sich, ehe der Schlag seinen Kopf tief in eine Schlammpfütze beförderte. Einer der drei jungen Männer trat drei-, viermal nach, immer zum Leib hin, auf Beine und Füße, was Brendels Kopf glücklicherweise wieder aufs Trockene rollen ließ. So blieb er liegen und die drei zogen weiter, einen von ihnen, er war Brendel sehr nahe gekommen, weil er selbst in den Dreck gefallen war beim Treten, hatte Brendels aasiger Geruch ins Kotzen getrieben. Kurz darauf kotzten die beiden anderen nach. Übel war ihnen ohnehin schon gewesen, vom Goldbrand, den sie zum Frühstück in einer seit Langem ungenutzten Bushaltestelle abseits des nahe gelegenen Dorfes getrunken hatten. Als Brendel zu sich kam, hörte er noch das Würgen, das aus ihren Hälsen aufstieg, er zitterte, biss sich die Lippen blutig, um nicht laut werden zu müssen in seiner Not. Er griff in die Hosen nach Irmintraut, zog sie auch wirklich aus dem Schlamm, der ihn ganz und gar durchdrungen zu haben schien, er rieb das Bild, bis es einigermaßen trocken anmutete, konnte aber durch den blutigen Schleier vor seinem Gesicht nicht erkennen, ob von Irmis Schönheit wirklich noch etwas übrig geblieben war für ihn. Aufzustehen versuchte er erst, als er die Männer in sicherer Entfernung wähnte. Es würde noch lange hell bleiben. Anständigerweise hatte der Herbst noch keinen Frost ausgeschickt, Leute wie ihn zu jagen. Wenn er es genau bedachte, würde er vielleicht lieber sterben wollen, eigentlich auf der Stelle, dann erübrigte sich die Suche nach einer Waschgelegenheit. Am besten wäre wohl, wieder zu jener Tankstelle zurückzukehren, deren Inhaber ihn vorgestern ganz redlich behandelt und ihn zum Schlafen sogar in sein Büro genommen hatte, auf eine Luftmatratze, unter eine wollene, unbezogene Decke, die er nach all seinem Umherziehen in den letzten Wochen immer wieder hatte an die Nase pressen müssen: Ein frischer Geruch von Waschmittel ging von ihr aus, dass er eigentlich schon hatte beschließen wollen, einfach nach Hause zu gehen und den Jungen zur Rede zu stellen. Dann aber war er doch wieder weitergezogen, denn der Tankstellenpächter hatte ihm in seiner Güte eine Wohlfahrtstante auf den Hals gehetzt, die ihn am liebsten gleich mitgenommen hätte in eine Läusepension. Einige dieser leidigen Unterkünfte hatte er bereits die Ehre gehabt kennenzulernen, sie wurden, wenn er schlafen gehen wollte, zumeist geschlossen und öffneten erst wieder, wenn er ohnehin unterwegs war. Nützten ihm also nichts.

Übrigens wusste Brendel, dass Molauken sich keineswegs da befand, wo es einmal gelegen hatte. Er vermutete es meist ganz in der Nähe, spürte, wie es ihm Zeichen gab und plötzlich verschwand hinter der Kloßmasse tief fliegender Novemberwolken. Brendels Zickzackwanderung glich dem

Spiel eines kleinen Kindes, das es noch nicht verstand, die höchstmögliche Geschwindigkeit seiner Vaterfigur mit den Entfernungen der Verstecke zu verrechnen, die im Umkreis infrage kamen, und das in seinem planlosen Eifer des Versteckens, des Suchens und Findens, von einer zur anderen Grenze seines Fühlens geworfen wurde. Als die Zeit *bis zu seiner Wiederkehr* eben erst angebrochen war, als er noch genügend Geld in den Taschen gehabt hatte, sich Fahrkarten zu kaufen, war Brendel längere Strecken mit der Bahn gefahren, hatte sich in Berlin tagelang in der Nähe des Ostbahnhofs herumgedrückt, ehe er in der Gewissheit, in die falsche Richtung gefahren zu sein, wieder zurück in den Nordosten des Landes aufbrach. Sein späteres Fahnden hatte sich dann auf die Gebiete der nördlichen Uckermark, die Insel Usedom, die Haffregion der Oder beschränkt, die er in jüngeren Jahren mit Irmintraut während zahlreicher Wanderungen erkundet hatte, die er aber nun nicht mehr wiedererkannte und sich nur mit Mühe an den Ort seines jeweils gestrigen Aufenthaltes zu erinnern vermochte. Nur wenn er schlief, kam er ans Ziel und erkannte alles wieder: die lange Einfahrt ins Dorf über die geteerte Allee, zu deren Seiten Obstbäume standen und ihm ihre Früchte zuschanzten. Die Kirche, vor deren Portal sich die Straße aufspaltete in zwei Strähnen, die hinter dem Friedhof wieder in eins liefen. Es kam sogar vor, dass er die nackte Irmintraut mitten auf die Straße legte im Traum, den Kopf aufs Portal zu, dass er ihr glühendes Haar scheitelte und um Kirche und Friedhof schnürte, eher er es schließlich zu einem Knoten band im Nacken des Kirchhofs. Hatte er die aus Molauken hinausführende Straße mit Irmis Haar blockiert, kroch er tief in den Knoten hinein und machte sich seine weiteren Bilder aus diesem Versteck heraus. Den Milchladen sah er und den Gemüseverkaufsstand vor Wernickes Hof. Zwischen der Straße und den Wohnhäusern zu ihren Seiten lag jeweils ein breiter Streifen Land. Wo Kinder spielten, hatten sie den Rasen in den Boden gestampft, Brendel sah die nackten Füße fliegen und nach dem Ball treten, er hörte die Gänse, die vor den Häusern in provisorischen Gattern die heiße Luft schnetzelten mit ihrem Geschnatter. Oft sah er von Weitem Reni kommen und zog sich dann tiefer in den Haarschober zurück. Wenn Reni vorübergegangen und nicht mehr zu sehen war, kroch er aus seinem Versteck und lief gegen Irmis Haarwellen an. Vor dem Kirchenportal paarte er sich mit der schläfrigen Geliebten, schwitzte dabei, sah ihre nur halb geöffneten Augen, und wenn er ihr beim Aufstehen half, im Traum, kam es ihm so vor, als habe Reni ihnen zugesehen dabei, als habe sie sich versteckt gehalten hinter einem Busch, einem Zaun. Wenn Brendel erwachte, meinte er manchmal einen gaukelnden Rockzipfel in der Ferne wahrzunehmen, und immer zappelte dieser Rockzipfel in der Farbe des Kleides, das Reni am Tag nach ihrer Hochzeit getragen hatte. Wenn Brendel erwachte, hielt sich Molaukens Geruch noch lange in seiner Nase, hielten seine gratigen Ohren noch eine Weile Irmis verschlafenes Stöhnen gefangen und das Geräusch nackter, auf geteerter Straße davonlaufender Frauenfüße.

Brendel spürte, dass er sich das Blut aus dem Rachen schlucken musste, um wieder frei atmen zu können, auch wenn die Vorstellung, dass sich das Blut nun in seinem Magen zu schaffen machte, Ekel hervorrief. Wut schien aus seinen nassen, stinkenden Hosen in ihn einzudringen und ihn sich einzuverleiben. Er wusste, dass er es nicht mochte, vereinnahmt zu werden, und er begann umständlich, seine Kleider abzulegen. Aus einem der Beutel holte er eine andere, wiederum stinkende Hose hervor und ein kariertes Hemd,

Restaurant & Cafe
Elbterrassen
Wussegel 8
29456 Hitzacker
Tel. 05861-8574

Rechnung

Tisch 410

Eiskaffee	3.80
2 x 1.60	
Kugel Eis	3.20
Mwst. 19 %	1.12
Netto 1	5.88
* Gesamt total *	7.00
Bar EUR	7.00

Rechnungs-Nummer 135

Ko 23-06-19

St.Nr. 32/126/01509

Vielen Dank für Ihren Besuch !

das einzige, das er bislang geschont hatte für seine Ankunft in Molauken. Mit dem schmutzstarrenden Unterhemd rieb er sich notdürftig ab, zog dann die trockenen Sachen an, den Mantel darüber, und begann zu laufen. Nichts verrauchte. Er bewegte sich mit aller Kraft, die er in sich auftun konnte, und sah doch von ferne aus wie ein torkelndes Boot: Das brüchige Segel seines alten Mantels lieferte ihn dem Wind aus. Es war eine Mühe gewesen, das Segel über die Schulterblätter zu werfen und vor der Brust mit einer Büroklammer fest zu schließen. Wo einmal Knöpfe geglänzt hatten auf dem dunklen Stoff, gähnten nun ausgefranste Löcher, und durch eines dieser Löcher hatte Brendel die aufgebogene Klammer geschoben, sie durch das zugehörige Knopfloch des linken Mantelflügels geführt und beide Enden des Drahtes miteinander verdreht. Sich allem zu überlassen, schien Brendel auf einmal die leichteste Art voranzukommen, er wunderte sich noch, darauf nicht früher gekommen zu sein, als er schon in die andere Richtung geweht wurde, jenen Weg zurück, den er gestern genommen hatte, und mit jedem Schritt zurück meinte er wieder, Molauken näher zu sein als je zuvor. Er war lange nicht mehr am Tag unterwegs gewesen. Die Sonne, obzwar nicht hochstehend und noch dazu von Wolken verhangen, stanzte ihm helle, schmerzende Flecken in die Netzhaut, hin und wieder musste Brendel stehen bleiben, um seine Fäuste tief in die Augenhöhlen zu pressen. So wurde ihm für den Moment wohler, wenn er jedoch die Hände wieder herabsinken ließ, verstärkte sich der Schmerz, und Brendel blieb nun immer öfter stehen, weil die Abdrücke seiner Fingerknöchel ihm als schwarze Punkte die Sicht nahmen. Stunden vergingen, ehe er Anklam erreichte von Westen her, und hier, wo alle Geschäftigkeit des nachmittäglichen Betriebes, des Einkaufens und Verweilens in Ladenpassagen, des gemeinschaftlichen Biertrinkens vor den Imbissbuden und Kaufhallen, und selbst des drängenden Autoverkehrs!, nicht darüber hinwegtäuschen konnte, dass die Bewegtheit der Stadt allenfalls die Behäbigkeit teilnahmsloser Provinz kurzzeitig kaschierte, hier kam es Brendel: Ja, er hatte den Jungen erschossen damals. Im Sommer vierundvierzig hatte er Reni während eines Genesungsurlaubes von der Front ein Kind gemacht und sie geheiratet. Wochen später war der Blitz in den jungen Brendel eingeschlagen, und dieser Blitz war ihm schon jahrelang an Renis Arm begegnet: Irmintraut, der er so sehr verfiel, dass er seinen Genesungsurlaub hatte benutzen wollen, wie man ein festes Schilfgeflecht ausrollte über dem Gurgeln und Brodeln bedrohlicher Sumpfniederungen: Man teile es in zwei Stücke, warf eines über den schwankenden Grund, lief bis ans Ende, rollte das zweite vor sich aus und zog das erste wiederum hinter sich ein, um es erneut auszuwerfen, wenn man das zweite passiert hatte. Der erste Teil seines Urlaubs war noch ganz und gar Reni, der zweite dann Irmintraut, und sein Glück war gewesen, dass die beiden Frauen ihm schließlich abwechselnd über die Zeit halfen, die er zu überwinden versuchte. Sie hatten ihn gemeinsam versteckt in der Scheune eines verfallenden, überstürzt verlassenen Gehöftes. Reni war ein paar Mal als Frau eines Deserteurs verhört und bedroht worden, und als die sichtbare Tatsache ihrer Schwangerschaft ihr einen gewissen Schutz hätte gewähren können, bedurfte sie dessen schon nicht mehr: Alles löste sich auf, verging in einem bitteren Taumel in Richtung Westen, auf den sie Brendel nicht hatten mitnehmen können, denn Brendel war nicht nur ein gesuchter Deserteur gewesen, sondern einfach verschwunden. Irmintraut hatte ihm sehr viel später erzählt, wie sie am Tag ihrer Flucht noch einmal zur Scheune gelaufen war in der Dämmerung des heraufziehenden Tages und nach ihm, Brendel, hatte schauen wollen, und wie ihr ein toter Junge vor die Füße gefallen sei, als sie die Leiter aus dem Versteck geholt hatte, um zu ihm, Brendel, hinaufzuklettern, und wie sie dann geschrien hatte und dem Jungen ins Gesicht geschaut, noch in der Rage ihres Aufbruchs habe sie sehen müssen, dass es ein guter Junge gewesen war, einer, der nicht wusste, womit er den Schuss seines Mörders hätte verdient haben können und der darum sehr verwundert dreinschaute noch im Tod – ein Ausdruck übrigens, der auch dann nicht aus seinem Gesicht gewichen sei, als Irmintraut ihm die Lider heruntergestrichen und die Waffe in die Hand gedrückt hätte, die wenige Meter entfernt lag. Brendel erinnerte sich jetzt, dass in seinem Geist Reni und Irmi und seine Vorgesetzten und seine Kameraden und der Führer und die Zeit des Erwachsenseins nicht nach- und nebeneinander damit beschäftigt gewesen waren, ihre jeweiligen Vorzüge zu betonen und um seine Gunst zu werben, sondern alle hatten sich miteinander verschlungen und in ununterbrochen röhrendem Kauderwelsch einer gewaltigen Brunft an Brendels Verstand gezerrt, den sie zusammenschlugen und wieder aufgehen ließen wie einen warm gehaltenen Teig, und als der Teig dabei gewesen war, Brendels Kopf zu verlassen, durch Augen, Mund und Nase davonzugehen, war der Junge dazwischengekommen von irgendwoher. Nach kurzem Handgemenge hatte er, der Stärkere, dem Jungen die Pistole entwendet und ihm durch den Kopf geschossen, er hatte den Lauf der Waffe da aufgesetzt, wo einmal die pulsierende Fontanelle des Jungen dessen Mutter zu nassen Küssen verlockt hatte. Er, Brendel, hatte den kaum erwachsenen Jungen erschossen, wie man sein Spiegelbild erschoss, er hatte den in seiner Angst leicht verblassten Blick seines Gegenübers für seinen eigenen genommen und war hin- und hergeworfen worden von den in ihm widerstreitenden Impulsen. Über der plötzlichen Stille in seinem eigenen Kopf, die er für nichts anderes hatte halten können als für die Spiegelung der Stille im Kopf seines getöteten Gegenübers, war er eingeschlafen, und als ihm nach dem Erwachen bewusst wurde, was er getan hatte, war er davongelaufen. Mit jedem seiner Schritte war er fortan auf Irmi zugegangen und auf die Zeit des Erwachsenseins, die er mit ihr verbringen wollte. Es war ihm gelungen, ihre Fährte aufzunehmen, und er war ihr gefolgt, ohne sich zu offenbaren – zu eng hielten ihm Reni und Irmi zusammen. Erst als Reni wieder verheiratet war, hatte er, der für eine Weile einen anderen Namen getragen hatte, gewagt, Gustav Brendels Wiederkehr anzukündigen und war schließlich jene sächsische Landstraße heraufgekommen, an deren vorläufigem Ende ihm Reni ihre neugeborene Tochter vorstellte und Irmi an seinen Hals sprang, und später war er mit Irmi in den Norden gezogen, das wusste er noch genau, dazu hätte es der Erleuchtung auf dem Bahnhofsvorplatz von Anklam nun wirklich nicht bedurft. Und dieser Junge aus der Wohnung unter der seinen, sah Brendel jetzt sehr deutlich, spiegelte in seiner untröstlichen Erwartung Brendels und dessen Opfers fünfzig Jahre zurückliegende Begegnung, und Brendel, der sich jetzt über das saubere Hemd strich, begriff, wo er war.

SCHÖNES STÜCK LAND, UNTER WASSER

Aus den Selbstgesprächen meiner Großmutter hatte ich meist nichts anderes heraushören können als den flüsterigen Greisinnenseim, der ihr wie vielen ihrer Art von den Lippen tropfte. Ich liebte sie nicht, was auch wirklich kein Wunder war angesichts ihrer offenen Beine, ihrer Bartstoppeln im Furchgesicht und ihrer Angewohnheit, mich in ihren durchdringenden Geruch einzubeziehen. Da saß ich dann, sie rieb ihren Hintern an meinen Rippen, schubberte sich den Buckel an meinen angewinkelten Knien und nässte meine Handflächen mit ihrem Geflüster, während ich mich nach innen erbrechen musste. Nach solcherart Kotzen geriet ich stets in einen mundgerechten Zustand: Sie kostete mich aus. Rühr mich selig, murmelte sie und fingerte in meinem Mund nach der Zunge, die ihr zwischen den Fingern wegflutschte. Ich musste dann immer aufpassen, dass ich mich nicht auch noch nach außen erbrach, das hätte böse Folgen haben können. Meine Eltern hatten mir immer eingebläut, nett zur Großmutter zu sein und sie zu lieben, wie man das Alter eben lieben müsse. »Das Alter« war der Zustand fortschreitender Demenz, in dem sich meine Großmutter befand. Leider erinnerte sich der Leib meiner Großmutter meines Geschlechts, das sie Fiddele nannte oder Mauchen oder Pflaumchen und das sie manchmal zu tasten versuchte. In der Hand eine feine Häkelnadel, mit der sie duftige Vorwände für unser Familienleben gehäkelt hatte, als sie noch bei Sinnen gewesen war. Ich war sieben

Jahre alt und ein kräftiges Kind mit kugeligen Waden, die der Großmutter viel Spaß machten und den Weg wiesen zu den ebenso dicken Schenkeln, die wiederum genau da endeten, wo Großmutters Leib sich meiner erinnerte. Großmutter lag still in ihrem Bett, wenn ich mittags aus der Schule kam. Es war mein erstes Schuljahr, ich hatte gelernt, die Zunge zu spitzen beim Schreiben und musste nun immer aufpassen, dass die Großmutter nicht mit dem Mund nach meiner Zungenspitze schnappte, wenn sie sich still hinter meinem Rücken aus dem Bett erhoben hatte. Aber ich durfte nicht weglaufen, wenn es dennoch geschah, ich musste sie lieben. Das war nicht leicht. Meine kleinen grauen Eltern machten sich keinen Begriff davon, wie es war, immer auf die Zunge aufpassen zu müssen. Sie machten sich überhaupt selten Begriffe von irgendetwas. Zum Beispiel endete mein Blick einmal in einem weiß getünchten Eisenbahnwaggon, den man auf einem Betonfundament dingfest gemacht und dem Deutschen Roten Kreuz zur Verfügung gestellt hatte. (Dieser Waggon sah aus wie aus anderen Zeiten herübergerettet und erinnerte mich daran, dass man dem Kind, das ich war, einiges verschwieg.) Aufgerufen zur Dreifachimpfung, stand ich fünf Meter vor der Kanüle und wunderte mich über den krummen Hals meiner Nachbarin. Deren dicke Venen kräuselten sich auf den Handrücken, ich fragte mich, wie diese prallen Flussläufe am leichtesten beschiffbar wären und sagte laut, dass ich nun landunter gehen würde in einer dunklen Ohnmacht. Meine Mutter fing mich auf und machte sich an meinem Mantel zu schaffen. Jedenfalls war er aufgeknöpft, als ich wieder zu mir kam nach einigen Sekunden. Ich öffnete meinen Hals und schnappte nach Luft. Mir fiel ein, dass meine kleinen grauen Eltern sich keinen Begriff davon machten, was es hieß, zur Dreifachimpfung aufgerufen zu sein. Eine

Dreifachimpfung war aber immer noch besser als die Suche nach den sieben Bürgen für das schöne Stück Land unter Wasser, von dem die Großmutter sprach. Es muss ein schönes Stück Land gewesen sein, denn die Großmutter hing daran wie ein vertrockneter Apfel, den man beim Ernten übersehen hatte und der nun trotzig sich festklammerte über viele Winter hinweg. Sie musste einmal dort zu Hause gewesen sein und wollte nur immer wissen, wie ich die Flucht ÜBERS HAFF geschafft hätte. Es lohnte nicht, sie zu fragen, was denn das Haff sei, rühr mich selig, sie schnappte nach meiner Zungenspitze. Sie rief mich beim Namen meiner Mutter, die das nicht hören konnte, denn sie war selten zu Hause. So schön muss es gewesen sein, das Stück Land unter Wasser, dass meine Großmutter, und sie öffnete weit ihren Mund, mich bat, sieben Bürgen zu suchen, damit man sie auszahle dafür. Von dem Geld wolle sie sich ein kleines Mädchen kaufen, sagte sie, mit einem saftigen Pflaumchen zum Reinbeißen. Mit einem Fiddele zum Durchölen, zum Abzüngeln, mit einem Mauchen aus Samt. Sie griff nach der Häkelnadel und kratzte sich Schuppen vom fettigen Haargrund, lutschte sie ab und zerbiss sie mit zahnlosem Gaumen. Ich war immer sehr beschäftigt mit den sieben Bürgen, denn man glaubte mir nicht, dass ich sie nötig brauchte. Niemand fand sich bereit, sich zu verpfänden für das schöne Stück Land unter Wasser, und wenn ich es der Großmutter erzählte, mit der ich das Schlafzimmer teilte, war die sehr ungehalten und legte mich übers Knie. Sie spuckte. Meine aussichtslosen Eltern machten sich keinen Begriff von Großmutters schönem Stück Land unter Wasser.

Ich war bekannt für meinen breitbeinigen Gang. Einmal brachte mich meine Mutter zum Orthopäden, damit ich den breiten Gang verlöre. Der Orthopäde passte meinen

Füßen stählerne, mit Leder bezogene Einlagen für die Halbschuhe an und schickte die Mutter mit mir zu einem anderen Arzt. Der besah sich mein Fiddele, redete von schlechtem Blut und Furunkulose und schnitt an den Beulen herum, die ich seit Langem zwischen den Schenkeln trug. Ich schrie und lief später breitbeiniger noch als zuvor mit der Mutter nach Hause. Die Mutter musste zur Arbeit, Großmutter besorgte den Haushalt, der vormittags nun ganz aus mir bestand und kalte Kompressen brauchte. Großmutter streute Kamille auf die Schnitte in meinem Schritt. Ich liebte sie etwas, denn ich hatte mich eben ermahnt und nach innen erbrochen, aber die Großmutter glaubte es nicht und bohrte die Zunge in meinen Nabel. Ich musste lachen, und Großmutter redete von der schönen Zeit, wenn sie das kleine Mädchen gekauft haben würde mit dem Mauchen aus Samt. Ich sagte laut, dass ich nun landunter gehen würde in einer dunklen Ohnmacht, da biss sie mich auch schon wach und roch aus dem Mund nach Karbol. Meine kleinen Eltern machten sich keinen Begriff von den sieben Bürgen und schickten mich endlich wieder zur Schule, obwohl die Beulen stets nachwuchsen und aufbrachen und schlecht rochen. Die Großmutter spuckte aufs Schlimme, dass mir das Sehen verging. In der Stadt gab es ein Feierabendheim. Dahinein sollten wir die Großmutter tun, sagte mein Vater eines Abends zu seiner Frau, die aber erhob die Hände und wehrte ihn ab. Die Leute sollen wohl dies und das denken. Ich fand es nicht schlimm, dies und das zu denken, ich dachte auch immerzu dies und das und hatte Mühe, die sieben Bürgen aufzutreiben, von denen meine kleinen Eltern nichts wissen wollten. Ich lernte das A und das O und zwischendurch fragte ich Bärbel Kaltwaßer, ob sie denn nicht einmal ihre sechs Geschwister mitbringen wolle zu mir, nach der Schule. Bärbel Kaltwaßer wunderte sich ein bisschen, denn ihre Geschwister waren allesamt klein und laut. Zu meinem Glück war es gerade Herbst geworden in ihrem Herzen, ihre Eltern wollten nach Bielefeld ziehen mit ihr in ein anderes Lebensland, und der Abschied stand bevor. Bärbel freute sich über die gute Gelegenheit, der Aufregung des Packens und Vergessenwollens zu entgehen. Ich war eine Schulfreundin zum Besuchen, aber Bärbel Kaltwaßer war die älteste der sieben Bürgen, die ich nun endlich aufgetrieben hatte. An einem Mittwoch betrat die Schar das Zimmer, das ich mit der Großmutter teilte. Bärbel hatte mir ihre Pionierbluse und das blaue Halstuch mitgebracht. In Bielefeld ist das nicht modern, meinte sie und legte das Päckchen auf den Stubentisch. Die Großmutter schaute nach, ob auch Geld in den Taschen sei, das sie doch so nötig brauchte für das kleine Mädchen. Ich hatte ein bißchen Angst, dass Bärbel der Großmutter gefallen könnte und sie sie vielleicht gleich behalten wollte. Aber die sechs Brüder im Zimmer machten Rabatz und Gedöns, dass an Reinbeißen nicht zu denken war. Ich zählte der Großmutter vor: Siehst du, sechs sind es, dazu Bärbel, macht sieben. Genau sieben Bürgen, Großmutter, für das schöne Stück Land unter Wasser … Später wurde es spät und die Großmutter war eingeschlafen, ohne die sieben Bürgen beachtet zu haben. An diesem Abend erzählte ich meinen kleinen Eltern, die sich keinen Begriff davon machten, die ganze Geschichte noch einmal, und meine Mutter telefonierte lange mit Dr. Zeman, unserem Kinderarzt, der die Mutter mit mir zum Dr. Krummhaar schickte, weil der mit solchen Sachen besser Bescheid wüsste. Kalkmangel, sagte der Dr. Krummhaar am nächsten Tage zu meiner Mutter, die sich keinen Begriff davon machte. Ich aber hatte verstanden: Zur Mangel brachten die Großmutter und ich einmal die Woche Wäsche. Ich stellte mir vor, wie platt ich durch diese Medizin würde, und freute mich fast schon ein bisschen. Auf dem Weg nach Hause sammelte ich grüne, rote, blaue und gelbe Scherben. Es gab in der Stadt einige Bijouterien, die ihre Glasabfälle an Garten- und Vorgartenbesitzer zur Verschönerung der Wege zwischen den Beeten und Rabatten abgaben. Die Besitzer der Bijouterien hießen Ribarsch und Effner, Dlouhy und Martinek und waren VON GABLONZ HERÜBER gekommen, wie die Großmutter sagte. VON GABLONZ HERÜBER bedeutete, dass diese Leute wohl auch ein schönes Stück Land unter Wasser verlassen hatten, dafür aber gut untergekommen waren hier, über Tage. Sie müsse nun gelb werden vor Neid, sagte die Großmutter und setzte sich aufs Bett, als ich ihr die Scherben vom Wege zeigte. VON GABLONZ HERÜBER und hier sich aufspielen wollen. Und mein schönes Stück Land unter Wasser, oweh. Wie bist eigentlich über das Haff gekommen, Mädchen? Großmutter schnappte nach meiner Zungenspitze. Rühr mich selig, du Balch. Die Scherben schepperten zu Boden, meine Hände machten einen Anfang und stemmten sich gegen Großmutters Kopf. Ich wollte sie lieben, das hatte ich nicht vergessen. Meine Hände bohrten sich in ihre Augenhöhlen, dass sie zu heulen begann und mich losließ und nach den sieben Bürgen rief, die ihr fehlten zum Glück. Die Hausaufgabe in meinem Kopf brauchte die Scherben als bunten Beweis: Die Betriebe der kleinen Stadt waren zu erkunden und aufzuschreiben, ich klaubte die Splitter vom Boden, trat der Großmutter eine blaue Stelle ans Schienbein und lief in den Garten, wo ich mich mit meinem Schatz hinter dem Stachelbeerstrauch versteckte. VON GABLONZ HERÜBER, schrie meine irre Großmutter aus unserem Zimmer heraus, die Fenster standen weit offen, ich wünschte ihr eine gute Nacht, es war eben erst Mittag geworden, die Turmuhr dröhnte, und meine Hand war nun endlich blutig geschnitten, ich war beruhigt. Als am Nachmittag meine kleinen Eltern nach Hause kamen, saß ich noch immer hinter dem Stachelbeerstrauch. Ich hatte im Liegen die Namen der Bijouterien mühselig in mein Heft geschrieben. Starr vor Furcht, die Großmutter könne auf ihrer Suche nach den sieben Bürgen den Garten durchkämmen, konnte ich nicht gleich die Schritte der Eltern von denen der Großmutter unterscheiden und begann zu schreien, indem ich den Hals öffnete und ein kehliges Grunzen aus mir heraustat. Das hörte meine kleine Mutter, während der Vater davon sprach, nun endlich die Großmutter in ein Feierabendheim zu geben. Die Eltern fanden mich schließlich, und meine Mutter erhitzte Holundersaft in der silberglänzenden Kasserolle, die sonst für meine Morgenmilch herhielt und nun ganz schwarzblau wurde vom Holunder. Holunder senkt dir das Fieber, mein Kind. Meine kleine Mutter wischte mir den einen, den anderen Schweiß von der Stirn, ihr Herz stand nie still, wenn sie an mich dachte, aber sie konnte sich keinen Begriff von mir machen. Später einmal, es muss im gleichen Monat gewesen sein, machten wir einen schönen Ausflug an die nahe gelegene Talsperre, in der ich das Schwimmen lernen sollte. Ich wollte ganz landunter gehen in einer dunklen Ohnmacht, als ich den Wasserschlund sah, in den mich der Vater werfen würde, aber die Großmutter fatschte mir ins Fiddele auf der Rückbank des neuen Autos, zum Glück. Sonst wäre der schöne Ausflug gleich zu Ende gewesen, meine kleinen Eltern fürchteten sich vor den dunklen Ohnmachten, in denen ich so schwer zu fassen war wie nirgends sonst. Meine Mutter war ÜBERS HAFF gekommen, so viel zumindest wusste ich schon, das schöne Stück Land unter Wasser hatte sie schwimmend verlassen, und sie konnte unmöglich viel älter gewesen sein als ich, wie ich schließlich vor der Talsperre stand und mich fürchtete. Mein kleiner Vater seifte mich ab vor dem Wurf, die Großmutter griff nach dem Handtuch und rieb sich an mir wie ein Hund, der niemals hätte mein Freund werden dürfen, und wirklich biss sie plötzlich in meines kleinen Vaters linke Wade. Kurz darauf sah ich die Großmutter zum letzten Mal aus der Nähe, sie lag auf der Trage eines Krankentransports, ihr blutiger Mund wollte mich küssen. Meine kleine Mutter konnte sich für diesmal einen Begriff davon machen und hielt mich hinter ihrem Rücken versteckt, als sie die Großmutter ins Auto luden und fortbrachten in die Klinik, die sie nun niemals mehr verlassen und ich nicht betreten durfte.

Wenn meine kleinen Eltern es nicht bemerken konnten, weil sie vielleicht zu lange arbeiteten oder in unserem Garten die Beeren vom Stachelbeerstrauch pflückten, lief ich zur Klinik. Ich stand am Zaun des Klinikgartens, und manchmal konnte ich meine Großmutter am Fenster sehen, wie sie hinauswinkte, mir zu, wie VON GABLONZ HERÜBER oder ÜBERS HAFF, vielleicht winkte sie ja auch gar nicht nach mir, sondern nach dem schönen Stück Land unter Wasser oder nach den sieben Bürgen, die jetzt in Bielefeld wohnten, und vielleicht hatte sie dort hinterm Fenster ja auch ein kleines Mädchen gefunden, mit einem Mauchen aus Samt, ganz für sich allein, ich hoffte es beinahe ein bisschen.

KÖNIGSBERGER KLOPS

Senta Haberberger hustet ein Loch in die stockende Luft. Sie stopft es mit kleinen, abgemagerten Reden und einem Rülps. Das Loch in der Luft füllt sich mit Zwiebelstunk und Sauerkotz. Senta Haberberger hat Klopse gegessen, in saurer Sahne und Kapern gekocht, die Sauce mit einem Schuss Weißwein wohlig gestreckt. Senta Haberberger hat Geburtstag, sie wird immer ein Jahr älter bleiben als das Jahrhundert, in dem sie zur Schule kam. Auch, dass sie die Schule verließ, liegt langlang zurück. Ein wenig länger noch als der Sprung von der Klopsklippe. Inzwischen ist Senta Haberberger eine große stattliche Frau gewesen und wieder klein geworden. Senta Haberberger erinnert sich, wie zum Geburtstag Katzenköppe über ihren Schädel donnern. Sie wird zwei, drei, elf und schließlich dreizehn Jahre alt mit den Katzenköppen der Mutter und sie ekelt sich furchtbar vor Kochklops mit Kapern. Auf ihrem Geburtstagsteller mischen sich Sauce, Kartoffeln und Erbrochenes, sie muss schlucken, die Hand der Mutter droht über dem Scheitel. Senta Haberberger würgt den geschluckten Brei wieder heraus. Als sie vierzehn wird, bekommt sie ein Kind. Die Mutter kocht ihr nun nicht das Geburtstagsessen, zur Strafe. Das Obervormundschaftsgericht registriert den Verbleib des Kindes im Haushalt der Großeltern. Senta Haberberger geht Silber putzen, dorthin, wo sich ein reicher Juckmich den Schwanz an ihr blankreibt. Aber Senta weiß nun, wie's geht, und wäscht sich mit Säure aus, wenn der Juckmich sich fertig poliert hat. Das Kind bei den Eltern lernt laufen. Der Juckmich muss nicht in den Krieg, er pinkelt ins Bett. Senta Haberberger legt ihn trocken. Derweil bohrt er sie von unten mit dem Finger auf. Wenn das Bett trocken ist, bückt sich Senta Haberberger, das nasse Bettzeug aufzunehmen. Sie wirft den Rock mit Schwung hinten hoch, damit der Juckmich nicht so viel Müh damit hat. Sie hält sich am Nachtschränkchen fest, wenn poliert wird. Der Juckmich zieht sich dann tropfend zurück und schickt sie ins Bett. Aber Senta geht nach der Säure. Der Juckmich ist dumm. Fürs Wienern gibt er ihr Fleisch und Sahne und Kapern und Milch, sie bringt es der Mutter. Die kocht zum Geburtstag des Kindes. Senta Haberberger tut das Kind leid, es greint, und die saure Sahne fließt aus dem Kummermund. Vorsichtig beginnt Senta Haberberger, Kochklops zu essen. Das Kind soll nicht leiden wie sie, den Ekel beizeiten bekämpfen. Sie schiebt mit dem Löffel ein kleines Häufchen Fleisch und Kartoffel auf ihre Zunge und wartet. Von der Seite schaut zweifelnd das Kind, dem die Mutter mit Katzenkopp droht. Senta hat Angst vor dem Brechreiz, der ausbleibt. Sie schluckt, verdreht ein bisschen die Augen und klimpert mit den Lidern ein heimliches Ständchen fürs Kind. Es lacht und kotzt, als die Mutter den Fleischbrei einführt. Senta geht wieder zum Juckmich, sie hält es nicht aus. Er fragt, ob es gut war, das Essen, und fickt sie zu Abend. Danach hat Senta nie mehr Schwierigkeiten mit Königsberger Klopsen. Mit zwanzig bekommt sie wieder ein Kind. Der Juckmich ist sauer, dass sie einen Mann zum Heiraten gefunden hat. Sie braucht nun nicht mehr Silber zu putzen. Sie isst jetzt die Klopse, die sie selber gekocht hat. Das größere Kind darf nach der Heirat auch zu ihr, sie wird eine Hausfrau und bestellt die Kapern beim Kaufmann. Der Mann, der sie nahm, ist ein Schmied mit feurigem Griff. Senta legt sich in Abständen unter. Wenn er gut gegessen und den feurigen Griff im Stadtpuff probiert hat, läuft er lahm in sie über. Sie braucht jetzt auch weniger Säure als früher beim Juckmich. Sie kann den Kindern gut zu essen geben und hält was drauf. Nur mit der Großen gibt's Ärger. Die mag nicht den Kochklops mit Kapern. Senta Haberberger vergisst und vergisst sich, sie donnert dem Kind Katzenköppe über den Scheitel, der Schmied tut mit, wenn er da ist. Wenn das Kind aufgibt, bringen sie es zu Bett. Dann geht der Schmied aus dem Haus, den feurigen Griff üben, und Senta Haberberger bringt dem Kind Pfefferminztee. Sie ist erschöpft. Aber zum Einschlafen reicht es nicht, sie möchte Bewegung. Manchmal ist sie so weit, heimlich zum Juckmich gehen zu wollen. Sie tut es nicht, denn das Essen ist besser als bei den Nachbarn. Der Schmied ist nicht geizig. Als er stirbt, weil ein Krebs ihm die Eier wegfraß, ist wieder Krieg. Senta Haberberger schreibt dem Sohn an die Ostfront. Zu den Geburtstagen gibt es Königsberger Klopse in Königsberg, aber der Krieg dünnt die Sauce. Senta Haberberger arbeitet im Heeresverpflegungsamt, lässt dort gelegentlich mitgehn und zankt sich noch immer mit der Tochter über den Klops. Die mag ihn nicht essen. Senta ist sauer wie Sahne mit Kapern, aber die Tochter ist groß und stark und fürchtet sich nicht bis zum Ende des Krieges. Da muss sie es lernen und flieht mit dem Sack und dem Pack und der Mutter nach Westen. Der Sohn mag vom Osten nun gar nichts mehr wissen. Er schreibt seiner Mutter vom blauen Himmel über L. A., mit dem über Königsberg nicht zu vergleichen. Senta wird siebenundvierzig, als ihre Tochter ein Kind kriegt. Die ist über dreißig und freut sich. Senta kocht Klopse mit Kapern, die Tochter kocht über, tobt und schreit nun auch endlich vom Vater des Kindes. Der ist ein Russe und hat sie mit Hering gelockt, mit blauem, fettem Hering in Lake. Frau, ficken! hat er geschrien und sie mit dem Hering verfolgt hinter Zäune und Zäune, bis sie die Unschuld als fetten blauen Fisch verschluckte. Der Russe war blond gewesen. Mit arischem Blick vielleicht? fragt Senta die Tochter, obwohl sich die Zeiten längst ein wenig geändert haben. Die Tochter antwortet nicht. Senta schiebt ihr ein Häufchen Kartoffeln mit saurer Krönung aus Fleisch in den Mund. Die Tochter kaut und schluckt, die Tochter vergisst und vergisst sich. Das Kind der Tochter geht mit gesenktem Kopf in die Schule und mag keinen Kochklops mit Kapern. Die Tochter kocht, wenn es Sahne im Konsum gibt, Königsberger Klopse. Wenn Senta Haberberger Geburtstag hat, lädt sie die Tochter und deren Kind zum Essen. Das Kind kotzt über den Teppich. Senta Haberberger schimpft und schreit, das Kind wischt im Würgen den Teppich. Als Senta Haberberger in Mindestrente geht, ist das Kind der Tochter dreizehn Jahre alt und hat einen Stiefvater. Die Tochter hilft dem Stiefvater, sich aufzurichten, er dankt es mit Wärme für das Kind der Tochter. Das Kind der Tochter lernt den Kopf zu heben in Stiefvaters Blick. Der Stiefvater mag keine Neger mit blauschwarzen Schwänzen. In der Klasse des Kindes der Tochter lernt ein braunes Mädchen, das einen Soldatenvater in Amerika hat. Das Kind der Tochter ärgert das braune Mädchen, während die Lehrerin von guten und bösen Soldaten erzählt. Das braune Mädchen zieht nach Amerika. Ein Glück, sagt die Lehrerin. Ein Glück, sagt der Stiefvater zum Kind der Tochter, dass es ein Russe war. Sonst würdest du jetzt vielleicht in Löwenpisse baden wollen. Der Stiefvater lacht und streicht dem Kind der Tochter über den Kopf. Es hat Geburtstag. Senta Haberberger tischt auf im Haus ihrer Tochter. Das Kotzen beginnt. Zum Nachmittag kommt eine Handvoll Nachkriegskinder zum Apfelkuchen.

Die Tochter hebt einen Stein auf und wirft. Die Nachkriegskinder rennen dem Stein hinterher, wer ihn findet, bekommt eine Stange Lakritz. Brauner Lakritzsaft läuft dem Kind der Tochter aus dem rechten Mundwinkel. Es wischt die Spur mit dem Zopf ab und fällt in die brennenden Nesseln, als Senta Haberberger dem Stiefvater von früher erzählt. Von Königsberg, wo sie Klopse essen gelernt hat. Der Stiefvater spottet, weil das Kind der Tochter noch grün im Gesicht ist vom Mittag. Erst als das Kind der Tochter in die Stadt zieht, um einen Beruf zu erlernen, verändert die Haut ihre Farbe. Das rosa Gesicht des erwachsenen Kindes der Tochter reizt einen Pinkel mit Elvis-Frisur, er küsst ihren Hals. Das Kind des Kindes der Tochter will Monate später zu schnell auf die Welt. Es drängelt, es tritt, es reißt seine Eischale auf, verlässt das Kind der Tochter vor der errechneten Zeit, lebt und gedeiht. In einem Dezember bekommt es ein blaues Halstuch. Das Kind der Tochter erinnert daran, wenn das Kind des Kindes der Tochter den Kochklops verweigert. Wo gibt es denn so was. In Biafra, da hungern die Kinder, und hier wird der Kochklops verschmäht. Die Tochter schärft ein, das Enkelchen nicht zu verwöhnen. Das geschärfte Kind der Tochter vergisst und vergisst sich, droht mit der Hand überm Scheitel, bis das Kind des Kindes der Tochter ein Liedchen singt in die Tränen. *Das Essen kochen kann ich nicht, dafür bin ich zu klein. Doch Staub hab ich schon oft gewischt, wie wird sich Mutti freun.* Und Mutti muss lachen, weil das Kind des Kindes der Tochter so nuschelt beim Singen. Sie küsst seinen Mund und drückt es ans Herz. Aber das Kotzen vergeht nicht, das Kind des Kindes der Tochter bringt Kapern zur Welt und Fleischbrei und Rahm. Senta Haberberger schüttelt den Kopf und denkt an den Juckmich. So lang ist das her. Wir haben es alle gelernt. In der Schule malt das Kind des Kindes der Tochter für Senta ein Bild zum Geburtstag, rollt es, knotet es ein in bedrucktes Papier und geht auf Besuch. Dem Kind des Kindes der Tochter öffnet Senta Haberberger die Tür. Gerade ist sie mit Essen fertig und hustet ein Loch in die stockende Luft, um es mit mageren Reden und einem Rülps wieder zu stopfen. Die Sprache der Klopse ist sauer, aber das Kind des Kindes der Tochter hat schon verstanden.

KARPFEN BLAU

Viktoria wusste natürlich, dass sie von einem damals schon alten Krieger gezeugt worden war. Das wog, schien ihr, schwerer als ihr Entwurf in der Liebe seiner späteren Witwe. Denn Viktoria war zeitlebens im Kriegerischen zu Hause gewesen, schon die Fürze des zum Kriegsende geborenen Säuglings hatten die Wucht von Geschützdonner gehabt. In der Schulzeit verfolgte sie die anders Entworfenen mit ihren Handkanten und Schlüsselknochen. Sie gedieh zu hünenhafter Größe, liebte allerdings enge Blüschen, Volants und Häkelkragen, als sie erwachsen war. Ihr Gesicht glänzte wie eine frisch geputzte Medaille für besondere Tapferkeit vor dem Feind, wie sie sich ihr Vater kurz vor seinem Tode unbedingt noch hatte sichern wollen. Viktoria erlernte das Ausnehmen von Fischen und verdiente damit, unterbrochen nur von einer einmaligen Mutterschaftspause, ihr Geld. Einziger persönlicher Luxus waren teure Flakons importierten Parfums, das sie täglich benutzte.

Die erste kurze Ehe verließ sie mit einer chronischen Erkrankung an Anfällen von Halbherzigkeit, die sich jedoch im Fortgang ihres Lebens noch einige Male als Selektionsvorteil herausstellen sollte. Die zweite Ehe zum Beispiel wäre aus ganzem Herzen gar nicht zu schließen gewesen. Aber Viktoria schloss sie und begab sich sodann hinein wie in eine Entscheidungsschlacht: Sie wollte einen schneidigen kleinen Sohn und bekam ihn auch, steckte ihn in im Laufe der Jahre immer größer werdende Matrosenanzüge und warf den Kindesvater jährlich ein Stückchen weiter hinaus, bis sie ihn mit dem achtzehnten Geburtstag des Sohnes ganz und gar vertrieben hatte. In einem Anfall von Halbherzigkeit versuchte sie später noch einmal, sich nach ihm zu sehnen, was ihr aber misslang und weiteren Männern die Tür vollends verschloss. Heute, am Morgen ihres vierundfünfzigsten Geburtstages, glaubte Viktoria ihren geschlechtlichen Ausgang versiegelt. Für immer, frohlockte sie, und brachte sich mit der Aussicht in Harnisch, ihren Kolleginnen und Kollegen eine Tafel richten zu müssen. Es war Sonntag, sie hatte eigentlich zu ihrem Sohn fahren wollen. Weil der sie aber mit seinem Mangel an Schneid zunehmend verärgerte und sie höchstens viermal im Jahr besuchte, hatte sie den Wunsch der Kollegen erhört, endlich einmal ihre Stube zu besichtigen und ihren Kaffee zu kosten, ihre Flakonsammlung zu würdigen und im Brigadetagebuch zu blättern, das bis vor zehn Jahren von Viktoria mit disziplinierter Akkuratesse geführt worden war. (Besonders die Besuche in der Pateneinheit der Roten Armee hatten es Viktoria seinerzeit angetan. Mit ihrer Pouva Start fotografierte sie schepperndes Gelächter in die Gesichter der jungen Männer hinein, die sie kaltließen, während ihre vergleichsweise kümmerlichen Uniformen für ein bisschen Bewegung in ihrem Bauch sorgten.)

Viktoria legte eine Platte mit Marschmusik auf den bejahrten Plattenteller und begann ein Gespräch mit ihrem Vater, wie sie es jährlich aus Anlass ihres Geburtstages führte. Der alte Krieger war ganz zu Haus in seiner Tochter und antwortete aus ihrem Mund, sodass Rede und Gegenrede munter flossen und Viktoria einmal die Hacken aneinanderschlug im Fragen, ein andermal die Hände an die Rocknaht führte im Antworten. Sie konnte diese Gespräche mit ihrem Vater lieben – ein Gefühl, dass ihr ansonsten ganz abhandengekommen war. Ihrem Sohn war gleich nach dem Ende der Schulzeit langes lockiges Haar gewachsen, er bevorzugte große Pullover, weit um die Beine flatternde Hosen und lose Frauen, deren eine er vor zehn Jahren geheiratet und ihr ein halbes Dutzend Kinder gemacht hatte, um ihr ein bisschen Festigkeit zu geben. Viktoria tat sich schwer damit, Großmutter einer Schar lockenköpfiger Liederlinge zu sein, sie mochte die Enkel nicht und hatte darüber vergessen, deren Vater zu mögen. Sie zog zwei gefrorene Torten aus dem Eisfach, Eierlikör und Schwarzwälder Kirsch, und stellte sie zum Auftauen in das kleine Zimmer, das einmal das ihres Sohnes gewesen war. Viktoria hatte ihm früher Lexika ausgeliehen aus der städtischen Bibliothek, die Bilder der Dienstgradabzeichen und Armeeuniformen der Warschauer Vertragsstaaten ausgeschnitten und an einem großen Brett befestigt, das sie ihm übers Bett hängte. Ihr Sohn mochte diese Bilder nicht und überpinnte sie mit Tierpostern, Mädchenfotos und Titelblättern einer der bescheidenen Illustrierten, was ihm regelmäßig Handkantenschläge eintrug. Aber davon wusste Viktoria nichts mehr, dieweil sie zu den gefrorenen Torten den Kirschlikör griffbereit stellte und das Brigadetagebuch parat legte. Als sie sich zur Tür drehte, hätte sie bemerken können, wie eine Fotografie zwischen den dicken Seiten des Buches hervorglitt und langsam zu Boden segelte.

Im Bad entstaubte sie nun die Flakonsammlung, für die sie sich fünfzehn gläserne Wandborde von einem Versandhaus hatte kommen lassen, öffnete das Nachthemd und kippte einen Schwapp DEMIRELLE in die Falte zwischen den Brüsten. Zufrieden registrierte sie das erwartete Brennen, als das Parfum ihre Scham erreichte. Nun konnte sie sich anziehen, verrieb aber zuvor den Rest der Feuchtigkeit über ihrem Bauch. Als sie kurz in den Spiegel blickte, meinte sie einen Schuss Essig in ihrem Blick wahrzunehmen. Die drei massigen Karpfen in der Wanne hielten ganz still, als Viktoria sich über sie beugte, um die Reihenfolge der Schlachtung festzulegen. Als könne der Totstellreflex ihr Ende verhindern. Als wüssten sie nicht, dass ein Leben in der Badewanne großer Fische unwürdig ist! Viktoria versah die Tiere mit den Vornamen dreier der zum Nachmittag eingeladenen Kollegen und versicherte sich, dass keines Zeichen der Bauchwassersucht trug, wie sie der Cyprinus carpio häufig aufwies. Manfred, Gundel und Heiner probten die prämortale Starre bei bester physischer Verfassung. Viktoria staunte, als sie Unschlüssigkeit in sich spürte, in welcher Folge die fetten, spärlich beschuppten Fische unter den Hammer kommen sollten. Manfred sah sie aus aufgerissenen Mädchenaugen an, Gundels Blick erinnerte sie an den ihres Sohnes zu einer Zeit, da er noch Matrosenanzüge trug, und bei Heiner bemerkte sie gar eine Schrägstellung der seltsamerweise mandelförmigen Augen. Sie schüttelte fragend den Kopf.

Ihren Entschluss, den Zufall Regie führen zu lassen, sollte sie schnell bereuen. Die Versuche, eines der Tiere geschlossenen Auges im trüben Wasser der Wanne zu erwischen, schlugen nämlich jämmerlich fehl, und Misserfolg mochte Viktoria nicht leiden. Sie wischte sich die Hände an der imprägnierten Grillschürze ab, die sie einmal in der Konservenfabrik wie die anderen Fischweiber zum Frauentag geschenkt bekommen hatte. Ihr untersetzter, dennoch scharfkantiger Körper wagte behende Sprünge in die Wohnstube, wo im Unterteil des Eichenbüfetts eine Nähmaschine auf seltenen Einsatz wartete. Am etwas zu niedrigen Tisch nähte Viktoria in Stücke geschnittenes Klettband auf die Innenflächen zweier verschiedener, zwischen den Jahren übrig gebliebener Handschuhe, zog diese dann über und versuchte ihr Glück erneut. Es musste Gundel sein, den sie schnappte, denn wiederum überkam sie beim Blick in die Augen des Tieres jene Spur der Erinnerung an ihren matrosenhosigen Sohn. Dennoch fiel es ihr nicht schwer, dem Karpfen mit dem Fleischklopfer den Kopf zu zertrümmern, abzuschneiden und dann den Bauch mit geübtem Schnitt aufzuschlitzen, sodass Gedärm und Schwimmblase ins Becken glitten. Manfred und Heiner ereilte das Schicksal ebenso. Aus Flossen, Gräten und Köpfen kochte Viktoria eine autoritäre Brühe, die streng durchs Haus roch, während die Fischleiber, gesäuert und gesalzen, in einem Bett aus blanchiertem Gemüse zur Ruhe kamen. So schmorten sie in der Röhre, als ein Topf Kokosfett auf den Herd gestellt wurde für das Frittieren der frischen gestiftelten Kartoffeln, die Viktoria sich gestern neben einem Karton süßen Ungarweins von ihrem Supermarkt hatte liefern lassen. Zufrieden stellte sie fest, dass noch ein wenig Zeit blieb bis zum verabredeten Eintreffen der Gäste. Zeit, die sie mit einem nicht eben kleinen Glas Schnaps zuzubringen gedachte. Die Flasche, die sie entstöpselte, hatte ihr der Sohn in einem der vergangenen Sommer aus Böhmen mitgebracht, wo er mit seiner Familie billig ans Urlauben kam, wie er sagte. Von einem Bauern war der Selbstgebrannte in den Touristenunterkünften angeboten worden. Was Viktoria auf der Zunge spürte, war nachhaltiger Pflaumenduft, und sie überlegte kurz, ob sie ihrem Vater ein Glas anbieten sollte. Der alte Krieger hatte gern Schnaps getrunken und davon erzählt, wie sie vor den entscheidenden Schlachten im Osten sich vollgekippt hatten, zum Glück. Sie prostete dem Vater zu, und der trank das Glas in einem Zug durch ihren Mund leer. Viktoria war zufrieden und wartete. Dem ersten Dusel folgte der zweite, der offenbar der des alten Kriegers war, und bald lagen Vater und Tochter einander in alter Manier in den Ohren.

…äste verspäteten sich zu allem Ärger. Viktoria … das nicht und nahm den Fisch aus der Röhre. Brach …ück Filet aus der Folie, schob es in den Mund. Stellte …isch zurück und drehte das Gas ab. Beschloss, sich ans Fenster zu setzen, um rechtzeitig das Fett erhitzen zu können, wenn die Kollegen die Straße heraufkommen würden. Ihr Vater verlangte Schnaps, sie gehorchte anstandslos und kippte ein weiteres Glas, ehe sie in Unruhe den Aussichtsposten verließ, um die Torten aufzuschneiden.

So wackelte sie eine Weile hin und her zwischen den kleinen Orten ihrer Wohnung, ging noch einmal ins Zimmer des Sohnes, um die Zigaretten zu holen, die sie dort für besondere Anlässe in einer hölzernen Schachtel aufbewahrte, hob einige Male den Teller von der Schüssel mit den Kartoffelstiften und wusste nicht recht, was mit ihren Handkanten in dieser Situation am ehesten anzufangen wäre, als sie laut und vernehmlich des alten Kriegers Befehl nach einem dritten Schnaps vernahm. Sie hörte den Vater aus der eigenen Schläfe brüllen, er schien mit den Fäusten an die Kalotte zu schlagen, und Viktoria löste ihm eine Beruhigungstablette im Sliwowitz auf, ehe sie dem Alten das Glas hinter die eigene Binde kippte.

Bald wurde es warm. Viktoria begann, die schon für die Zeit des Besuches angelegte Kleidung zu lockern, schob zuerst den Rockbund hinauf, weil er sehr fest saß und das Öffnen ein wenig oberhalb des Bauches einfacher war, knöpfte dann die gelbglänzende Bluse ein gutes Stück auf und versuchte, mit der linken Hand den altertümlichen Verschluss ihres altertümlichen Büstenhalters zu erreichen. Schließlich saß sie mit heruntergelassenen Strümpfen im Sessel vor dem Fenster, die blauschillernden Knie und Schienbeine eins übers andere geschlagen, und sang. Als wenig später die Kollegen kamen, sahen sie eine recht aufgelöste Viktoria weit aus dem geöffneten Fenster gelehnt, laut schlug das Lied vom Kleinen Trompeter an die gegenüberliegende Hauswand, und wunderten sich. Viktoria galt als hart und seltsam, aber auch als beherrscht und akkurat. So ohne Weiteres wäre niemandem eingefallen, dass sie Gesänge über sonntägliche Straßen werfen könnte. Peinlich berührt fassten Manfred und Heiner einander am Arm, und als sie durch die angelehnte Haustür eintraten, taten sie es hastig und suchten die Fensteröffnungen der Häuser mit einem verlegenen Augenaufschlag nach Zeugen ab.

Es dauerte eine Weile, bis Viktoria in der Atempause zwischen zwei Strophen das Klingeln vernahm und zur Tür ihrer Wohnung einen scharfen Stechschritt probierte. Beim Blick durch den Spion, den sie vor vier oder fünf Jahren zum Schutz vor überraschenden Besuchern hatte einbauen lassen, nahm sie drei Karpfen wahr und brauchte einen Moment, in ihnen Gundel, Manfred und Heiner zu vermuten. Mit krachender Begrüßung ließ sie die Männer herein und schlug die Tür hinter ihnen zu, führte sie ins Wohnzimmer, wobei einer der Strümpfe sich tiefer und tiefer ringelte und schon als Schleier ihrem dicken blauen Bein hinterherwehte. Nervös hüstelten sich die Gäste aufs Kanapee hinter dem etwas zu niedrigen Tisch, wagten wohl nicht, einander einen Rat zu geben, was hier zu tun sei, während Viktoria in der Küche Mühe hatte, die Gasflamme fürs Frittierfett zu entzünden.

Der nächste Klingelton brachte vier Frauen ins Haus, die tagsüber neben Viktoria am Band standen, um Därme zu ziehen. Die jüngste von ihnen konnte nicht aufhören zu kichern, als sie die weitgehend entkleidete Viktoria am Herd stehen sah, die anderen aber vermuteten eine Gefahr und brachten sich mit der Köchin in deren Schlafzimmer in Sicherheit, wo sie ihr die Kleider wieder anzogen, die

Strümpfe richteten und das gelöste Haar in Form brachten. Eine gewisse Würde steifte alsbald Viktorias Rücken und ließ sie aufrecht zu den Männern gelangen, um sich mit einem Blick in Gundels Augen an die Fischpfanne im Ofen zu erinnern. Der alte Krieger, den die Kollegen freilich nicht kannten, brüllte nach Schnaps, den Viktoria nun zum vierten Mal in ein Glas goss und trank, um ihrem Vater auch noch Jahre nach der Handkantenkindheit zu gefallen. Unschlüssig, welche der vorbereiteten Speisen sie als erste auf den Tisch bringen sollten, machten sich die Frauen in der Küche zu schaffen und ließen einen Münzwurf entscheiden, zunächst die Kartoffeln zu frittieren. Manfred entkorkte die erste Flasche Wein, die in schnellen Zügen getrunken wurde für eine schnelle Entspannung. Viktoria hielt mit, was nicht leicht war. Zum Glück dämpfte der fette Fisch ihren Zustand in eine nicht zu deutliche Benommenheit und gab ihr die Kraft, nach dem Brigadetagebuch zu greifen. In einem Anfall von Halbherzigkeit hätte sie es sich beinahe nehmen lassen, den anderen die alten Zeiten Seite für Seite selbst vor Augen zu führen und zu erklären, aber die eingestreute Frage nach dem Befinden des Sohnes brachte sie in Fasson zurück und ließ ihren Mund aufgehen zu einem nun sehr entschlossenen Ausweichen auf die Vergangenheit. Man suhlte sich in den Tiefen des Kanapees, sprach dem Wein zu und stopfte mit Torte, was eine Gesprächspause hätte werden können. So schlitterten sie gemeinsam in einen Nebel, der sie Geschichten erfinden ließ, in denen die Roten Soldaten aus Viktorias Pouva Start zarte Lieben in die deutsche Stadt hinein pflegten oder aber als Deserteure durch den nahe gelegenen Wald streunten vor ihrem unausweichlichen Tod. So zart ward der Nebel, dass Viktoria ihren geschlechtlichen Ausgang spürte und auf die leichte Schrägstellung der Heineraugen allzu deutlich mit einem bemühten

Schiefhals einging. Niemand wusste, wie spät es war, als die Gäste auf Heiners Drängen zum Abend hin aufbrachen. Beschwingt schloss Viktoria hinter ihnen die Tür, gewann im Vorlegen der Kette sogar ein Stück der gewohnten Akkuratesse zurück und wollte sich eben, in dem sie eines der blauen Beine hob, um sich auf dem anderen wie zum Tanze zu drehen, einem ungewohnten Glücksempfinden hingeben, als das am Morgen aus dem Tagebuch gesegelte Foto sich zwischen die Sohle ihres Hausschuhs und den friedlichen Ausgang ihres vierundfünfzigsten Geburtstages schob: Sie schlug hin. Sie hatte schon aufgehört zu atmen, aber der alte Krieger blutete noch aus ihrer Schläfe, als am späten Abend der Sohn kam, den sie nicht erwartet hatte heute.

DER KIRSCHGOTT

Jene Zeit, da ich tagein, tagaus mit nichts anderem befasst schien als ein gutes ostdeutsches Kind zu sein, jene Zeit also, in der die Quersumme des letzten Krieges zwar Eingang in unsere Schulbücher gehalten hatte, aber dort nur ferne Vergangenheit bezeichnete, die die unserer Eltern nicht gewesen sein konnte bei allem, was es ausmachte, ein gutes ostdeutsches Kind zu sein mit einem scharfen Knoten im Halstuch, mit staatstreuen, fröhlichen Eltern und einem *Apfel, dick und rot, zu einem guten Butterbrot* in der ledernen Mappe, jene Zeit brauchte der Lehrer Barz in Sodern, um sich auf ein endgültiges Ereignis vorzubereiten, das die Eigenart aufwies, allen Betroffenen unvorhersehbar zu erscheinen.

Der hitzige Stoß eines flirrenden, sich schon zu Beginn verausgabenden Sommers – so ist mein Erinnern kaschiert. Im Schatten des Rückblicks verlischt, was ich sah und nicht sah. Ein Kind kappt drohenden Schmerz im Entstehen, versteckt ihn hinter der dreizehnten Tür. Die Eltern schließen sorgfältig ab und gehn mit dem Schlüssel zu Bett. Das Kind im anderen Zimmer kann dann ruhig schlafen. Bestenfalls beginnt es irgendwann zu fragen und mit den Antworten die Erinnerung auszumalen. Bestenfalls wird das immer deutlicher werdende Bild später gerahmt und an die Wand gehängt, ein Altarbild mit Jungfrau und Kind, mit Märtyrern, Tätern und Opfern. Womöglich werden wieder Quersummen aus dem Bild sprechen und den Kindern des Kindes Rätsel aufgeben …

Wir haben den Kirschgott erhängt, jedes Jahr, im frühsommergrünen Laub. Wir banden ihm Hände und Füße aus Lumpen und ledernen Lappen, wir stirnten den Strohkopf mit klimpernden Milchflaschendeckeln, wir holten den schwarzen Hut eines Vorvaters aus dem Keller, wir knüpften das Ungetüm auf. Da hing unser Kirschgott im Wind, ein Zeichen des Neids und der Missgunst, ein Spaß doch und laut. Die anderen nannten ihn Scheuch oder Lump, unseren schwer aus dem Kirschlaub grüßenden Gott. Sein ofenbronzener Blick öffnete uns den Juni. Regnete es, war er ein trauriger Platschsack. Bei besserem Wetter, vor Trockenheit leicht, schwang er sich im Wind zum fröhlichen Landmann auf, der den Staren das Hächern austrieb. Die Finger, von Drähten umflochten, waren so lang wie der Leib: Wir hatten das so gewollt, uns verlängert in ihm, uns zu Göttchen gemacht im Geäst, er hing da an unserer Statt, die wir in seiner Gestalt gebieten wollten.

Das jährliche Schauspiel in kindlicher Besetzung ereignete sich im Garten des Lehrers Barz, dessen dicke, fröhliche Kinder die Stars in der Welt der Stare und Steinbeißer waren. Sie luden uns ein, ihr Haus stand uns offen, ihr Garten war unser liebster Platz. Die zehnjährige Hanne, meine Banknachbarin in der Schule, und Karlchen, der Vierjährige, dessen Blicke sich etwa dreißig Zentimeter vor seiner Nasenspitze kreuzten. Wir anderen, zu viert, zu fünft, neben mir meist Christina, Gerhard und Ralf aus der Nachbarschaft, machten uns keine Gedanken, wir kriegten Aniskeks und Äpfel und wunderten uns nicht besonders, dass unsere eigenen Eltern den anderen Kindern nur zu unseren Geburtstagen Zutritt und Süßes gewährten. Lehrer Barz, ein ernster und schweigsamer Mann, mochte nicht recht zu seinen fröhlichen Kindern passen. Die hielten sich mehr an die Mutter, ebenso dick und lachfroh wie sie selbst. Die

Mutter war der einzige Mensch auf der Welt, der Karlchen in beide Augen schauen konnte: Auch ihre Blicke kreuzten sich an besagter Stelle im Vorfeld ihres Gesichts und trafen dann Karlchens Pupillen, wenn Mutter und Sohn sich aus geringer Entfernung anschauten. Karlchen hielt in diesen Augenblicken ganz still, seine runden Augen begannen zu schwimmen. Die Mutter trocknete seinen Blick mit dem Blusenärmel, machte dann einen Schritt zurück, und Karlchen war wieder allein und auf sein rechtes Auge gestellt, mit dem er die Welt wahrnahm, während das linke dahindämmerte und nur durch die Blicke der Mutter an sich selbst erinnert wurde. Manchmal versuchten wir, Karlchen in unsere Blicke zu zwingen, hielten uns Stöckchen oder den Zeigefinger vor die Nasen und schielten ihn an, aber in solcher Anstrengung war Karlchen nicht sichtbar für uns. Wir zerrten ihn hinter uns her, wenn es ans Aufknüpfen ging. Er folgte dem Vorgang mit Staunen: Oben buhlte der Strohmann um unsere Liebe, die an den Kirschen aus Lehrers Garten hing.

Unsere Eltern schwiegen, die Familie des Lehrers schien ausgeklammert aus allem Kaffklatsch. Sie versuchten nicht, uns vom Garten des Lehrers fernzuhalten, aber sie schickten uns niemals hin, auch wenn sie am Sonntag lieber eins ins andere geschoben hätten nach dem Mittagsbraten und uns mit Geld fürs Kino köderten oder mit Apfelkuchen, falls wir bereit wären, von Gezänk und Heulerei abzulassen, während sie ein Weilchen im Schlafzimmer ihren Pflichten nachgingen. Wir störten sie nicht, wir zogen in Lehrers Garten und lümmelten uns unters Obst, ganz gleich, ob es in Blüte stand, sich rötete, reif im Laub stak oder im Frost nur zu wünschen übrig blieb.

Mehr als zwanzig Jahre nach jenem Sommer in Sodern begannen die Leute auch dort, über ihr Schweigen zu sprechen, das es so nie gegeben habe. Im Inneren seien sie staatsfern und bitter geblieben, die staatstreuen, fröhlichen Eltern von einst. Ihr Lächeln Fassade, wenn sie die Wimpel empfingen aus den Händen der Kreissekretäre. Der Knoten im Halstuch der Kinder keineswegs scharf, sondern von klug versteckter Schlaffheit über die Jahre der Kindheit getragen. Der Apfel zwar rund und rot, aber das Butterbrot fad. Der Lehrer Barz zwar beschwiegen, doch heimlich verehrt. Im Jahre 1956 sei er heimgekehrt aus dem Bautzener Knast, der ihnen allen gedroht habe, hätten sie drüber gesprochen. Ein ernster und schweigsamer Mann, ein Sohn der Stadt, den die Besatzungsmacht als Mitglied einer noch nicht ganz so befreundeten christlichen Blockpartei zehn Jahre zuvor verschleppt und interniert hatte. Acht Jahre nach seinem Verschwinden hätte man seine alten Eltern benachrichtigt, dass er in Bautzen einsitze wegen Spionage für einen amerikanischen Geheimdienst. Seine alten Eltern hätten daraufhin noch einmal Mut gefasst und Bittbriefe geschrieben, die unbeantwortet geblieben seien. Währenddessen hätten unsere nur zum Schein staatstreuen, fröhlichen Eltern scheu an ihrem faden Butterbrot gekaut und einer Wahrheit ins Auge gesehen, die an den Landesgrenzen zu Ende gegangen sei. Lehrer Barz, seine Rückkehr fiel auf einen sonnigen Tag im Mai, habe noch ein Jahr in einer Möbelfabrik liebedienern müssen, ehe er wieder in einer Grundschulklasse hätte arbeiten dürfen. Wahrscheinlich habe er gar nicht spioniert, sagten die Eltern, sonst hätte er doch nicht unsere Kinder unterrichten können. Lehrer Barz musste schließlich begonnen haben, das Geschehen für einen Irrtum zu halten, der im Eifer des (auch damals nicht: letzten) Gefechts schon mal passierte. Er dankte seiner dicken, fröhlichen Frau noch nach Jahren, dass sie ihn hatte gewähren lassen nach seiner späten Rückkehr und sogar der Trauung zustimmte, an der nur wenige Einwohner der Stadt Anteil nahmen. Seine schielende Frau war so dick, wie er es sich immer gewünscht hatte in seinen schlimmen Bautzener Nächten. Das erzählte die dicke, fröhliche Frau des Lehrers mehr als zwanzig Jahre nach jenem Sommer traurig ihren Kindern Hanne und Karl, die sich plötzlich erinnerten, wie der Vater, wenn er sich unbeobachtet glaubte, die Kürbisbrüste der Mutter mit dem Kopf auseinanderschob und sich mühte, ihren Hintern zu umfassen. Im zehnten Jahr nach Hannes Geburt, in jenem Sommer in Sodern, war Lehrer Barz, zwar schweigsam und ernst, ein ziemlich normaler und unauffälliger Mann geworden, der wieder gut schlafen konnte und sprach, wie die anderen sprachen. In seinem Lebenslauf, mit dem er sich an einer zum Abitur führenden Oberschule bewarb, schrieb er von »Versehen« und »ungeordneten Zeitläuften«, von »eigenen Irrtümern« und der »lehrreichen Zeit in Bautzen«, die ihn zu einem überzeugten Anhänger der staatlichen Ordnung gemacht habe.

Erinnere ich mich an jenen Sommer in Sodern, fehlt Christina im Bild. Gerhard und Ralf lachten ihr übliches Lachen, Christina aber war mit den Eltern nach Ungarn gereist, im Plattensee wolle sie baden, hatte sie uns im Mai erklärt. Als sie zurückkam, war längst vorbei, was den Anlass zu dieser Geschichte abgab. Christinas Rückkehr vom Balaton brauchte nämlich einige Zeit: Im Weltstück zwischen Ungarn und uns, in der Tschechoslowakei, war eine Art Krieg ausgebrochen. Die Panzer kamen aus den befreundeten Ländern, weil »die Tschechen den Rachen nicht vollkriegen« und »uns alle gefährden«, wie an unseren Frühstückstischen zu hören war. Christina musste über die Ukraine und Polen zu uns zurückkommen, durch das Kriegsland fuhren keine Urlauberzüge mehr. Christina fehlte also im Bild, das wir boten, als wir eines Morgens den Garten betraten, auf dessen Beeten Hanne und Karlchen den Vater beim Jäten vermuteten. Er war nirgends zu sehen, es waren schon Ferien, und wir wollten uns unters Obst lümmeln, dem Kirschgott beim Wanken im Winde zuzusehen. Karlchen hatte den Baum als Erster erreicht. Da!, sagte er nur, und reckte seinen dicken Finger ins Geäst. Lehrer Barz hing, ein gewaltiger Kirschgott, im Laub, mit offenen Augen, *der Zukunft zugewandt*, während Christina irgendwo in der Ukraine auf einer harten Holzbank durch die Geschichte fuhr, die staatstreuen, fröhlichen Eltern für uns vergaßen, was wir gesehen hatten und die Quersumme des Geschehens dort ankam, wo ich sie noch heute vermute.

AM LEBEN VERLASSEN

Mechthild Barfüßer legt sich auf den Rücken. Sie hat den Heideschleimfuß gefunden, den Samtfußrübling, den Frostschneckling. Das Körbchen mit Pilzen steht neben dem Kopfende ihres Bettes auf dem Fußboden. Bedächtig zerkaut sie die anzüglichen Namen der Schwämme. Besonders der Rübling hat es ihr angetan, sie bohrt sein Samtfüßchen in ihren Nabel, sie drückt sein Helmchen hinter der Ohrmuschel aus, sie isst es roh und wartet auf den Wahn. Der will nicht kommen, denn Samtfußens Rübling ist ein lieber Kerl voller Sehnsucht nach Kochtöpfen und Bratpfannen. Nichts da mit halluzinatorischem Ausgang. Mechthild Barfüßer versucht den Schleimfuß der Märkischen Heide. Auf dem Venushügel reibt sie ihn trocken, der Schleim rührt auf fatale Weise an den Grund ihres Wunsches, die Welt zu verlassen. Unter der Achsel zerdrückt sie Pilz um Pilz, bis ein Häufchen Matsch sich gesammelt und Saft abgesondert hat. Den schlürft sie auf, dreht sich dazu auf den Bauch und geht mit der Zunge durchs Pilzmark. Nicht schlecht, ein bisschen wie Mandel mit Brot. Mechthild Barfüßer, wieder auf dem Rücken, wartet auf den Wahn. Der will nicht kommen, denn Heidens Schleimfuß ist wie der Rübling kein Bösewicht, nur ein kleines, verschleimtes Männchen, wie es sie überall gibt. Was nun? Den Frostschneckling zertritt Mechthild Barfüßer entschieden mit dem linken Nacktfuß auf der rechten Wade, reibt sich den Seim auf die Fesseln und dämmert hinüber in zwei zu gleicher Zeit nebeneinander herlaufende Träume. Unentschieden, welchen der beiden sie einem gütlichen Ende zutreiben soll, springt sie zwischen den Handlungen hin und her, lässt sich schwächen von den Abenteuern des einen, den Enttäuschungen des anderen Geschehens und erwacht nach sieben Stunden in der unverrückbaren Annahme, sie sei nun tot. Sie erhebt sich, um einen Kaffee zu kochen, der Morgen scheint nicht anders als zu Lebzeiten, die Sonne steigt behend ins Fenster und Mechthild Barfüßer sucht nach einem Fahrschein. Sie hat früher einmal in einer Hutfabrik gearbeitet, Filz gedämpft und zu kopfgroßen Halbkugeln aufgetrieben, Krempen gesäumt und Federn in Acetatseidenbänder gefasst, Straß aufgenäht auf die zierlicheren der Kappen oder Tüllschleier befestigt, hinter denen Witwen wie Bräute Freude wie Leid verbergen konnten. Putzmacherin war sie gewesen und mit wechselnden Hüten auf dem Kopf durch ein kleinstädtisches Leben geschritten bis auf den Tag, da ihre Fabrik einem »Gewerbegebiet« genannten Gebilde einverleibt wurde und man ihr eine Umschulung anbot zur Wirtschaftskauffrau. Sie hatte eingewilligt, was sollte sie tun mit ihren alten Hüten im Schrank, und war fünf Tage die Woche auf Lehrgang gefahren in die nächstgrößere Stadt. Dort war sie eines Tages dem späteren Grund ihres Wunsches, die Welt zu verlassen, begegnet: Er erschien in Gestalt eines schweren, wenngleich etwas klein geratenen Mannes von mittlerem Alter. Hastig und mit eingezogenem Kopf lief er an jener Bäckerei vorbei, in der Mechthild Barfüßer eben im Begriff gewesen war, sich ein belegtes Brötchen für die Lehrgangspause zu kaufen. Nun aber ramschte sie ihre Münzen wieder zusammen, ließ die Bäckersfrau mit der verpackten Semmel stehen und folgte dem späteren Grund ihres Wunsches, die Welt zu verlassen, aufs Arbeitsamt. Sie setzte sich neben ihn, der sie nicht einmal bemerkte, und wartete ab, bis er mit rotem Kopf aus dem für ihn zuständigen Zimmer wieder heraustrat, herausstolperte, hinschlug und liegen blieb. Das war ihre Chance, wusste Mechthild Barfüßer, lief aufs Klo, wässerte ihr frisches Taschentuch und drückte es kurz darauf dem späteren Grund ihres Wunsches, die Welt zu verlassen, auf die geschwollene Stirn. Die Mannsgestalt erwachte aus einer kleinen Ohnmacht, hinter der Mechthild Barfüßer sofort eine viel größere vermutete, und schlang ihre kurzen Arme um Mechthilds Schultern, an denen sie sich in die Höhe zog und auf die Füße kam und deren Jackettknöpfe sich dabei in fünf Mantelknöpfen verfingen und die so nicht loskam von Mechthilds Brüsten. Dort musste sie noch eine Weile ausharren, denn es dauerte, bis die Knöpfe einander freigaben. Mechthild Barfüßer schaute in zwei schwere, etwas klein geratene Männeraugen und las tief auf den Netzhäuten von Verlorenheiten, Verletzungen und Verirrungen, die ihr nicht fremd vorkamen, sodass sie den späteren Grund ihres Wunsches, die Welt zu verlassen, bei den Händen nahm und ihn fortzog in den Vorortzug, mit dem beide, ohne ein Wort miteinander geredet zu haben, Mechthilds Kleinstadt erreichten. Sie stürzten die Treppen hinauf zur Wohnung und gerieten dort derart ineinander, dass ihnen auch weiterhin die Luft zum Reden fehlte und Mechthild Barfüßer sich auch jetzt noch daran erinnert, da sie, wie sie glaubt, längst tot ist und in ihren Taschen nach einem Fahrschein sucht. Sie hat vor, in der nächstgrößeren Stadt noch einmal nach dem einstigen Grund ihres Wunsches, die Welt zu verlassen, zu suchen und zu sehen, wie er die Nachricht aufnehmen wird, dass sie sich mithilfe kleiner märkischer Pilze tatsächlich davongemacht hat. Aber einen Fahrschein kann sie nicht finden. In ihren Jacken- und Manteltaschen findet Mechthild Barfüßer Brotkrümel und ein Taschenmesser, zwei vollgeschnupfte baumwollene Taschentücher, einige Büroklammern, die sie zu Lebzeiten ins Schmalz ihrer Ohren gebohrt hat, fünf Briefe der Mannsgestalt aus besseren Tagen und einige unterdessen eingetrocknete Pilzstümpfe. Sie beschließt, ohne Fahrschein zu fahren. Sie ist ja jetzt tot, niemand wird sie wahrnehmen (niemand wohl auch vermissen), sie kann nun, da sie tot ist, ganz ungeniert schwarzfahren. Das wird einen Heidenspaß machen, redet sich Mechthild Barfüßer ins schlechte Gewissen und beginnt zu weinen. Zum ersten Mal, seit sie tot ist, wundert sie sich: Sie muss über den Tod hinaus weinen, wo sie sich von ihm doch eine Befreiung von allen Kümmernissen versprochen hat. Das größte dieser Kümmernisse war gewesen, dass die Mannsgestalt sich über Monate geweigert hatte, Mechthild Barfüßer in einen Wochenurlaub zu schicken, den sie sich seit vielen Jahren sehnlichst und viel stärker als Reisen in ferne Länder gewünscht hatte. Mechthild beginnt zu heulen und zu schreien, niemand kann sie ja hören. Es wäre nun höchste Zeit gewesen für einen Wochenurlaub, sie hatte die Vierzig schon überschritten, als sie dem späteren Grund ihres Wunsches, die Welt zu verlassen, heillos verfiel, aber es hätte durchaus noch klappen können mit einem schweren, etwas klein geratenen Kind mit einem schönen Kopf für die verschiedensten Hüte. Der spätere Grund des Wunsches, die Welt zu verlassen, hatte nicht recht verstanden, was Mechthild Barfüßer so maßlos erregt hatte, als sie sich trafen: Er roch nach Maus wie seine muffige Wohnung, die er mit einer alten Witwe teilte, er roch zuweilen auch nach der alten Witwe, was Mechthild aber nur noch stärker zu reizen schien, und er hatte kein Geld, was auch die häufigen Besuche beim Arbeitsamt nicht ändern konnten. Mechthild Barfüßer dagegen befand sich, so schien ihm, mitten in einem wohlgeordneten Leben, sie schulte sich um, sie trug manchmal ganz reizende Hüte, die sicher viel Mut erforderten, und nie roch sie von sich aus nach Maus oder nach alter Witwe. Sie war wohl etwas jünger als er selbst, und dass sie sich für ein ganz schütteres Lichtchen hielt, wäre ihm nicht im Traum eingefallen. Was also konnte sie an ihm finden, hatte sich der Mann gefragt, den Mechthild, da er sich hartnäckig weigerte zu sprechen, einmal Werner genannt hatte und dabei geblieben war. Mechthild Barfüßer hielt Werner noch lange nicht für den Grund ihres Wunsches, die Welt zu verlassen, als sie sich auf, über, unter ihm verrenkte, ohne dass das geschehen wäre, wovon sie sich eine Erfüllung ihrer Bitte hätte versprechen können. Erst als sich die Abende und Nächte in steter Trockenheit wiederholten, wurde sie traurig und trauriger, öffnete manchmal, später häufiger, nicht mehr die Tür, an der die trockene Mannsgestalt eines Tages zu weinen begann und fortan ausblieb. Mechthild Barfüßer fühlte die Nähe der Menopause, als sie beschloss, Pilze zu sammeln. Nun sieht sie das Körbchen neben dem Kopfende ihres Bettes. Nun weiß sie, dass sie längst tot ist und dem Grund ihres Wunsches, die Welt zu verlassen, gern noch einen Wink gäbe. Auf dem Kopf einen duftigen Federhut, den sie zu Lebzeiten nun wirklich nie aufzusetzen wagte, stolziert sie zum Bahnhof und steigt in den Neunuhrzug in die kleine, wenn auch nächstgrößere Stadt. Hinter ihr besteigt der Grund ihres Wunsches, die Welt zu verlassen, die Eisenbahn, denn er hat die ganze lange Nacht in ihrem Hausflur geschlafen wie schon viele Nächte vorher und folgt ihr nun auf dem Fuße, will er sie doch zu einer Rückkehr bewegen. Ins Leben, denkt Mechthild Barfüßer. Unter mich, denkt der einstige Grund ihres Wunsches, die Welt zu verlassen, und wirft die tote Mechthild auf die kunstlederne Bank, sich längs darüber, und wär sie nicht tot, denkt Mechthild, könnt es passiert sein. Muss eine erst sterben, dass sich ein Mann Gedanken macht um die Zukunft? Mechthild ist sauer. Der Kontrolleur geht vorüber, er kann mich nicht sehen, denkt Mechthild, die nun glauben muss, Werner sei herübergekommen zu ihr in den Tod, wie hätte er sonst ihren Eingang finden können, und der Tod beginnt ihr nun richtig zu gefallen. Sie wundert sich später noch ein bisschen, dass sie nicht abgeholt wird aus ihrer Wohnung, in die auch der tote Werner endlich einzieht, dass sie nicht in einen billigen Sarg gelegt wird neben den einstigen Grund ihres Wunsches, die Welt zu verlassen. Doch bald hat sie zu tun mit dem Ändern ihrer Röcke und Hosen, sie geht wieder zur Umschulung, wo alle so tun, als sei sie noch am Leben. Mechthild lässt ihnen das. Wozu sie darauf stoßen. Gern brät sie sich Heideschleimfuß und Samtfußrübling in Butter, denn jetzt, im Tod, sind die gar nicht gefährlich. Und schließlich bringt sie ein schweres, etwas klein geratenes Kind zur Welt, hat einen schönen Wochenurlaub und geht mit dem einstigen Grund ihres Wunsches, die Welt zu verlassen, spazieren. Wenn ich noch am Leben wäre, denkt sie, wäre das nicht passiert. Und streichelt die Pilze am Wegrand wie der große Federhut ihren Kopf.

NEBEN DER TÜR DES VATERLANDES HÄNGT DAS BRETT MIT DEN SCHLÜSSELN

Es muss im Mai gewesen sein, denn die nach diesem Monat benannten Glöckchen bimmelten durch den Burgbergwald, dass mir beinahe schwindelig wurde. Ich befand mich auf dem Heimweg von meinen hausfraulichen Einkäufen und hatte den Weg um die Stadt herum gewählt, über den Waldplatz hinaus aufs freie Feld der Kräuterwiese. Linkerhand klingelte der Burgbergwald, der die Wiese begrenzte, und rechts schäumte das Kraut gewissen Frühlings aus der nassen Erde. So muss es sein, dachte ich noch, als ich zum ersten Mal ein Wort durch ein anderes ersetzte in meinen klein gewordenen Gedanken und mich zu wundern begann, zunächst nur über den fremden Klang des entstandenen Satzes, schließlich aber, und es muss noch weit vor dem Tor zu unserem Hausgarten gewesen sein, über die Verwerfungen, die die Zusammenstellung der Worte in meinem Körper auszulösen schien: Ich spürte eine schmerzhafte Reizung des Trommelfelles und schwaches Herzmuskelzucken. Über der Beobachtung der Symptome vergaß ich wohl den Satz, der sie ausgelöst hatte, denn ich öffnete die Tür zu unserer Wohnung und schloss sie hinter mir wie immer, setzte die braunrote Kunstledertasche und den schon etwas splittrig getragenen Weidenkorb auf dem Küchentisch ab und begann, die Einkäufe auszupacken und einzusortieren. Vier Liter Frischmilch verstaute ich im Kühlschrank, brachte den Butterkäse und die Grützwurst in die Speisekammer, das Toilettenpapier in den Kellerspind, säuberte die verkrustete Zuckervorratsdose, um sie schließlich neu zu füllen, hängte eine halbmeterlange Dauerwurst an die Hakenleiste neben dem Küchenschrank und trug die Tasche und den Weidenkorb in die Garage vor unserem Haus, denn ich hatte beschlossen, den nächsten Einkauf mit dem Auto zu erledigen, ich fühlte mich schwach. Als ich zurückkam, fiel mir sofort der Satz wieder ein, der mit meiner Schwächung mehr zu tun hatte, als mir damals, im Mai, bewusst war: Neben der Tür des Vaterlandes hängt das Brett mit den Schlüsseln. Ich hatte einfach das Wort *Wohnung* durch das Wort *Vaterland* ersetzt in meinen klein gewordenen Gedanken, denn ich wollte wahrscheinlich auch einmal so denken können wie mein Mann, der damals, im Mai, eine gute Stellung bei der Deutschen Post innehatte. Mein Mann ersetzte immerzu die einen durch andere Worte, ohne dass mir das bis dahin aufgefallen wäre. Zu unserem Sohn sagte er *Harald*, obwohl wir ihn vor zwölf Jahren gemeinsam auf den Namen *Jan* hatten einschreiben lassen, unsere Tochter nannte er *Bummi*, wobei sie meiner Meinung nach keineswegs einem Teddybären ähnelte. Seine Arbeit hieß *Scheff*, obwohl er nichts anderes tat, als unglücklich aussehenden Beamtinnen zwischen Stempeln und Kassebewachen zu allerseitigem Vergnügen unter die Brüste zu fassen, wie ich beobachten konnte, wenn ich, von meinen hausfraulichen Einkäufen kommend, manchmal bei ihm vorbeischaute, um ihn daran zu erinnern, dass es Bratkartoffeln geben könnte, wenn er pünktlich zu Hause wäre. Mich nannte er meist *Mama*, obwohl ich mich niemals in einer Beziehung zu ihm befunden hatte, die den Gebrauch des Wortes rechtfertigen würde, und seine Art, mich auf geschlechtliche Begegnungen einzustimmen, indem er mich

Bürschli rief, hatten mich zwar anfangs etwas irritiert, nie aber sonderlich verwundert. Damals, im Mai, fiel mir jedenfalls auf, dass sein Sprachgebrauch Besonderheiten aufwies.

In ein leer stehendes Haus unserer Straße waren im Winter zwei irgendeinem Krieg entflohene Familien eingezogen. Ich fragte nicht recht, woher sie kamen, denn es interessierte mich nicht, bis mein Mann sie eines Abends, im Mai, und es war just der Abend jenes Tages, an dem ich selbst zum ersten Mal ein Wort durch ein anderes ersetzt hatte, mit nach Hause brachte in seinen Reden. Er nannte sie *Hammelficker* und *Kümmeltürken*, obwohl sie meiner Meinung nach – ich traf eine der Frauen manchmal im Lebensmittelladen – keineswegs türkisch sprachen und ausgerechnet auf unserem Tisch an jenem Abend, im Mai, Brühkartoffeln mit Kümmel dampften und ich in den Hackbraten, der für den zweiten Gang vorgesehen war, tatsächlich ein wenig Lamm gemengt hatte in der Erinnerung, dass mein Mann einmal sehr geschwelgt hatte im Schaschlyk zum Südeuropafest in der Stadthalle. Zwar erwartete ich nicht, mein Mann würde statt seines Bürschlis den Braten meinen wollen, als er mich zu sich rief nach dem Abendessen und dem Zubettgehen der Kinder, aber ich musste doch grinsen, als er noch einmal in die Küche lief, um sich ein Scheibchen abzuschneiden, während ich schon im Bett lag. Schmatzend kam er die Treppe wieder herauf ins Schlafzimmer und nannte mich Mama, während er den Hackbraten lobte. Damit war die geschlechtliche Angelegenheit für diesmal erledigt.

In jener Nacht, im Mai, begann ich zu überlegen, welche Worte man durch andere ersetzen könnte, um ihnen einen schönen Sinn zu geben aus meinen klein gewordenen Gedanken heraus. Am Brett neben dem Vaterland hing wie immer der Schlüssel, das gefiel mir, Harald und Bummi aber gefielen mir nicht, und Scheff und Bürschli und Mama noch weniger, also fand ich auch die Kümmeltürken und Hammelficker nicht schön und nannte sie von nun an, zunächst nur so für mich, *Zeppeline* und *Doppeldecker*. Ich begann mich ein bisschen für sie zu interessieren in jener Nacht, im Mai, indem ich mich fragte, welche Sprache sie sprächen und wie die Speisefolge ihrer lang anhaltenden Mahlzeiten wohl aussähe, die ich an warmen Tagen von unserem Küchenfenster aus beobachten konnte. Darüber schlief ich ein.

Am nächsten Morgen schickte ich Harald und Bummi für immer fort, öffnete ihnen die Tür unseres Vaterlandes und versprach ihnen, sie am Mittag aus der Schule abzuholen. Mein Mann war längst beim *Pflücken*, wie ich seine Arbeit von nun an nennen wollte, und das Bürschli verkroch sich tief in mir, von wo ich es nie mehr herauslassen wollte. Nur die Mama stand noch im Raum, die wurde von den Kindern gebraucht, die heute als Jan und Sabine bei mir einziehen würden nach der Schule, die Mama konnte ich also nicht ganz beseitigen. An jenem Morgen, im Mai, litt ich an Kopfschmerzen, die ich durch meine Freundin *Susi* ersetzte in meinen klein gewordenen Gedanken. Obwohl ich meine Freundin Susi eigentlich mochte, konnte ich sie so nicht ertragen und lief in die Stadt, um mir Tabletten zu kaufen, die mich von ihr befreien sollten. Die Apothekerin kannte ich aus der Schulzeit, sie hatte die nächsthöhere Klasse besucht und damals schon einen sehr strengen Blick gehabt. Sie händigte mir das Medikament ohne weitere Nachfragen aus, was mich wunderte, denn nie zuvor hatte ich Tabletten gegen meine Freundin Susi von ihr verlangt. Beim Hinausgehen wurde mir klar, dass ich der Apothekerin gern erklärt hätte, wozu ich meine Freundin Susi benutzt hatte, aber es standen zu viele Leute in der Schlange vor dem Verkaufstisch. Am Marktplatz nahm ich einen tiefen Schluck aus dem städtischen Brunnen und spülte zwei kleine weiße Pillen hinunter, setzte mich auf die Stufen und wartete auf Susis Verschwinden. In unserer Straße hielt ich später einen der Zeppeline und Doppeldecker an und fragte nach ihrer Herkunft. In einer Sprache, die ich aus gewisser Erfahrung der längst vergangenen Jugendzeit vielleicht mit Russisch bezeichnen würde, antwortete mir der Mann in unverständlichen Worten. Ich nickte befriedigt, denn das Türkische war damit ganz ausgeschlossen, und ich hatte es selbst herausgefunden.

Jan und Sabine waren ganz reizend, als ich sie in der Mittagszeit in mein Auto lud und über einen dreistündigen Umweg durch das nahe gelegene Vorgebirge schwungvoll nach Hause fuhr. Sie öffneten die Tür unseres Vaterlandes und trugen die Mama über die Schwelle, so hatten sie sich über den Ausflug gefreut. Nur mein Mann schüttelte nachher beleidigt den Kopf, als ich fragte, ob er denn heute besonders lange habe pflücken müssen, es war nämlich sehr spät geworden. Gespannt wartete ich darauf, wie das Bürschli auf sein Rufen reagieren würde und war deshalb beinahe traurig, dass mein Mann gleich einschlief. Aber so hatte ich noch ein wenig Zeit zum Nachdenken: Der Sommer stand vor der Tür, wir hatten eine gemeinsame Reise nach Tunesien gebucht, und ich war fett geworden über den Winter. Wahrscheinlich würde ich einige Kilogramm abnehmen müssen, aber dann hätte das Bürschli wiederum keine ruhige Minute im Urlaub, und ich würde immer fest die Beine zusammenkneifen müssen, um es eingesperrt zu halten. Ich überlegte mir, dass meine Schwangerschaften ein sicherer Schutz vor den Rufen meines Mannes gewesen waren. Schwanger würde ich den Urlaub besser ertragen, mich vielleicht sogar erholen können von meinen hausfraulichen Einkäufen. Mir fiel jener Zeppelin ein, der täglich bei geöffnetem Fenster masturbierte, während ich die Wäsche hinaushängte in die Frühlingssonne. Mich hatte das bislang nicht sonderlich verwundert, ich empfand sogar ein sanftes Ziehen im Unterleib beim Zusehen. Darüber schlief ich ein.

Ich wurde noch vor Eintritt des Sommers schwanger. Der junge, weiße, beinahe damenhafte Zeppelin war ein einziges Mal in meinem Körper vor Anker gegangen. Was wohl das Bürschli dazu gesagt haben mochte? Auf dem Weg zum Flughafen eröffnete ich der Familie meinen Zustand. Ich hatte dann einen recht bequemen Urlaub, Jan und Sabine nahmen mir allerlei ab an Besorgungen, kauften mir Eis und Limonade, Zeitungen und Kreuzworträtsel. Der Mund meines Mannes war nun voller Doppeldecker und Zeppeline. Hinzu gesellten sich *Hurensöhne, Halsabschneider, Kameltreiber* und *Knoblauchfresser.* Ich wunderte mich, wie mein Mann so viele Leute in seinem Munde unterbringen konnte, und es war noch nicht einmal eine Frau dabei! Damals, im Mai, war mir das gar nicht aufgefallen. Ich vergab meine Worte: *Jumbojets, Turboprops, Paraglider* und *Hubschrauber.* Nun hatte ich einen ganz vollen Himmel und wunderte mich, wie wir da hindurch wieder nach Hause fliegen sollten, was sich aber als problemlos erwies. Ich war noch ein bisschen fetter geworden im Urlaub.

Meine hausfraulichen Einkäufe lenkten mich gut von den Beschwerden der Schwangerschaft ab, und ich wanderte sicher über Herbst und Winter. Wenn ich mich erinnern soll, sind es schöne Dinge, die sich seither abgespielt haben: Das Pflücken meines Mannes endete jäh in einer trockenen Art Arbeitslosigkeit, weil eine der Beamtinnen ihn nicht mehr lustig finden wollte und seiner Übergriffe wegen angezeigt hatte. Es kam nicht zum Prozess, weil ich von meinen Ersparnissen ein Schweigegeld an die Frau zahlte. Nun war mir mein Mann ganz dankbar und wunderte sich auch nicht sonderlich, als ich ihn eines Tages mit Jan, Sabine und dem dicken Bauch verließ. Meinen jungen, weißen, beinahe damenhaften Zeppelin verlangte nach mir, er hatte mir Zuflucht in seinem Zimmer angeboten. Dort hatten wir es warm und fröhlich, die Kinder lernten schnell Russisch. Für meinen Mann kaufte ich eine aufblasbare Mama. Dahinein tat ich das Bürschli, ich war ganz froh, es richtig loszuwerden. Jetzt konnte es sich jederzeit rufen lassen und hatte nichts mehr mit mir zu tun.

Im März wurde mein Kind geboren. Die Angewohnheit, Worte durch andere Worte zu ersetzen, erübrigte sich eigentlich, als mir auf dem Standesamt erklärt wurde, dass es sich bei der Muttersprache meines Zeppelins keineswegs um Russisch handelte, sondern um Serbokroatisch, was für sich schon ein guter Ersatz für alles Sagbare ist. Nun mussten wir uns über den Vornamen unserer Tochter einigen. Eine Stunde später endlich hieß sie Liubica. Jan und Sabine konnten das problemlos aussprechen. Da ich noch verheiratet war, wollte mein Mann das Kind sehen, um festzustellen, ob es ihm nicht vielleicht doch ähnlich sähe. Meinem Zeppelin machte das gar nichts aus, und so luden wir meinen Mann vor drei Tagen, im Mai, zur Waldmeisterbowle, die ich mit wunderbar duftendem Kraut des Burgbergs zubereitet hatte. Mein Mann kam nicht allein, eine männliche und eine weibliche Person, die ich nicht kannte, begleiteten ihn. Zuerst waren alle ganz freundlich, aber im Laufe des Abends fragte ich meinen Mann, ob er mir meinen Schlüssel vom Brett neben der Tür des Vaterlandes überlassen könne, denn ich habe dort noch einige Sachen, die ich dringend benötige. Außerdem könnte ich dann, wenn er wieder zugelassen sei zum Pflücken, gelegentlich sauber machen, so ein Vaterland gehört auch mal richtig ausgekehrt. Und nach dem Bürschli müsse man doch auch schauen, wie es sich fühlt in seiner neuen Behausung. Um ihm noch etwas Schönes zu sagen, gestand ich meinem Mann, dass meine klein gewordenen Gedanken sich unaufhörlich vergrößert hatten, seit ich vor einem Jahr, im Mai, über die Kräuterwiese gegangen war. Vor allem sei meine Freundin Susi, die mich doch ganz schön gequält hatte, nie wieder aufgetaucht, nachdem ich sie mit den Tabletten der strengen Apothekerin beseitigt hatte. Mein Mann hob Liubica in seinen Arm, mein schönes, weißes, beinahe damenhaftes Töchterchen, und nickte der fremden Frau zu, die mich daraufhin bei der Hand nahm, mich aus dem Vaterland meines Zeppelins auf die Straße führte und in ein Auto setzte. Die männliche Person erschien kurz darauf am Steuer des Wagens und verbrachte uns nach einstündiger Fahrt auf ein weites, wenn auch eingezäuntes Gelände, in dem sich, verstreut, rote Backsteingebäude zwischen alten, hohen Bäumen verwachsen hatten. In einem der Häuser, ich fühlte mich sofort gezwungen, *Gudrun* auszurufen, bekam ich ein kleines Zimmer mit vergitterten Fenstern, das ich bislang nicht verlassen durfte. Da ich keinerlei Verlangen spüre, Gudrun ein Vaterland zu nennen, vermute ich auch keinen Schlüssel auf dem Brett neben der Tür.

HINTER A.

Hinter A. zog ich nur noch den Hut vor der Landschaft, sie lag flach da, als hätte sie sich von jemandem bezwingen lassen. Gern wäre ich dieser Jemand gewesen. Aber ich bezwang nichts, Landschaften nicht und schon gar nicht die Angst, die es doch gebraucht hätte, mich zu einem wirklichen Vorsatz zu bewegen. Ich wusste das ziemlich genau und es machte mir in der Tat nichts aus, mich von meinen Nachbarn beschimpfen zu lassen wegen der lausig gestutzten Vorgartenhecke oder wegen der Müllsäcke, die immer von nächtlichen Mardern zerfetzt wurden, sodass die Straße morgens mit zertretenen Bierbüchsen und stinkenden Milchkartons übersät war. Hinter A. hingegen war alles so sauber wie heute, ich sah das vom Wagenfenster aus sehr deutlich, denn ich saß nicht am Steuer, sondern hatte mich in den Beifahrersitz gebohrt mit allem Gewicht, das mir gerade zur Verfügung stand, und das waren immerhin einhundertachtundsechzig Pfund. Dem Mann am Steuer schien das nichts weiter auszumachen, er fuhr mich spazieren in der üblichen Art, den linken Ellbogen durch das geöffnete Fenster ins Freie gesteckt, und schaute mich von der Seite hin und wieder an. Bewundernd, wie ich noch heute meine. Vor sechzehn Jahren hatte ich ihn geheiratet, eine Hochzeit der stilleren Sorte, obwohl es meine erste gewesen war. Er aß gern Fisch, und so hatten wir damals den wenigen Gästen im »Seestern« ein Fischmenü reichen lassen. Hier hinter A. gibt es leider kein Lokal, in dem sich so etwas wiederholen ließe. Wir würden die Gäste auch gar nicht mehr zusammenbekommen: Oma Gerti war vor drei Jahren gestorben, mein Vater hatte sich nach dem Tod meiner Mutter mit meiner Freundin zusammengetan und war nach Italien gezogen, von wo er sich höchstens ein-, zweimal im Jahr meldete, und die Verwandten des Mannes hatten meinetwegen jeden weiteren Kontakt vermieden nach unserer Heirat. Warum? Ich kann das nicht sagen. Jedenfalls nicht genau. Der Vater meines Mannes wusste, wie gut ich mich ficken ließ, kann sein, dass das reichte. Obwohl es nicht sehr oft vor unserer Hochzeit dazu gekommen war. Meist, wenn mein damals noch künftiger Mann im Haushalt der Eltern ein paar Dinge zu reparieren hatte und sein Vater wusste, dass ich in meiner Wohnung saß und auf etwas wartete. Er kam dann in Anglermontur oder im Blaumann vorbei, sein schlaffer Beutel hing ihm, wenn er nackt war, bis zum Knie herunter. Das hatte übrigens den Ausschlag gegeben. Ansonsten hatte ich ihn schon vergessen, wenn mein Mann mit seinen Reparaturen am Ende war und anrief, dass er gleich käme. Aber das sind doch Nebensächlichkeiten. Hier hinter A. spielte das keine Rolle, schon weil mein Mann von alldem nichts wusste. Ich hatte es gern, wenn er sich keinen Abbruch tat und mir sagte, dass er den nächsten Parkplatz nehmen wollte, um die Decke aus dem Kofferraum zu holen, und wenn wir fertig waren, konnte ich auch die Würstchen und den Salat aus der Kühltasche nehmen.

Glücklicherweise haben wir keine Kinder, das wäre jetzt nicht so gut. Stimmt doch!

Die Landschaft habe ich immer bewundert, weil sie so flach war, wie ich nie hätte werden können. Als mein Mann mir die Haare aus der Stirn strich, bekam ich Lust, unseren kleinen Hund aus dem Fenster zu werfen, der mir auf den Knien hockte und treuherzig zu mir aufschaute. Dem hätte das gutgetan, mal weg von uns und zusehen müssen, wie er sein Fressen bekam, das hätte der nötig gehabt, verwöhnt, wie er war. Dann kamen noch zwei, drei andere Lüste, zum Beispiel das Alsterwasser des Mannes aus der Halterung zu nehmen und leer zu trinken oder den Beifahrersitz umzulegen und ein Stündchen zu schlafen. Ich traute dem Hund nicht zu, mich in Ruhe zu lassen und blieb also unbewegt sitzen. Im Grunde war es wie immer, meine Müdigkeit stieg mit dem Drang des Mannes, schneller zu fahren und die Musik lauter zu drehen, ich war das gewohnt. Mein Mann wollte ein Fischlokal aufsuchen und fuhr immer weiter, wir steuerten gar auf Neuruppin zu, als wir in einem kleinen Dorflokal endlich einen Aal fanden, der sich essen ließ, eine Fischsülze zuvor und danach rote Grütze aus Himbeeren. Der Wirt hatte es mir übrigens sofort angetan, er schwitzte hinter der schweinsledernen Schankschürze buchstäblich wie ein Schwein, sodass die Schürze mir wie seine Haut vorkommen musste und ich nicht umhinkam, ihn einige Male zu berühren, als er die Teller brachte oder den Wein, den wir uns genehmigt hatten. Weiter ging das dann nicht, ich war eben nur schnell zu begeistern. Mein Mann zahlte mit Visa, ich erinnere mich daran, weil ich staunte, dass sie in so einem kleinen Dorflokal ein Lesegerät dafür hatten. Als wir später den Teich am Anger umrundeten, liebte ich meinen Mann mit den Augen, da war auch der Wein schuld, der mich so sehr warm gemacht hatte, und natürlich das Schwitzen des Wirtes. Mein Mann wollte das gar nicht wissen, er genoss es, in meinen Augen den schönen Mann zu geben und das auch gesagt zu bekommen. Mir war das egal, und es stimmte ja auch. Obwohl er unzweifelhaft der Sohn seines Vaters war, verfügte er nur über einen kurzen, schweren und deshalb ganz faltenlosen Beutel, auf den ich einfach nicht richtig neugierig werden konnte. Am Anfang unserer Ehe war noch ein bisschen Interesse gewesen, ob sich im Alter da etwas verlängern würde, aber diese Hoffnung ermattete mit den Jahren. Mir war es recht, ihn mit den Augen lieben zu können. Ich hatte ja auch immer genug zu tun. Die Unterrichtsvorbereitungen vor allem, da war mir mein Mann immer ein guter Partner gewesen, wenn er die Küche wischte oder den Flur. Überhaupt gab es da nichts zu bemängeln, das war eine gute Arbeitsteilung zwischen uns, was den Haushalt betraf.

Aber hier hinter A., als wir zurückkamen an jenem Tag, stand die Sonne so seltsam hoch am Nachmittag, dass wir uns wunderten und anhielten. Ich setzte den Hund auf den Boden, suchte im Handschuhfach nach der Sonnenbrille. Ohne Sonnenbrille hätte ich da gar nicht hinsehen können, so hoch stand die Sonne! Ich suchte, mit dem Rücken zu ihm, den Kopf tief in den Wagen gebeugt, nach der Brille, als mich mein Mann rittlings umschlang und nach vorn bugsierte, mich über den Kühler des Autos konjugierte und seinen prallen Beutel zwischen meine Backen klemmte. Ich lachte noch und bat ihn gickelnd, das doch zu lassen, denn ich war überhaupt nicht neugierig und auch nicht mehr warm vom Wein, es war mir im Grunde nicht unangenehm, was er tat, und wenn ich nicht befürchtet hätte, dass man uns von der Straße aus sehen könnte, hätte ich ihn ohne Mühe beruhigen können, er wäre mit seinem Glied bis an jene Stelle vorgestoßen, wo wir uns immer an meinem Diaphragma trafen, und er hätte gewiss nicht lange gebraucht, sich zu erleichtern. Dummerweise wandte ich ihm den Kopf zu und sah, wie er in die Sonne starrte mit aufgerissenen Augen, wo er mich doch dran gehindert hatte, die Sonnenbrille zu finden, und ich erinnere mich, dass mich das sehr erboste, dass er ungeniert der Sonne ins Schwarze blicken konnte, während ich schon vom Umwenden des

Kopfes so einen Schmerz in die Augäpfel bekam und alles um mich herum dunkel wurde, sehr dunkel sogar, dabei sagten Sie später, es sei an diesem Tag vollkommen hell gewesen, und eine klare Luft habe zum Durchatmen verlockt. Ich sah aber nicht nur, wie mein Mann in die Sonne starrte, sondern sah seinen gewölbten Bauch hinter mir, dessen feste Kugel in der Bewegung kein bisschen schwappte, sondern mit der stabilen Bauchdecke offenbar den Motor verbarg, der jene Bewegungen auslöste, mit denen er mich nun immer stärker ans Auto nagelte. In dieser Dunkelheit mutete, was da hinter mir arbeitete, wie schweinernes Leder an, und gern hätte ich mir den Schweißgeruch des Schankschürzenwirtes dazu vorgestellt oder den langen, faltigen Beutel meines Schwiegervaters, aber es kam nichts auf.

Als mein Mann am Boden lag, lief ihm Blut aus dem Auge, er schrie nicht, er röchelte höchstens ein bisschen und presste die linke Hand in die Augenhöhle. Es tat mir nicht gut, als Sie auf dem Revier die Gründe für meine Festnahme verlasen und mir das Fischmesser zeigten, mit dem ich sein Auge ausgelöst haben soll. Das ist eigentlich nicht meine Gewohnheit, anderer Leute Bestecke zu klauen. Das Messer kann aber nur aus dem Dorflokal stammen, ich muss es in die Jackentasche gesteckt haben. Mein Mann hatte mir den Rock über die Jacke geschlagen, und die vorderen Jackenflügel hatten sich über die Kühlerhaube gespreizt. Wissen Sie, ich war doch ganz ruhig in das kleine Dienstzimmer hineingegangen, sodass Sie sich vielleicht schon zu wundern begonnen hatten, woher ich nach einer solchen Tat den Mut zur Gefasstheit nahm, hatten womöglich sogar schon einen Vorsatz in meinen armen Kopf hineininterpretiert! Es ist gut, dass Sie mit mir noch einmal hierhergekommen sind. Hinter A., sagt mein Mann immer, gibt es wirklich hübsche Flecken.

LETZTER VERSUCH

Ich kannte Schüßlerchen seit meiner Kindheit im verträumten S., dem Dorf der Inzucht und der damit verbundenen Blödsinnigkeit überdurchschnittlich vieler seiner Bewohner. Davon sprach man in den umliegenden Dörfern wie in W., der nahebei gelegenen Kleinstadt, hinter vorgehaltener Hand, aber offiziell durfte man das natürlich nicht äußern. Schüßlerchen hatte eine ältliche Mutter, aber ihr Vater war von derart antikem Bestand, dass sein Alter kaum mehr auszumachen war hinter dem weißen Bart, unter dem silbergrauen, wehenden Haupthaar. Er lag, seit Schüßlerchen sieben war, querschnittsgelähmt auf dem Sofa und wurde von seiner Frau um- und umgebettet. Jedes Mal, wenn wir Kinder uns hinter der Wohnzimmertür versteckt hielten, um einen Blick auf seine Dekubitus-Geschwüre zu riskieren, warf uns das beinahe um und ließ uns Hände und Arme vor Mund und Augen reißen. Als Schüßlerchen zwölf wurde, war sie froh, nun sagen zu können, *es sei um ihn geschehen*. Schüßlerchen blühte auf, aber ihre Mama welkte weiter. Welkte so sehr, dass Schüßlerchen mit siebzehn, achtzehn einige Male mit ihr tanzen ging aus Mitleid und weil sie dachte, die Mutter würde einen passenden Mann kennenlernen können. Schüßlerchen zog sich ihren besten Anzug an, rasierte sich, band sich die Krawatte um, putzte die schwarzen Schuhe und steckte sich ein umhäkeltes Taschentuch in die Brusttasche. Sie war einen guten Kopf größer als ihre Mutter, und wenn man die beiden so sah, freute man sich eigentlich nur über Schüßlerchen, die hübsch und adrett neben einem Schachtel-Halm einherschritt. Auf den Tanzböden der nächsten Umgebung kam es allenfalls dazu, dass Schüßlerchen von einigen kecken, kichernden Damen herausgefordert wurde, was sie aber nach einem Seitenblick auf den streng verzogenen Gesichtsknoten ihrer Mutter ablehnte. Nichts konnte den Knoten lösen, sodass Schüßlerchen es schließlich aufgab, mit ihr tanzen zu gehen. Sie zog in ein möbliertes Zimmer nach G., in die Kreisstadt, die nur zwölf Kilometer entfernt lag, aber zwölf Kilometer reichten damals aus, sie weit genug von ihrer Mutter wegzuschaffen – die öffentlichen Bahnen fuhren eine Stunde, mit Zwischenaufenthalt auf einem kleinen Zweigbahnhof, und Busse verkehrten überhaupt nicht. Die Fachschule für Finanzwirtschaft besuchte sie und brachte es zu einem passablen Abschluss als Finanzökonomin, was ihrer abgeblühten Mutter den einzigen hell rötlichen Freudenschauer über die Wangen jagte, dessen sie sich erinnern konnte. Sie heiratete am 13. Mai 1976 eine OP-Schwester aus G.'s Städtischem Krankenhaus. (Am Vorabend der Hochzeit habe sie das geblümte Festkleid ihrer Frau anprobiert, es sei ihr natürlich zu eng und zu kurz gewesen. Wie sie das getan habe, mit einem Schuss Rouge auf den Wangen, einem Strich Schwarz auf den Lidern, hätte sie verstören können, aber ihre Braut hätte nur gelacht, sagte sie.) Später bekamen sie drei Kinder auf einmal, und G.'s Bürgermeister übernahm die Patenschaft. Es sorgte einigermaßen für Furore in der Stadt, dass nach einem halben Jahr Schüßlerchen zu Hause blieb mit den drei Kleinen. Man hielt sie für einen hingebungsvollen Vater, und da sie nach dem ersten zwei weitere halbe Jahre zu Hause bleiben konnte nach damals landesüblicher Sitte, bei vollem Lohnausgleich, richtete sie sich für die zwölf Monate häuslich ein und blendete ihre

Arbeit im Rat der Stadt aus. Seit Langem schon habe sie an einem unbestimmten Gefühl der Unbehaustheit gelitten, das sie auf die tatsächliche Wohnungslosigkeit zurückführte, erzählte sie mir. Nun, da sie zum ersten Mal eine Wohnung bekommen hatten, drei Zimmer, Küche und Bad ohne Fenster, habe sie gehofft, diesem Gefühl abhelfen zu können. Eines Tages sei ihr sogar eine Nähmaschine geschenkt worden von einem der hin und wieder vorbeischauenden Kollegen, und sie habe zunächst begonnen, Decken für die Kleinen zu verfertigen. Das übte, und als sie eine besonders schöne lila Kunstseide erstanden habe, lila sei die Lieblingsfarbe ihrer Frau gewesen, habe sie ihr heimlich eine wunderschöne Bluse genäht. Puffärmel, weiße Biesen, strassbesetzte Knöpfe. Sie hat mir erzählt, wie sie plötzlich zwischen dem Zubettbringen der Kinder und der letzten Naht, ihre Frau sei zur Spätschicht unterwegs gewesen, Stiche im Unterleib verspürt habe, die sie beinahe daran gehindert hätten, das gute Stück fertig zu machen, aber sie wüsste noch genau, wie sie diese Stiche verdrängt und immer wieder den Moment ihres kurzzeitigen Aussetzens für ein Stück Naht genutzt habe. Sofort danach habe sich der Unterleibsschmerz verflüchtigt, und sie gar nicht gemerkt, wie sie selbst die Bluse anzog und sich stark schminkte. Zwar habe sie sich einen Augenblick lang wie nebenbei gefragt, warum das gute Stück ihr so hervorragend stand, wo es doch für ihre viel kleinere Frau gedacht gewesen war, aber diese Irritation sei nur vorübergehend gewesen, sie habe die Bluse mit größter Selbstverständlichkeit anbehalten. Ihre Frau sei spät nach Hause gekommen, und als sie Schüßlerchen gesehen habe, sei ihr das anfängliche Lachen schon bald abgestorben, irgendwo zwischen Mitternacht und dem vorläufigen Ende eines Gespräches endgültig abhanden- und nie mehr wiedergekommen.

Wir beide saßen wie früher im Kröter, der einzigen noch funktionierenden Kneipe unseres ehemaligen Heimatdorfes, nebeneinander, als sie mir davon berichtete, und ihre Augen schwammen in klarer Flüssigkeit, von der ich heute noch nicht sagen kann, ob es Tränen waren. Ihre Brüste hatten inzwischen, es waren sechzehn Jahre vergangen seit jener lila Bluse, die Größe einer kleinen Frauenfaust erreicht. Sie kleidete sich anspruchslos, trug das nun schon graue Haar zu einem Pferdeschwanz gebunden und bemühte sich nicht mehr, in Rock und Pumps zu laufen, wie sie es vor Zeiten noch gemacht hatte. Ihre Stimme war zu tief, als dass sie an eine Frau hätte denken lassen, und selbst dass Schüßlerchen jetzt Geburtsurkunde und Ausweis hätte vorweisen können, die sie als jenes weibliche Wesen ausgaben, die sie ja von Anfang an gewesen war, nützte ihr wenig. Hohn und Spott waren ihr sicher, und ihre Haut trug die Spuren der andauernden Grenzverletzungen als blutrote Kratzer auf neurodermitischen Stellen, die sich nach ihrer *geschlechtsangleichenden Operation,* wie man das Wegschneiden der überflüssigen Hoden, das Vernähen der Eichel in einer sanften, Klitoris genannten Erhöhung und die plastische Ausformung einer Scheide genannt hatte, zeigten. Dass ich sie Schüßlerchen nannte wie früher, wäre ihr lieb, hatte sie gesagt, denn hinter dem Diminutivum ihres Namens habe sich schon das kleine Mädchen versteckt, das sie einmal gewesen sei. Außerdem sei der Name, zumindest was ihre Linie betraf, am Aussterben, ihre drei Kinder trügen ihn ebenso wenig wie ihre Verflossene. Auch nach der Scheidung, die zwangsläufig hätte erfolgen müssen, da eine Frau nicht mit einer Frau rechtskräftig verheiratet sein konnte, hätten sie noch versucht, miteinander auszukommen, aber nach zwei Jahren seien ihrer beider Kräfte erschöpft gewesen. Seitdem habe sie auch die Kinder nur noch von Weitem sehen können. Sie strich den Pony aus der Stirn, der nicht von einem Friseur geschnitten worden war, wie man ihm unschwer ansah, und seufzte. Ich zog verliebt zu ihr.

Schüßlerchen sprach immer davon, dass der Konjunktiv von der Wirklichkeit bedroht wurde, ja, bald sogar aufgefressen, und dass sie sich deshalb oft so sehr an ihn klammerte, damit er nicht zu schnell im Maul der Realität zermahlen wurde. Ein Beispiel? *Ich stünde, hätte ich heute ein Tellerchen Hühnerfleisch in Kokosmilch gehabt, mit frischem Ingwer und Maiskölbchen, jetzt satt und zufrieden vor der letzten Stunde des Tages.* Die dahinterstehende Tatsächlichkeit *(Mist, nichts Gutes zu essen gehabt heute, der Tag wird ungut zu Ende gehen …)* schob sie mit solchem Satz noch ein Stück weg und versuchte, sich abzuschotten vor dem Übel. Lag sie dann im Bett, konnte die Realität kommen, denn dann war sie müde und faul, und Hühnerfleisch in Kokosmilch konnte sich in langsamen Sequenzen an ihr vorbeiträumen – sie sah ihm nach und schlief ein. Ja, sie war ein Muster an Genügsamkeit gewesen …

Während ihrer jahrelangen, alleinstehenden Arbeitslosigkeit hatte sie unzählige Blusen, Röcke und Kleider genäht, die jetzt in ihren Schränken und Regalen vor sich hin dümpelten und die sie nie anzog. Nur das lilafarbene Stück holte sie von Zeit zu Zeit hervor: *Hätte ich ihr die nicht genäht, wäre ich vermutlich nicht mehr am Leben.* Ich hörte den Satz oft und immer überhörte ich, wie er gemeint war. Er war Ausdruck ihrer in den Konjunktiv gerückten Sehnsucht nach Stille und Tod, die sie sich erfüllte, als ich zur Kur an die Ostsee gefahren war. Sie habe mit einem zufriedenen Lächeln im Sessel gesessen, auf ihrem Schoß die in Streifen geschnittene lila Bluse, als sie sie fand, erzählte mir ihre alte Mutter.

ZWISCHEN KIMME UND KORN

Tja, Irene Mattasch, dein Tag kommt wieder nicht, sagte sie zu sich selbst. Vorerst kamen Arnulf Mattaschs Tage. Sie hatten einen Anfang, eine Mitte und ein Ende. Manchmal dehnte sich der Anfang, dann wieder die Mitte oder das Ende von Arnulf Mattaschs Tagen zu einem Schwarzen Loch, an dessen Ereignishorizont die Zeit einfach stehen zu bleiben schien, bis Irene Mattasch sie von Neuem anstieß. Das brauchte Kraft. Deshalb aß Irene Mattasch genügend. Arnulf musste umgebettet werden, gewaschen, gewindelt, gefüttert. Früher hatten Irene Mattaschs Tage gleichberechtigt neben denen ihres Mannes gestanden, nun aber hatten seine Tage Vorrang, denn Arnulf Mattasch war am helllichten Tag unter die Räder gekommen. War während einer seiner Botenfahrten mit dem Fahrrad, die er trotz seiner vierzig Jahre schneller schaffte als mancher der Jüngeren, übersehen worden. Obwohl in jenem Augenblick noch sehr lebendig, war Arnulf Mattasch in den Toten Winkel geraten und ihm nur mühsam wieder entschlüpft. Es hatte sechs Wochen gedauert, bis das künstliche Koma beendet worden war. Die Ärzte hatten den Übergang ins natürliche für wahrscheinlich gehalten, was sich glücklicherweise als Irrtum erwies. Nun stand sein Stuhl oft auf dem Balkon, und seine Blicke nahmen den Weg über die Dächer der Großstadt nach unten. So waren sie vordem eher selten zugange gewesen. Seine Blicke konnten auch den Weg durch die Straßen nehmen, wie früher, nur dass

Arnulf Mattasch dann im Rollthron, wie er sein Gefährt nannte, zu sitzen hatte und er sehr viel langsamer unterwegs war.

Wenn sich die Mitte eines seiner Tage zu einem Schwarzen Loch dehnte, war er meist unterwegs mit Irene, die ihn schob, und meist holten sie dann Caroline ab. Sie fuhren an Foto-Zingel, der Boutique »Be Happy«, an Extra und dem Nähmaschinenladen Hoffmann vorbei zur Schule, und beider Hoffnung war groß, der Ereignishorizont möge heute vielleicht nicht so nahe herankommen, dass die Zeit stehen bleiben musste. Wenn sie aber mit Caroline, die auf Arnulf Mattaschs Knien saß, am Nähmaschinenladen Hoffmann, an Extra, der Boutique »Be Happy« und Foto-Zingel vorbei auf dem Rückweg waren, konnte Arnulf Mattasch nichts mehr sehen. Die Zeit hatte schnell noch die Bindehautsäcke mit Tränen gefüllt, die nun über die Lidkante davonstürzten, und war doch wieder stehen geblieben. Irene Mattasch benutzte ihre Kraft, sie anzustoßen. Mit der Geschichte von toten Hühnern zum Beispiel, die vom Extra-Personal, im Januar musste das gewesen sein, in die Mülltonne entleert, aber vom Brie-Willi und seinen Kumpanen wieder herausgeholt und am offenen Nachtfeuer in S-Bahnhofs-Nähe gebraten worden waren. Arnulf Mattasch musste dann überlegen, ob es ihm besser oder schlechter ging als Brie-Willi und seinen Kumpanen. Er kam damit zu keinem gültigen Ergebnis. Brie-Willi und seine Kumpane lebten am S-Bahnhof. Wenn sie im Winter tote Ex-Extra-Hühner brieten, litten sie Hunger und Kälte. Arnulf Mattasch litt nicht an Hunger und Kälte. Arnulf Mattasch litt am Verlust seines Körpers. Wenn der Mensch aus Körper u n d Seele bestand, war ungefähr die Hälfte seiner selbst, dachte er, hinüber. Wenn Körper und Seele aber in eins gingen, wenn man das eine nicht vom anderen trennen konnte, war das, was hinüber war, nicht so deutlich auszumachen. Sahen Brie-Willi und seine Kumpane Arnulf Mattasch mit glasigen Augen an, dann glaubte er ihre Seelen verloren. Wenn sie aufstanden und über die Straße torkelten, meinte er, dass sie auch ihrer Körper langsam verlustig gingen. Und selbst wenn beides in eins ging, war von ihnen doch mehr hinüber als von ihm, oder? Darüber grübelte Arnulf Mattasch nach. Irene wusste nichts davon, bemerkte aber, dass die Zeit sich langsam in Bewegung setzte und sie nach Hause brachte. Dort fand es statt, das Leben: In der Kastanienallee, in einer Dachwohnung mit geräumigem Bad, in dem Arnulfs Lifter stand. (Die Wohnung bewohnten sie schon viele Jahre. Hatten sie anfangs, der Kosten wegen, die Sanierung mit Einbau eines Fahrstuhls blockieren wollen, waren sie nun froh, das nicht getan zu haben.) Das Leben klapperte, mit Arnulfs immer deutlicher an den Knien hervortretenden Knochen, mit den Fensterläden zur Straße, Carolines Kinderbesteck und Irene Mattaschs Zähnen. Zähneklappern und Heulen gehörten zu den Heimlichkeiten, die hinter Arnulfs Rücken stattfanden. Auch Carolines schmaler Mädchenrücken verstellte die Heimlichkeiten zuverlässig. Carolines Rücken wurde deshalb von Irene Mattasch besonders gepflegt. Regelmäßig eingerieben mit einer nach Vanille duftenden Lotion und kräftig massiert. Der schmale Mädchenrücken war stark und biegsam und Irene Mattaschs größte Freude. Halt, vielleicht war er auch die zweitgrößte Freude nach dem stillen Stündchen, das sie hatte, wenn Frau Eilert von der Arbeiterwohlfahrt kam, um Arnulf zu baden oder ein Stück spazieren zu gehen mit ihm. Irene Mattasch suchte dann nämlich nach dem Telefon, um eine ihrer Freundinnen anzurufen. Sie redete gern. Eigentlich verabredete sie sich auch gern, aber Verabredungen waren selten geworden. Hie und da ragte noch ein Zettelchen, »17 Uhr: Annegret« oder »heute Abend: Mona«, aus der Flut der Gleichförmigkeiten, aber Irene Mattasch wusste, dass dies nur kurze Begegnungen sein konnten, zu Hause. *Zu Hause* ... Ein seltsames Wortpaar. Es begleitete Irene Mattasch, ohne dass sie es hätte abschütteln können. Sie lebte *zu Hause*, kochte und aß, wusch und säuberte. Früher, aber das war nun schon neun Jahre her und hatte mit Carolines Geburt geendet, hatte sie Öffentlichkeitsarbeit gemacht. Jeden Tag war sie mit der U-Bahn bis Stadtmitte gefahren, hatte für das Städtische Sinfonieorchester gearbeitet und alles in allem genügend Geld verdient, um sich jeden Winter ein Paar 200-DM-Stiefel leisten zu können. Leider war das Orchester kurz nach Caros Geburt liquidiert worden. Mit Arnulfs Abtauchen im Toten Winkel war natürlich auch seine Anstellung zu Ende gegangen. Sie lebten von seiner Rente und ihren Eltern, um das Amt nicht aufsuchen zu müssen. Die Stiefel würden im kommenden Winter aufgebraucht sein, auch das letzte Paar abgetragen und weggeworfen. *Zu Hause* brauchte sie natürlich keine Stiefel. Überhaupt konnte sie *zu Hause* das, was sie brauchte, beinahe unendlich reduzieren zugunsten der Dinge, die Arnulf und Caroline brauchten ...

Eines Tages waren die dunklen, langen Zigaretten dran. Sie hielt die letzte Schachtel, aus der sie alle zwei Tage noch eine geraucht hatte, in der Hand und entnahm ihr die letzte. Die allerletzte. Caroline schlief. Arnulf schlief seine ersten vier Stunden der Nacht, die Tagesschau war gerade vorbei. Irene Mattasch stand schließlich mit der dunklen, langen Zigarette an die Balkonbrüstung gelehnt und blies Ringe in die noch blaue Luft. Eigentlich zog ihr Blick diesen Ringen hinterher, jedoch nahm sie auf einmal aus dem Augenwinkel in einer der gegenüberliegenden Wohnungen, sie war etwas tiefer gelegen als die der Mattaschs, einen nackten Mann wahr. Zauderte einen Moment, ihn ins Bewusstsein vorzulassen, bat ihn aber schließlich herein. Da stand er dann, machte einige Schritte, nahm einen Tanga von einem Wäschestapel, zog ihn an, drehte sich vor dem Spiegel, blies die Muskeln auf, wieder ab und verschwand. In einem Zimmer, das auf der anderen Seite des gegenüberliegenden Hauses lag. Irene Mattasch sah jetzt die nackte Frau, die ins Zimmer trat, sich einen Tanga vom Wäschestapel nahm, ihn anzog, sich vor dem Spiegel drehte, das Gesicht nahe an die Glasfläche brachte, sich betrachtete, den Kopf nach links wandte, dann nach rechts. Er kam zurück, umtänzelte sie mit zwei Tassen, Kaffee?, Tee?, sie tranken, küssten sich, tranken, sprachen miteinander. Irene Mattasch schickte ihr Denken in deren Spur, was hatten die vor?, und renkte den Kopf ein wenig aus der Halterung, versuchte, ihnen auch dann zuzusehen, wenn sie vom Mauerstück zwischen den beiden Zimmerfenstern beinahe verdeckt waren. Sie zogen sich an, entzogen sich dann. Die lange, dunkle Zigarette war aufgeraucht. Noch einmal kam die Frau ins Zimmer, als sie schon den leichten Mantel übergeworfen hatte und Irene Mattasch damit ein Zeichen gab, dass sie das Haus verlassen wollte, und wirklich traten die beiden kurz darauf Hand in Hand, schnäbelnd und schwätzend, auf die Straße. Sie entfernten sich Richtung Zellerallee, vielleicht hatten sie ein Ziel, vielleicht aber wollten sie nur einen ziellosen Abendspaziergang machen. Irene Mattasch dachte daran, dass sie ziellose Abendspaziergänge geliebt, aber längst vergessen hatte. Lange sah sie den beiden nach.

Wenig später war sie selbst unterwegs. Die Straße war um diese Stunde belebt. Irene Mattasch kam an Foto-Zingel, der Boutique »Be Happy«, Extra und dem Nähmaschinenladen Hoffmann vorbei und lief weiter geradeaus. Die

Leute, die ihr begegneten, schlenderten, gingen in Kneipen, kamen aus Kneipen, balzten und posierten. Plötzlich merkte sie es: Spinnwebfein zogen sie über ihre Wege Fäden, die sich kreuzten, miteinander verwebten, sich umeinanderschlangen und Knoten bildeten, und je weiter sie die lange Kastanienallee hinuntersah, umso heller schien der Abend zu werden von den hinterlassenen Gespinsten, die das Laternenlicht reflektierten. Schnell und behend zogen Jungen und Mädchen dahin, als merkten sie gar nicht, dass sie sich in einem Geflecht bewegten. Ältere hingegen wurden, ihren Kräften gemäß, vom weichen Netz ganz sanft gebremst. Irene Mattasch, die immer genügend aß, um stark bleiben und die Zeit anstoßen zu können, spürte die Fäden nicht. Wohin sie auch schaute, gerieten die Menschen einander ins nachgiebige Fadenkreuz, das sie auffing und für jeden Platz hatte. Sogar Brie-Willi und seine Kumpane steckten in feinen Schlaufen, als sie zum S-Bahnhof kam. Das wollte sie Arnulf erzählen! Lachend lief sie zurück, immer geradeaus, am Nähmaschinenladen Hoffmann, an Extra, der Boutique »Be Happy« und Foto-Zingel vorbei. Als ihr Haus in Sicht kam, verlangsamte sich ihr Schritt. Sie blieb stehen, prustete. Lief weiter, betrat das Treppenhaus und fuhr mit dem Fahrstuhl bis unters Dach …

Drüben, auf der gegenüberliegenden Seite, wurde das Licht angemacht in der Wohnung der beiden vormals Nackten, die zurückgekommen waren. Irene Mattasch konnte es durch die Spalte des Balkongeländers sehen, sie erinnerte sich jetzt: Die Müdigkeit war plötzlich so über sie gekommen, dass sie einfach zu Boden geglitten war. Gegenüber wurden Jalousien heruntergelassen. Sie erhob sich langsam, wollte duschen, sich die Zähne putzen.

Als sie nachher im Bett lag, als sie Arnulf zur Nacht noch einmal Tee gebracht und ihm von ihrem Traum erzählt hatte, spürte sie schon, dass die Mitte der Nacht, die den alten vom neuen Tag trennte, eine andere sein würde als sonst. Arnulf erzählte, dass vor seinen Augen schon lange das Netz gespannt sei, in dem sich die Menschen bewegten. Seit er über die Dächer nach unten schaue, könne er es flattern sehen. Manchmal habe er schon daran gedacht, sich einfach fallen zu lassen, da hinein, das Netz würde ihn bestimmt auffangen für immer, dass er seine Ruhe hätte und nicht mehr darüber nachgrübeln müsse, von wem denn nun mehr hinüber sei, vom Brie-Willi oder von ihm, aber er könne sich ja nicht einmal über die Brüstung hieven. Irene Mattasch schluckte. Der Augenblick, in dem die Uhr zwölf schlug, hatte sich plötzlich zum Schwarzen Loch gedehnt. Die Zeit stand. Irene Mattasch hatte das Gespinst gesehen, das ihr Mann offenbar schon lange kannte, nur sah er es anders als sie. Bestürzung steckte in ihren Gliedern, als sie mit sich abmachte, morgen eine neue Schachtel dunkler, langer Zigaretten zu kaufen. Es musste einfach auch ihr Tag werden, den sie sehr langsam, mit Mühen, anschob.

NORWEGISCHE FORMEL

Meine Lippen fransen aus, ich muss eine Drogerie finden, um Creme zu kaufen oder besser einen Stift, *Norwegische Formel*, das hat stets gut geholfen. Im Schrei fransen die Lippen besonders schnell aus, und es stimmt schon: Ich habe das Kind vorhin angebrüllt, als es mich nicht in Frieden lassen wollte, dabei hatte ich es auf den Spielplatz gekarrt, um in Ruhe die Artikel ordnen und abheften zu können, hatte extra einen Ordner besorgt und den Locher in den Rucksack zu den Zeitungen gepackt, das Kind in den Fahrradkorb gesetzt und war zu diesem entlegenen Spielplatz gefahren, um nicht gleich wieder tausend Bekannte zu treffen. Es war immer dasselbe: Irgendwie ging ich es falsch an, mein Kind hatte die anderen sofort von ihren Müttern weg zu sich gelockt, johlend waren sie bald um meine Füße gesprungen, ich hatte sie verstohlen zu verscheuchen versucht, aber sie waren einfach nicht fortzujagen gewesen, während die Mütter in Ruhe auf ihren Bänken saßen, lasen, strickten oder einfach vor sich hin dämmerten, die Gesichter mit geschlossenen Augen in der Augustsonne. In meinem Gesicht musste es zu grieseln begonnen haben, die plötzliche Kälte machte mir Angst. Ich holte die Zigarettenschachtel aus der Hosentasche. *Sargnägel* hatte Jos den Inhalt genannt, ich merkte, dass ich lächeln wollte, wühlte nach dem Feuerzeug, zündete mir einen an, aber das Lächeln gelang nicht. Selbst den Mund um den Filter zu schließen war schwer, so festgefroren schienen die Muskeln meines Gesichts. Also innehalten. Durchatmen. Gedanken fassen. Der erste, den ich abfangen konnte, war der, dass ich das Kind umbringen musste, wenn es mich nicht in Ruhe ließ. Natürlich erschrak ich und wollte ihn gleich wieder loswerden. Zu diesem Zweck rief ich mein Kind zu mir und begann es zu drücken, zu küssen, aber es zeigte Bestürzung, wollte sich wohl entwinden. Ich hielt es fest, als auch schon der erste Schrei fiel, *was soll das, du Mistvieh, kannst du Postrampel mich nicht e-i-n-m-a-l tun lassen, was ich will, du kleine Mistfotze, Du mickrige Zimtzicke, du blödes, blödes Stück Scheiße, du lausige Arschgeige?* Ich tobte. Die anderen Mütter sprangen sofort auf und holten ihre Kinder erschrocken, entrüstet in ihre Nähe zurück, eine trat mit geöffneten Lippen auf mich zu, aber mein Blick schaffte es, sie den Mund wieder schließen zu lassen und mit der Hand abzuwinken.

Nun war ich allein mit dem Kind, die anderen hatten sich zu einem schweigenden Kinderkordon zusammengeschlossen, der von Weitem in stummer Verteidigungshaltung verharrte und zwischendurch mit Schippchen in den Sand stach, um irgendetwas zu tun. Mein Kind schluchzte, saß verheert neben dem Schaukelpfosten, es wäre nicht schwer gewesen, ihm den Kopf zu zerschmettern mit dem schweren, metallenen Sitz. Ich hätte ihn wie zufällig gegen seine Stirn knallen lassen können, dann aber weinen und jammern müssen. Das konnte ich nicht, also ließ ich es lieber sein. Ich hatte so viel geweint und gejammert in den letzten Wochen, dass einfach nichts mehr übrig war für das Kind. Jos hatte am 17. Juli morgens seine Halbschuhe angezogen, ich hatte noch gesagt, *was willst Du mit den festen Schuhen heute, draußen ist herrliches Sommerwetter, da reichen doch wohl Sandalen!*, aber er hatte mit festem Griff an den Schnürsenkeln gezogen und sie zu Schleifen gebunden, hatte sein Frühstück in die Tasche gepackt und war mit dem Fahrrad losgefahren, zur Arbeit. Das Auto hatte ihn gegen sieben Uhr erwischt, wenn man den Zeitungen glauben darf. Er war nicht sofort tot gewesen, ein Notarzt hatte ihn reanimiert und zur Versorgung ins Unfallkrankenhaus bringen lassen, aber gegen 11.40 Uhr war sein Herz endgültig stehen geblieben. Das sagt der Totenschein. Ich bekam ihn wohl einen Tag später ausgehändigt, aber das merkte ich gar nicht richtig. Meine Mutter hatte mich in Gewahrsam genommen, sie wollte vor allem, dass ich ausreichend trinke. Meine Mutter musste es auch übernommen haben, das Kind zu versorgen. Ich sah es nicht, nahm es weder morgens aus seinem Bettchen noch legte es abends wieder hinein, ich sah immer nur Jos, wie er sich die Schuhe zuband, und ich hörte mich sagen, *was willst du mit den festen Schuhen heute, draußen ist herrliches Sommerwetter, da reichen doch wohl Sandalen!*, es wollte mir einfach nicht in den Kopf, dass so etwas Blödes das Letzte war, was ich ihm zu sagen gehabt hatte, er war doch *mein Mann* gewesen! Immer hatte ich gelacht und es kaum herausbekommen, wenn ich auf der Bank war oder im Bürgeramt und ein Formular für ihn mitnehmen wollte, für *meinen Mann*, denn so einfach war das ja nicht, dass man sagen konnte, *ich bin deine Frau* oder *du bist mein Mann*, ich gehörte nicht dir, du gehörtest nicht mir, deshalb hatte ich immer obenhin lachen müssen, wenn die Worte im Raum standen wie eine Säule, die sich zum Glück in Luft auflöste und verschwand, wenn ich genug gelacht hatte.

Schon lange habe ich nicht mehr gelacht, dafür aber zu viele *Sargnägel* geraucht, meine Lunge ächzt, wenn ich das Kind hochnehme oder die Wäsche aufhänge, und wenn ich mit dem Fahrrad unterwegs bin, muss ich mitunter anhalten und eine Pause machen, so sehr ächzt die Lunge.

Auch jetzt ächzt sie, das muss ich zugeben.

Mein Kind ist eingeschlafen, zum Glück.

Immer, wenn ich Rad fahre, trete ich so schnell in die Pedale, wie ich kann. Da kann einem schon mal die Lunge zum Halse heraushängen, auch wenn man nicht zu viele Sargnägel geraucht hat. Jos war ein toller Radfahrer, wir haben sonntags immer lange Touren gemacht, das Kind auf seinem oder meinem Rad, wir hatten zwei Körbe, schöne altmodische, die vorn am Lenker befestigt worden waren, damit wir schneller wechseln konnten. Eigentlich hatte Jos am 17. Juli das Kind in den Kindergarten bringen wollen, aber es schlief länger als sonst, ich hatte gesagt, ich bringe es später weg, es sei noch genügend Zeit bis zu meiner Vorlesung. Alle Zeitungen habe ich gekauft, die von dem Unfall berichteten. Irgendwie hatte ich lange gehofft zu lesen, dass *mein Mann* mit dem Kind tödlich verunglückt sei. Dann hätte ich besser gewusst, was zu tun war. Aber ich konnte das nirgends finden. Stattdessen tauchte das Kind langsam wieder auf, indem es hinter dem Rock meiner Mutter hervorlugte und zu trinken verlangte, meine Mutter schob es dann immer ein Stück vor sich her, auf mich zu, bis es auf einmal ganz nahe neben mir stand und zu mir aufsah mit seinem fragenden Blick, den Jos so geliebt hatte. Ich hasste das Kind dafür. Früher hatte ich es nie gehasst, es immer herumgetragen mit mir und mit ihm gespielt und gesprochen, aber warum musste es an jenem Morgen nur so lange schlafen? Wenn es tot wäre wie Jos, hätte ich einfach sterben können. So aber hält es mich fest und lässt mich nicht zu ihm, *meinem Mann*, ich muss es eincremen und sauber halten und ihm zu essen geben und mit ihm auf den Spielplatz fahren, wo ich es natürlich nicht loswerde, nicht einmal für zehn Minuten, in denen ich in Ruhe archivieren kann. Auf abends kann ich das auch nicht verschieben, denn wenn das Kind schläft, liege ich ja mit ihm im Bett, seit meine Mutter wieder zu Hause schläft, und halte es fest umklammert, damit ich daran denken muss, es nicht zu verlassen. Wenn ich es so ansehe, wie es jetzt schläft in seinem Korb, muss ich ja auch daran denken, den Kopf abzustützen, der sonst hin und her fliegt wie eine schwere Blüte auf einem viel zu dünnen Stengelchen, nicht, dass er abreißt, der Kopf, ich halte mal lieber an und falte das Kind bedächtig in eine zusammengesunkene Lage, dass das Köpfchen geschützt auf der Brust liegt. Jos hätte das auch so gemacht. Jos hätte vermutlich das Rad eine Weile geschoben, um das Kind ruhig schlafen zu lassen. Ich werde das Rad auch schieben, da vorn ist eine Drogerie, ich kann mir einen Stift kaufen, *Norwegische Formel*, das Kind werde ich vorsichtig aus dem Körbchen nehmen, damit es nicht aufwacht. Es kann ja nicht allein bleiben auf meinem Fahrrad, was, wenn jemand kommt, der ein Kind braucht, das so schön aussieht wie meines …

VASPERSKYS FLATTRIOLEN

Vaspersky schwitzte. Das war hier im Süden um diese Jahreszeit nichts Ungewöhnliches, jeder, der nicht von hier stammte, schwitzte spätestens seit April, die Einheimischen etwas später im Jahr. Aber Vaspersky wusste, dass ihm auch im Januar der Schweiß vom Körper lief, ebenso im November oder Dezember, egal, wo auf der Welt er sich aufhielt. Als er wegen seines nervösen Magens vor ungefähr einem Jahr bei seinem Hausarzt gewesen war, hatte der sein Schwitzen bemerkt, eine umfangreiche Diagnostik einleiten wollen. Vaspersky hatte ihn davon abhalten können mit der Beschwörung, dass auch bei früheren Untersuchungen keine Ursache gefunden worden sei, was natürlich nicht stimmte. Er wusste, seit wann er schwitzte. Sein Arzt wußte es nicht und hatte ihm achselzuckend ein Anticholinergikum verschrieben. Das Rezept war tief in Vasperskys Hosentasche versunken und dem nächsten Waschgang anheimgefallen.

Seit Vaspersky allein hier unten lebte, für ein halbes Jahr mit einem Stipendium der Stiftung für Neue Musik, hatte er viel Bedenkzeit. Zeit zum Bedenken ließ er zu Hause nicht zu. Sie fehlte ihm. Glücklicherweise, wie er immer gedacht hatte. Er brühte sich einen schwarzen Tee. Heiße Getränke, sagte sein Sinologenvater immer, sind gut an heißen Tagen wie diesen. Vaspersky setzte sich an den Tisch in der Küche seines Appartements. Vor seinem Fenster erstreckte sich eine Terrasse, auf der eine riesige Palmlilie wuchs. Zu Hause besaß er auch eine solche Pflanze. Selbst einen einfachen Berliner Winter hätte sie nie und nimmer im Freien überstanden, während diese hier ungefähr fünfmal so hoch wie ihre kleine deutsche Zimmerschwester und bestimmt ebenso tief in den Boden gewachsen war. Vaspersky merkte, dass er sich nie Gedanken darüber gemacht hatte, wie winterlich die Temperaturen in diesen Breiten überhaupt wurden …

Beim Tee aber zwang er sich wieder an die *Flattriolen*, die er hier zu schreiben vorhatte und die seinem Werk die Spitze aufsetzen sollten, wenn es nach den Stiftern des Stipendiums ging. Für die ostinaten Geräusche des Flatterns, auf deren fließender Bahn sich vielleicht eine Oboe, vielleicht sogar eine Querflöte um Bestürzung bemühen sollte, war ihm nichts Passendes eingefallen bislang. Eine dünne Blechplatte schien ihm zu konventionell, Aufnahmen von auffliegenden Vögeln viel zu dick aufgetragen. Sein Blick fiel auf die Schüssel voller Zitronen aus dem hiesigen Garten. Eine von ihnen trug noch ein Blattbüschel am Stielende, er wollte gerade danach greifen und es mit einem Schütteln der Hand zum Tönen bringen, als über der Mauer, die die Terrasse zur Straße hin sperrte, für Augenblicke ein schwarzlockiger, glutäugiger Jungenkopf erschien. Vasperskys erstarrte und hielt in der Bewegung auch noch inne, als der Junge längst wieder verschwunden war. Er hatte ganz anders ausgesehen als Raffael, das blonde, grünäugige Kind seiner Schwester, aber er war wohl in dessen Alter gewesen. Raffael war fünf Jahre alt geworden. Vaspersky hatte ihn abgöttisch geliebt und versucht, nach Möglichkeit als männliches Vorbild zu fungieren, nachdem der Vater des Jungen sich nach Frankreich zurückgezogen und nicht daran gedacht hatte, diese Rolle auch nur ansatzweise einzunehmen. Zum Kindergarten hatte er ihn gebracht und auch wieder abgeholt, wenn seine Schwester mit ihrer Dissertation oder besser mit ihrem Doktorvater zu kämpfen gehabt hatte und nicht absehbar gewesen war, wer gewinnen würde. Vaspersky musste plötzlich lächeln, als er daran dachte, und er erstickte das feine Lächeln rasch mit einem festen Griff nach dem eigenen Kinn, nach dem Mund, der ihm offenbar nicht gehorchte, denn er wollte nicht lächeln beim Gedanken an seine Schwester. Seine Schwester, die so sehr litt unter dem Verlust des Jungen. Die schlaflos geworden war für lange Zeit und heute die Lippen als schmalen Strich im blassen, hart gewordenen Gesicht trug.

Vaspersky stand auf und kaute die letzten beiden Aspirin-Tabletten, der Druck im Kopf stieg. Er wollte dem Schmerz zuvorkommen und den Bildern, die nun unzweifelhaft auftauchen würden vor seinen Augen, er würde noch stärker schwitzen als jetzt schon, und seine Beine würden zu zittern beginnen wie sein Oberkörper, ein einziges Zittern würde ihn lahmlegen für den Rest des Tages. Etwas wie Resignation bemächtigte sich der immer sparsamer werdenden, willkürlichen Bewegungen seiner Arme und Beine, die langsam, tatsächlich, unkontrolliert zu zittern begannen. Er legte sich auf den Boden, krümmte sich in eine Embryonalhaltung hinein und sah sich am letzten Mittwoch im Dezember vor zwei Jahren mit Raffael auf dem Weg nach Hause, sie hatten kleine Einkäufe gemacht, das Kind hatte ein gefilztes Portemonnaie bekommen und war glücklich gewesen in der Vorstellung, es mit Geld zu füllen. Es hatte Vaspersky angesteckt mit der Vorstellung des Klimperns, das Klimpern begann in Vasperskys Kopf ein Eigenleben und ihn fortzuführen in seine weltabgewandten Klangräume, die er sonst meist in Abwesenheit des Jungen betrat. Das Kind bemerkte das nicht in seinem kleinen, fröhlichen Glück und schnatterte weiter, störte Vaspersky zunehmend; der merkte das und wollte hinaus aus den Klangräumen, aber es ließ ihn nicht, er war gefangen darin. Sein Körper wurde zum Klang, sein Klangkörper scherzte nicht mehr, sondern schlug dem Jungen nach einer letzten, vergnügten Frage, die das Klangbild zum Einsturz zu bringen drohte, unverhofft ins Gesicht, dass er sich mit einem Aufschrei losriss und auf die Straße kullerte. Seiner Schwester hatte Vaspersky später nicht sagen können, dass er den Jungen ins Gesicht geschlagen hatte. Er beließ es bei der Aussage, er habe sich losgerissen, was ja auch stimmte. Was aber in seinem Kopf nur ein Körnchen der Wahrheit war, um die es ging seitdem. Vaspersky konnte sich an die Stunden nach dem Unfall nur insoweit erinnern, dass er sich zu Hause eingeschlossen und seine *Automobile Indosinfonietta für Kammerorchester, Tabla und Mridangam* geschrieben hatte. Sie wurde sein Durchbruch als Komponist.

Als er seine Schwester einen Monat nach Raffaels Tod vom Friedhof nach Hause begleitet hatte, bat sie ihn, noch zu bleiben. Sie hatte Gemüsesuppe gekocht und nicht gesalzen, meinte, das übernähmen beim Essen ihre Tränen. So verzweifelt war sie gewesen, dass er sich keinen anderen Rat gewusst hatte, als mit ihr zu schlafen, sie hatte sich an ihn gedrängt, die Liebe zu Raffael hatte sie zu fest vertäut, als dass es anders denkbar gewesen wäre, dachte er noch heute, und seit sie an diesem Tag auseinandergegangen waren, hatte sie ihm nie mehr in die Augen gesehen.

Erst am späten Abend konnte Vaspersky aufstehen. Eine Runde wollte er noch drehen draußen. Zum Zitronenbaum. Zum Trinkbrunnen.

Er schwitzte.

BLÜMNERS PASSAGE

Schöne Aussichten, fispelte ich resigniert ins Telefon. Ich glaube, ich nestelte an meiner Frisur, als wartete Wagenauer am anderen Ende der Leitung nur darauf, mir schon jetzt ein dem Anlass nicht angemessenes Erscheinungsbild zu unterstellen. Herr und Frau Blümner wurden nämlich 80, morgen, am selben Tag. Äußerlich kamen die Alten dem Erscheinungsbild der Zahlen sehr nahe: Er entsprach der Null, von allen Seiten aus gesehen, während sie immer noch schmale Taille zeigte und der Acht ähnelte. Ich war ausersehen, die beiden zu Hause zu besuchen und ihnen die herzlichsten Glückwünsche von Wagenauer nebst großem Blumenstrauß, den ich bei Möller & Partner zu bestellen hatte, zu überbringen. Es ist das Los der Sekretärin, so etwas tun zu müssen, dachte ich, dabei waren Blümner und seine Frau mir ebenso unangenehm wie Wagenauer, der sich jedoch auf Termine herausreden konnte, um ihnen nicht persönlich ein Mal mehr als nötig nahekommen zu müssen. Den Telefonhörer knallte ich auf die Gabel, allerdings nur, weil ich wusste, dass Wagenauer schon aufgelegt hatte. Gleich darauf nahm ich ihn wieder zur Hand, um die Bestellung aufzugeben. Möllers Seniorpartner meldete sich. Seine eigenartig schlurfende Stimme fragte nach meinem Begehr, *gnä' Frau,* und bot mir fünf verschiedene Gebinde in der mittleren Preisklasse an, die Wagenauer vorgeschrieben hatte. Plötzlich überrumpelte mich der Eigensinn, und ich beharrte auf dem unteren Preissegment, einen Irrtum vorschützend. Das Billigste war *Van Gogh*, bestehend aus je drei Sonnenblumen, blauen Statice, Lederfarn, Aralienblättern und Chico Jumbo, dazu kamen zwei Bupleurum, worunter ich mir nun wirklich nichts vorstellen konnte. (Gemerkt habe ich mir die Zusammensetzung deswegen so genau, weil ich eigentlich gewollt hatte, dass Möllers Seniorpartner die Sonnenblumen mit Asparagus band, der mir aus alten Zeiten verhasst war. Asparagus war der lateinische Name für Spargel, und für einen Moment hatte ich mir sogar drei Sonnenblumen mit weißen Spargelstangen gebunden vorstellen und darüber glucksend auflachen müssen, was im Blumenladen offenbar kurzzeitig für Irritationen gesorgt hatte.) Ich bestellte zwei Sträuße davon, um auf den von Wagenauer angepeilten Preis zu kommen und freute mich darauf, einen für mich abzuzweigen. Sonnenblumen waren eigentlich viel zu schön für die Blümners. Die Eigenschaft, zu Wagenauers lukrativsten Kunden zu gehören, hatte mit der Rückübertragung verschiedener Hotelgrundstücke an der Ostsee vor etlichen Jahren ihren Anfang genommen. Die hatten sie inzwischen verkauft, hockten spitzfindig auf ihren Geldbergen und hatten einen guten Steuerberater nötig, der mit ihnen die Klippen des Rechts einigermaßen sicher umschiffen konnte. Wagenauer hatte sich diese Touren gut bezahlen lassen. Eigentlich hätte sich die Blümner das Geld am liebsten um ihren Körper geschnürt, bis sie selbst der Null ähnelte. Dachte ich jedenfalls. Ihr Hang zum mausgrau unterwanderten Rosé war einfach nicht anders deutbar gewesen als der Wunsch, möglichst niemandem als reiche Person in Verdacht zu geraten. Natürlich hatte mir Wagenauer die Schweigepflicht bezüglich mir zugetragener Mandantenverhältnisse aufgenötigt. Trotzdem hatte ich einmal meinem Mann träumerisch von der blümnerschen Vermögenslage vorgeschwärmt, er aber hatte auf meinen letzten Satz, sie schwömmen in Knete, nur beiläufig geantwortet, in Knete zu schwimmen sei schlechterdings aufgrund der plastischen Eigenschaften des Materials unmöglich, und weiter Zeitung gelesen. Seitdem hatte ich kein Wort mehr darüber verloren.

Für den nächsten Tag hatte ich mit Wagenauer vereinbart, erst nach dem Besuch bei Blümners, der unmöglich vor zehn Uhr morgens stattfinden konnte, zur Arbeit zu erscheinen. Ihm war das ganz recht, denn so konnte er abends länger auf mich zurückgreifen. Nach dem Aufstehen gab ich also für ein gutes Stündchen die Diva, lackierte mir die Finger- und Fußnägel in schimmerndem Braunrot, steckte mir die Haare auf und zog das knappe schwarze Kostümchen an, von dem ich wusste, dass Männern wie Frauen davon der Schweiß auszubrechen drohte. (War der alte Blümner eigentlich ein Mann? So genau wollte ich das lieber nicht wissen. Es reichte ja auch, dass seine Frau eine Frau war.) Möllers Seniorpartner konnte ich wenig später ohne Aufhebens dazu bringen, beide Sträuße als Gebinde auf die Quittung zu schreiben, die Zahl ließ er weg, und da Gebinde sowohl singulär als auch plural zu verwenden war, brauchte ich nicht einmal ein schlechtes Gewissen zu haben. Meinen Strauß packte ich in den Kofferraum, während ich den für die Jubilare bestimmten auf den Beifahrersitz legte. Angekommen, stellte ich mein Auto in einer Nebenstraße ab und stapfte schließlich die vier Treppen zu Blümners hoch, während ich mich weiterhin im Wundern übte. Darüber, dass sie wie vor Jahrzehnten hier zur Miete wohnten. Im dritten Stock eines Altbaus an der viel befahrenen Ortsausgangsstraße. In einer Höhe, die doch wohl kaum als seniorengerecht zu bezeichnen war. Es muss das Wundern gewesen sein, das mich an ihrer geöffneten Wohnungstür vorbei in den vierten und letzten Stock steigen ließ, wo ich natürlich merkte, dass ich falsch war. Ich schlug mir vor die

Stirn und lief treppab. Zeitgleich traf eine Frau mittleren Alters, die sich als Ortsgruppen-Vorsitzende der offenbar noch immer agierenden Volkssolidarität vorstellte, mit einem Präsentkorb auf dem Treppenabsatz ein. Wir sahen uns an. Sie klopfte vorsichtig an der weit geöffneten Tür, rief die Blümners beim Namen, erhielt aber keine Antwort. Wiederum sahen wir uns an und gingen ohne ein Wort in die fremde Wohnung. Sie war leer bis auf einen großen, runden Eichentisch im Wohnzimmer, der dieses, ausgezogen, zur guten Hälfte ausfüllte. Darauf lagen auf dunkelroter Samtdecke, friedlich und gut aussehend in elegantem Schwarz, Herr und Frau Blümner. An die Tischplatte gelehnt stand ein mit sauberer Kurrentschrift geschriebenes Schild, das zu lesen mir einige Mühe bereitete, aber ich entzifferte es:

Herzlich willkommen!
Wir freuen uns, daß Sie wenigstens heute den Weg zu uns gefunden haben und nehmen die 80. Wiederkehr unseres Geburtstages zum Anlaß, uns von Ihnen zu verabschieden. Liebe Frau Mühsam, bitte grüßen Sie Herrn Wagenauer von uns, und Sie, liebes Fräulein Meyer, haben uns sicher wieder einen schönen Präsentkorb mitgebracht wie vor fünf Jahren. Lassen Sie sich den Inhalt gut schmecken! Wir wären Ihnen dankbar, wenn Sie uns würdig unter die Erde bringen könnten. Eine Sterbeversicherung wurde abgeschlossen, die Unterlagen finden Sie unter meiner Frau. Die Wohnungseinrichtung haben wir in den letzten Wochen verkauft, die verbliebenen Reste heute in den Müll geworfen, so dass Sie zumindest damit keine Arbeit haben. Wir freuen uns, dass Sie gekommen sind. Wenn Sie eine Minute schweigend am Sterbetisch stehen könnten, wären wir glücklich, und so verbleiben wir, bis wir eines Tages wieder beieinander sein werden, in aller Freundschaft – Herta und Hans-Dietrich Blümner

(Herzlich willkommen! Wir freuen uns, daß Sie wenigstens heute den Weg zu uns gefunden haben und nehmen die 80. Wiederkehr unseres Geburtstages zum Anlaß, uns von Ihnen zu verabschieden. Liebe Frau Mühsam, bitte grüßen Sie Herrn Wagenauer von uns, und Sie, liebes Fräulein Meyer, haben uns sicher wieder einen schönen Präsentkorb mitgebracht wie vor fünf Jahren. Lassen Sie sich den Inhalt gut schmecken! Wir wären Ihnen dankbar, wenn Sie uns würdig unter die Erde bringen könnten. Eine Sterbeversicherung wurde abgeschlossen, die Unterlagen finden Sie unter meiner Frau. Die Wohnungseinrichtung haben wir in den letzten Wochen verkauft, die verbliebenen Reste heute in den Müll geworfen, sodass Sie zumindest damit keine Arbeit haben. Wir freuen uns, dass Sie gekommen sind. Wenn Sie eine Minute schweigend am Sterbetisch stehen könnten, wären wir glücklich, und so verbleiben wir, bis wir eines Tages wieder beieinander sein werden, in aller Freundschaft – Herta und Hans-Dietrich Blümner)

Jetzt erst kam mir in den Sinn, dass sie tot sein könnten. Meine Augen suchten unwillkürlich nach Einschusslöchern, ich konnte mir einfach nicht vorstellen, dass beide Hand in Hand und in offensichtlichem Frieden hinübergegangen waren. Meine Vorstellung vom Sterben war untrennbar mit Todeskampf verbunden, dessen Spuren ich aber auf den Blümnergesichtern vergeblich suchte. Sie mussten Schlafmittel und dann eine tödliche Giftdosis eingenommen haben. Bei ihren Geldmengen war es sicher keine Kunst gewesen, sich das Richtige zu beschaffen. Nach Anzeichen von Demenz hatte ich ohnehin stets vergeblich gesucht. Fräulein Meyer hatte zweifellos die bessere Orientierung, was in solchem Falle zu tun war, obwohl er ihr in dieser Form auch noch nicht untergekommen war, wie sie sagte. Bevor Arzt und Polizei eintrafen, die sie vorsichtshalber hinzugezogen hatte, holte ich aus meinem Kofferraum den zweiten Strauß. Oben wickelte ich beide aus und legte sie ihnen zu Füßen, als hätten sie mich darum ersucht. Die gelben Sonnenblumen passten ausgezeichnet zu Schwarz und Dunkelrot.

Was ihr Geld betrifft, so hatten sie, wie mir Wagenauer später erzählte, alle Konten aufgelöst und leer geräumt. Es blieb verschwunden.

MESSERS SCHNEIDE

Ich hatte keinen Gedanken ans Wetter verschwendet. So überraschte mich der räufelnde, Strippen ziehende Regen, als ich vors Haus trat, für einen Moment. Meine Sandaletten qietschten schon nach wenigen Schritten, aber es war warm und störte mich nicht. Die Schenkestraße mit den schönen, alten Bürgerhäusern, in deren einem ich vor zwei Monaten eine kleine Wohnung für Martin und mich ergattert hatte, lag abseits jeden Verkehrs, ich hatte keine Wasserschlacht mit irgendeinem Auto zu erwarten. Auch das hätte mich allerdings nicht gestört, denn ich hatte gerade meine Mutter getötet. Unter normalen Umständen erfasst man für gewöhnlich, wo man sich gerade befindet. Aber ich wusste genau, dass ich meiner Mutter ein langes, scharfes Messer in die Brust gerammt hatte. Die Wegmarken, den Briefkasten an der Ecke und das Logo der Kreativitätsgrundschule zum Beispiel, mag ich zwar wahrgenommen haben, denn ich befand mich nach zehn Minuten genau da, wo ich hatte sein wollen, nämlich auf dem S-Bahnhof, aber ins Bewusstsein waren sie mir nicht geraten. Im Bewusstsein geisterte meine Mutter herum, ich sah ihre Augen sich öffnen und schließen, ich sah ihren Mund sich öffnen und schließen, und das Öffnen und Schließen ihrer Hände endete jedes Mal damit, dass sie mit einer Geflügelschere den braun gebratenen Leib einer Ente zu zerstückeln begann. Schließlich war sie die Entenkönigin gewesen. Auch die Rinderbratenkönigin, die Sauerfleischkönigin, die Karpfenblaukönigin und die Gulaschkönigin. Im Fall der Thüringer Klöße natürlich Kaiserin. Mein Vater hatte zu ihr hochgeschaut, wenn es ums Essen ging, ansonsten aber eher auf sie herab. Ich hatte meiner Mutter nie übel genommen, dass mein Vater auf sie herabsah. Seit er gestorben war, vier Jahre ist das jetzt her, hatte ich hingegen eher meinem Vater nichts mehr übel genommen. Auf seinem Grab installierte ich eine Vase, in der meine Mutter und ich abwechselnd Blumen hinterlassen konnten. Wir hatten den Friedhof niemals gemeinsam besucht.

Ich stieg in die Bahn und fuhr Richtung Erkner. Die Eltern meines Freundes bewohnten dort ein eigenes Haus. Meine Eltern hatten ihr Leben in verschiedenen Mietwohnungen zugebracht. Wahrscheinlich wollte ich Martins Mutter davon erzählen, wie ich meine Mutter umgebracht hatte, mit irgendjemanden muss man so etwas ja teilen. Martins Mutter hätte ich lieber gehabt als meine, aber dann wären Martin und ich Geschwister gewesen – wir hätten uns nicht lieben dürfen. Damit trieb ich mir mein Bedauern immer wieder aus. Als ich Martin zum ersten Mal davon erzählt hatte, war er auf die Idee gekommen, unsere Mütter einfach zu tauschen, virtuell gewissermaßen. Die Entenkönigin machte ihm offensichtlich Spaß. Gab es in seinem Herkunftshaushalt zu Weihnachten Ente, war sie außen schwarz und innen noch gefroren. Wir gingen nie zu seinen Eltern essen, ohne vorher über Gebühr gefrühstückt zu haben. Martin würde heute nicht einfach frühstücken können, wenn er meine tote Mutter auf dem Küchentisch fand, wo ich sie einfach hatte liegen lassen mit dem Messer in der Brust. Alles war still und leise vor sich gegangen. Sie hatte sich wie immer am Kühlschrank zu schaffen gemacht, als ich gegen fünf in die Küche gekommen war, um mir ein Glas Wasser zu holen. Meine wütende Frage, was sie an meinem

Kühlschrank zu suchen habe, hatte sie seelenruhig mit ihrem allwissenden Lächeln beantwortet, das auch nicht aufhörte, als ich zum Messer griff und es drohend in der hochgereckten Hand hielt. Ich riss sie vom Kühlschrank weg auf den Tisch und stieß zu.

Auf Martins Mutter war ich niemals wütend gewesen. Martin aber schon. Auch deshalb hatten wir den virtuellen Tausch vor Jahren schon vollzogen. Martin suchte Geschenke für meine Mutter zum Geburtstag und zu Weihnachten aus, er rief sie regelmäßig an und erkundigte sich nach ihrem Wohlergehen. Er besuchte sie weitaus häufiger als ich und kam jedes Mal satt und zufrieden zu mir zurück. Am letzten Sonntag aber hatte er sie mitgebracht und gemeint, für sie sollte sich ein Weilchen zumindest ein Platz bei uns finden lassen, es ginge ihr nicht gut, auch kochen würde sie nur noch selten. Wer weiß, wann sie zu meinem Vater würde einfahren müssen in die Grube? Ich solle meinem Herzen einen Stoß geben und sie ertragen lernen, er ertrüge seine Mutter schließlich auch. Natürlich hatte ich angesichts ihres Zustandes nicht das Recht, ihr den Aufenthalt bei uns zu verweigern. So zu tun, als sei sie nicht da, ging nicht, denn ich war ja da, war zu Hause, weil ich meine Arbeit als Sekretärin wieder einmal verloren hatte. Wenn ich in die Küche kam und ihre Augen auf mich gerichtet fühlte, spürte ich zuweilen, wie ich zu schrumpfen begann. Ich verließ dann den Raum immer sehr schnell, meist hatte ich nur ein trockenes Brötchen gegriffen oder einen Apfel. Zum Kind zu werden unter ihrem Blick, war mir zuwider. Anfangs hatte ich geglaubt, sie für eine Weile vergessen zu können, indem ich das Haus verließ. Aber sie hielt mich offenbar seit ihrem Einzug besetzt. Es war egal, wie weit ich mich von zu Hause entfernte, sie ließ mich nicht los.

Was hatte sie mir eigentlich getan? Je öfter ich darüber

nachdachte, desto weniger wusste ich das. Auch in der Bahn nach Erkner versuchte ich mich zu erinnern. Die frühesten Bilder stammten offenbar aus der Zeit um meinen vierten Geburtstag herum. Meine Mutter trug ein grün gestreiftes Kleid, das sie ein Jahr und ein Kind später schon nicht mehr tragen konnte. Ein schwingender Rock sprang in Stufen von der schmalen Taille. Meine Mutter und ich liefen, nein, hüpften nebeneinander her, wobei wir unsere Arme gekreuzt hatten und uns bei den Händen hielten. Wir sangen. Welches Lied, wollte mir nicht mehr einfallen. Aber immer, wenn eine Strophe zu Ende war, drehten wir uns, ohne uns loszulassen, um und hüpften wieder zurück. Die Brüste meiner Mutter hüpften auch. Und meine Zöpfe, die zu langen Affenschaukeln gebunden waren. Ich erinnerte mich, dass es schön war, Hand in Hand mit der Mutter vor und zurück zu hüpfen und kein Ende des Spieles vorauszusehen. Das Ende meiner Mutter hatte ich auch nicht vorausgesehen, jedenfalls nicht so, wie es eingetreten war. An meiner wenig vorausschauenden Art hatte sich demnach nicht viel geändert ... Die Hüpfbilder jedenfalls überlagerten andere Erinnerungen. Spätere Geschehnisse tauchten zwar schattenhaft auf, aber ehe ich sie auspacken und mich darin aufhalten konnte, hüpften wir immer wieder quer hindurch, dass sie zerstoben. Wir waren stark. Ich ärgerte mich. Warum ich mich auf einmal schuldig fühlte, Martin mit ihr alleingelassen zu haben, weiß ich nicht. In wenigen Minuten würde der Wecker klingeln. Martin würde wahrscheinlich nicht als Erstes die Küche betreten, sondern im Bad unter die Dusche gehen und sich am Schrank im Schlafzimmer anziehen. Dann aber würde er sie finden und vermutlich erschrocken vom Tisch nehmen wollen. Ich sah ihn, wie er das Messer aus dem Holz zog und meine Mutter wieder am Kühlschrank befestigte. Den Schnitt in ihrer Brust würde er möglicherweise mit dem Fingernagel glätten. Und er würde sich fragen, wo ich sei. Wo war ich? Wahrscheinlich hatte ich mich in diesem Moment eingeholt. Ich zückte mein Handy und rief ihn an.

GRÜNE WOCHEN

Flappner liegt im Salat. Nicht, dass er da hatte liegen wollen, als er aufgebrochen war zu Carmen Sprötner, aber er ist nun einmal da gelandet, und das ist gut so. Er spürt die grünen Köpfe im Rücken. Zwei davon stehen links und rechts neben seinen Augen, während er zufrieden in den Himmel sieht, dem Bussard nach, der nahezu unbewegt durch die stille, heiße Luft gleitet, und den Schwalben, die tiefer fliegen als gewöhnlich. Womöglich ist ein Gewitter im Anzug? Über seinen Anzug, beige, sommerlich, Naturleinen, ziehen sich grüne Schlieren, die nicht vom Salat stammen, sondern vom Gras, durch das Flappner hierher gekrochen ist. Solange er hier liegt, merkt er, macht ihm das eigentlich nichts aus, und wenn er spät genug nach Hause ginge, nach Einbruch der Dunkelheit, würde es unbemerkt bleiben für andere. Andere hatten bislang eine große Rolle gespielt für Flappner. Andere hatten ihn vom Fenster aus gesehen, wenn er durch die Kleinstadtstraßen strich, zum Bäcker oder zum Fleischer ging. Andere hatten in langen Reihen vor, andere hinter den Türen des Amtes gesessen, das für sein Geld zuständig war. Sie alle gemeinsam hatten ihn wohl ins Büßerhemdchen gezwungen, das er auch dann noch trug, wenn ihm wieder andere im Wohnblock die Tür aufhielten oder die Post brachten, die sich während seiner gelegentlichen Abwesenheiten ansammelte. Nahezu alles hatte er ihnen in Demut recht machen wollen. Dabei hatte er nicht nach Mann und Frau unterschieden, ihnen für gewöhnlich nicht einmal in die Augen geblickt, bis er am Donnerstagmittag vor zwei Wochen Carmen Sprötner kennenlernte. Er war im Kurzwarengeschäft aufgeschlagen, um Nadel, Faden und Stopfzwirn zu kaufen. Knöpfe annähen, Nähte schließen, Strümpfe stopfen. Nachdem er nämlich durchgerechnet hatte, was ihm an Geld zur Verfügung stünde in den kommenden Jahren, war es ihm verschwenderisch erschienen, Lochsocken oder aufgerissene Hosen zu entsorgen. Er stand also in Jürgens' Laden, unschlüssig, wohin er sich wenden sollte, als hinter ihm jemand hereinstolperte und hinfiel. Sich den Knöchel verstauchte dabei, wie er einen halben Tag später erfuhr. Vorerst aber war nur ein gequetschtes »Scheiße« zu vernehmen und er drehte sich erschrocken um. Schön war, was er sah. Er konnte gar nicht anders, als der Person lange und fasziniert in die Augen zu schauen, die in quecksilbrigem Grün vor Schmerz zitterten, mit seinem Blick über ihre Schultern und Brüste hinab zu den Beinen zu wandern und ihr schließlich die Hand zu reichen, die sie dankbar ergriff und sich dann aufrappelte. In der Tat: eine Frau. Ein paar Augenblicke standen sie nebeneinander, er hielt ihre Tasche, während sie sich den Rock glatt strich und die verrutschten Haare wieder in die Spange zum Pferdeschwanz zwang. Ihr stand der Sinn offenbar nicht mehr nach Einkauf, vielmehr fragten ihre buchsbaumgrünen Augen, ob er sie ein Stück stützen und begleiten könne. (Sie ist eigensinnig, schoss es ihm durch den Kopf, ohne dass er hätte sagen können, was ihn dazu veranlasst hatte.) Sie müsse schließlich zurück zur Arbeit, meinte sie nur. Der Galan in ihm, von dessen Existenz er schon gar nicht mehr gewusst hatte, erwachte auf der Stelle. Besitzergreifend. Es kam zu unerhörtem Energieaustausch: Da, wo ihre Körper einander berührten, spürte er Hitze und eine Art Juckreiz von seltsamer Unaufdringlichkeit. Der konnte nämlich warten, drängte ihn nicht zu entschlossenem Kratzen.

Nach dem Überqueren des Marktplatzes bedankte und verabschiedete sie sich fürs Erste. Ehe sie im Rathaus verschwand, bat sie ihn aber, sie am Abend unter der hastig auf ein Zettelchen gekritzelten Telefonnummer anzurufen. Folge des Energieaustausches, dachte er nur.

Er suchte die unterirdische öffentliche Toilette auf. Die Berührungsfläche war feuerrot und von Quaddeln besetzt, er genoss es jetzt, sich zu kratzen. Als er eine Viertelstunde später wieder heraufkam, lag ungläubiges Staunen in seinem staubigen Blick. Kartoffeln und Brot kaufte er nun statt Nadel und Faden.

Bis zum Abend war er mit dem Kochen einer Kartoffelsuppe beschäftigt, die Punkt 18 Uhr auf den Tisch kam. Er verzehrte sie mit Bockwurst aus dem Glas und einer Scheibe Brot. Der Tisch war abgeräumt, die Wachstuchdecke abgewischt, als er sich endlich hinsetzte, sie anzurufen.

Carmen Sprötner, ja bitte?

Carmen! Sein Herz machte Sprünge wie ein junger Stier vorm roten Tuch des Toreros. Für Momente schien er unfähig, etwas zu sagen.

Ja, bitte! Hallo? Hier bei Sprötner!

Langsam kam die Sprache geschlichen, ließ zunächst nur stockend ein paar Wörter von der Leine, aber nach einer halben Stunde hatte sie sich mit der Situation arrangiert, und Flappner konnte ungeniert mit seiner unsichtbaren Schönheit reden. Worüber? Er vermochte es nach dem Gespräch nicht zu sagen, hatte sich aber gemerkt, dass sie erst einmal für zwei Wochen zu einem Lehrgang fuhr. Sie sagte ihm, wann sie zurückkommen und dass sie sich sehr darüber freuen würde, wenn er sie vom Bahnhof abholte.

Zwei Wochen.

Er bemühte sich fortan um eine eiweißreiche Kost, um an Muskelmasse zuzulegen, strich sein kleines Wohnzimmer mintgrün, kaufte ein neues Badregal und einen hellen Leinenanzug. Insgesamt gab er von seinem spärlichen Ersparten nahezu ein Drittel aus, um sich vorzubereiten. Unsicher, was Schönheiten essen, erwog er einen Restaurantbesuch, falls Carmen Sprötner nach dem Abholen Hunger haben sollte. Falls sie aber mitkäme zu ihm, würde er eine gute Flasche Wein parat haben und Knabbereien. Das war doch das Mindeste!

Nie zuvor waren zwei Wochen so schnell vergangen für Flappner. Als aber gestern der Mittwoch schon in den Würgegriff des Donnerstages geriet, kurz vor zwölf, langte doch noch die Ungeduld nach ihm. Er stand im hellen Anzug vor dem Spiegel, Brust raus, Bauch rein, und sah sie auf einmal an seiner Seite. Er seufzte, als die Uhr Mitternacht schlug.

Die folgenden Stunden verbrachte er mit halbherzigen Schlafversuchen, Sudokus und einer Flasche Bier, ehe er gegen fünf endlich einschlief. Er wunderte und freute sich, dass sein Wecker ihn tatsächlich benachrichtigte, als es Zeit war, aufzustehen. Lange schon hatte er das nämlich nicht mehr tun müssen. Auf dem Weg zum Bahnhof achtete Flappner sehr auf die anderen und staunte, dass sie ihn offenbar nicht wahrnahmen, wie er in beschlipstem Hemd und Anzug unterwegs war. So vertieft in ihre eigenen Angelegenheiten kamen sie ihm vor, dass er probeweise versuchte, sich nichts aus ihnen zu machen. Sie hingegen machten etwas aus ihm, indem sie die Scheu aus seinem Blick zu ziehen und irgendwohin mitzunehmen schienen, sodass er, als er am Bahnhof ankam, mit tatsächlich erhobenem Kopf einherschritt und zielsicher die Bäckerei Thomann aufsuchte, die hier eine Dependance unterhielt. Für einen großen Pott Kaffee reichte die Zeit, und als er wenig später auf dem Bahnsteig stand und der Zug einlief, stieg die eigensinnige Carmen Sprötner aus, entdeckte ihn, lief auf ihn zu und küsste ihn mit großer Selbstverständlichkeit auf den Mund. Knutschereien lagen noch länger zurück als morgendliche Aktionen seines Weckers, aber Flappner bemerkte durchaus, dass sich etwas regte dabei. Er nahm Carmen Sprötners Reisetasche und hielt sie sich erst einmal vor den Bauch, bis es sich wieder abgeregt hatte. Carmen musste es ähnlich ergangen sein, denn sie sah ihn mit seltsam verschleiertem Blick an, ganz geschwollen schienen ihre Augenlider auf einmal. Sie griff seine rechte Hand und zog, er folgte ihr. Wohin, wusste er zunächst nicht. Als sie das Städtchen schon beinahe durchquert hatten auf der Hauptstraße, bog sie in eine Kleingartenanlage ab. Nach drei oder vier Weggabelungen schloss sie das Holztor zu einer Parzelle auf und hinter ihnen wieder zu. Was dann geschah, ist mit den grünen Schlieren auf Flappners Anzug eigentlich schon gesagt. Der liegt neben ihm im Salat. In seiner Armbeuge schläft die Schöne in den Nachmittag, und auf einmal, merkt er jetzt, machen die Schlieren auf dem Anzug ihm nicht nur nichts aus, sondern was her, und er lächelt bei dem Gedanken, es den anderen zu zeigen.

SCHNARCH, DU FRÖHLICHE …

Peer quirlte Eier. Schalen aus drei Zwölferpackungen belagerten den Küchentisch geradezu, ein paar waren heruntergefallen. Mein Gott, wollte er auf einmal backen? Er, dem Weihnachten, seit die Kinder aus dem Haus waren, derart abging, dass er am 24. 12. entweder anfing, den Keller aufzuräumen oder seinen Kleiderschrank auszumisten? Ich hatte eigentlich vor, zu Carla hinüberzugehen, meiner Tochter, die nur ein paar Häuser weiter wohnte und mit Mann und drei Töchtern wenigstens einen richtigen Weihnachtsbaum geschmückt hatte. In dessen Kerzenschein wollte ich mich am Heiligen Abend wohler fühlen als beim polternden Peer, hatte das in den letzten drei oder vier Jahren stets so gehalten und war erst nach Mitternacht zurückgekehrt, wenn ein Sack Altkleider vor der Tür stand oder aussortiertes Gerümpel über den Rand der Mülltonne quoll. Und heute quirlte er Eier? Ich war so erschrocken, dass mir hierzu keine Frage einfiel. Peer antwortete trotzdem. *Es gibt Rührei,* sagte er nämlich, holte alle vier Pfannen, die wir besaßen, aus dem Schrank, schnitt Speck und Zwiebeln hinein und stellte sie auf den Herd, das Gas blieb noch aus. Ich musste mich setzen.

Aus sechsunddreißig Eiern? Meine Frage kam mit schütterer Stimme aus dem Hals gekrochen und blieb eine halbe Minute lang im Raum stehen, ehe Peer den Mund öffnete.

Ich habe sie eingeladen, meinte er beiläufig, während er sich die Hände wusch.

Hatte er etwa eine Freundin? Ich war ja zu Carla abgemeldet. Wollte er das als Gelegenheit nutzen, mich vor vollendete Tatsachen zu stellen? Eigentlich verstanden wir uns gut. Wir waren beide über fünfzig, aber es lief noch etwas, um es salopp zu sagen, und das nicht schlecht. Ich beruhigte mich wieder. Jede Frau dürfte mit achtzehn Eiern, wenn man von hälftiger Teilung ausging, überfordert sein. Also hauchte ich ein kurzes, beinahe verlegenes *Wen?* in den Speck-und-Zwiebel-Duft.

Briese und seine Kumpane. Die sollen sich heute mal nicht den Arsch abfrieren, hab' ich mir gedacht.

Hatte ich richtig gehört? Briese? Das liebe Schaf war sozusagen unser Nachbar. Das Grundstück nebenan gehörte ihm nicht, sondern war im Besitz seiner verstorbenen Lebensgefährtin gewesen. Auch als sie noch lebte, hatte Briese schon viel getrunken, aber auch das Gras gemäht, Äpfel und Kirschen geerntet und dafür gesorgt, dass die Sträucher beschnitten wurden. Sechs Jahre waren vergangen, seit Briese seine Irene tot hinter dem Haus gefunden hatte, Herzschlag, wie er jedem noch heute erzählte, egal, ob er es hören wollte oder nicht. Seitdem war das Grundstück verlottert. Peer nannte es *wild geworden*. Auf dem wild gewordenen Grundstück stand ein kleines Steinhaus mit Pappdach, das in früheren Zeiten regelmäßig geteert und ausgebessert worden war. Aber der arbeitslose Briese hatte den Halt verloren nach Irenes Tod und keine Hand mehr gehoben, irgendetwas zu richten. Zuerst hatten die Wasserbetriebe den Anschluss versiegelt, später hatte man auch noch den Strom abgestellt. Briese schiss hinters Haus, was wir nie kommentiert hatten, uns aber immer wieder grämten, weil wir wegen des Geruchs unsere Sitzecke hinter dem Haus nicht nutzen konnten. Eigentlich war er uns lieb, aber ihm war nicht zu helfen gewesen. So waren wir froh, dass er Tag für

Tag am S-Bahnhof mit vier, fünf anderen Männern von seiner Sorte dem vietnamesischen Obsthändler half und dafür große Mineralwasserpackungen erhielt, die er regelmäßig mit seinem Fahrrad nach Hause brachte. Überhaupt: *Regelmäßig* war ein wichtiges Wort im Zusammenhang mit Briese. Regelmäßig schwang er sich morgens um sechs aufs Fahrrad, und regelmäßig war er schon voll betankt um diese Tageszeit. Regelmäßig begann er seine Arbeit mit dem Ausladen und Ausrichten von Obst- und Gemüsekisten, und regelmäßig wurde ihm wohl auch von Vorübergehenden ein abschätziger Blick zugeworfen, wenn seine Augen gar zu glasig auf die Mandarinen stierten. Regelmäßig gegen 18 Uhr kam er abends auf seinem Fahrrad zurück, und ich hatte mich oft gewundert, dass er nicht aus dem Verkehr gezogen wurde, aber er fuhr offenbar sehr zielbewusst geradeaus. Erst wenn er vom Fahrrad stieg, schwankte er und brauchte viel Zeit, bis er das Schlüsselloch der Gartentür traf. Wenn wir grillten, kam er zum Zaun und holte sich eine Bratwurst oder ein Steak ab. Ein einziges Mal, kurz nach unserem Einzug, hatte ihm Peer, der ihn damals noch kaum kannte, eine Flasche Selbstgebrannten von unseren tschechischen Freunden geschenkt. Diese Flasche hatte am nächsten Morgen geleert vor der Tür des kleinen Häuschens gestanden, und Peer hatte daraus gelernt. Er trank, ebenso wie ich, keinen Schnaps, wir besaßen unterdessen einen ziemlichen Vorrat davon, den Peer in unserem Keller altern ließ. Mich hatte stets gewundert, dass er die Flaschen bei seinen weihnachtlichen Aufräumaktionen nicht aussortierte.

Briese also. Seine vier oder fünf Kumpels kannte ich nur vom gelegentlichen Blickwechsel beim Bahnhof. Die Aussicht, dass sie den Weihnachtsabend in unserem doch eher bürgerlichen Hause verbringen würden, berührte mich seltsamerweise nicht unangenehm. Ich zögerte, den Mantel anzuziehen und zu Carla hinüberzugehen, was Peer bemerkte und ihn zu einem Grinsen veranlasste.

Aber ausgerechnet Rührei! Ich fing an, die Schalen einzusammeln. In meinem Kopf begann Carla gegen die, ich gebe es zu, Neugier auf die Besucher zu kämpfen. Es ging auf fünf, die Bescherung würde bald beginnen. Meine Geschenke für die Kinder standen in einem großen Plastikbeutel bereit und ich schlüpfte in meine Stiefel. Meine Tochter hatte gewonnen, vorerst. Draußen war es hundekalt. Bei Carla empfing mich der Gestank von Räucherkerzen, die ich noch nie gemocht hatte. Mit gequältem Lächeln sah ich den Enkelinnen bei der Bescherung zu, freute mich auch. Nach einer Stunde war mir aber so schlecht, dass ich mich entschuldigte, froh, nicht einmal lügen zu müssen. Mein Brechreiz war akut. Im Freien war er augenblicklich verschwunden. Der Körper weiß also, was die Seele will, dachte ich plötzlich. Die besorgte Familie sah mir nach. Ich setzte die Mütze ab, um mir den Kopf abzukühlen im dichten Schnee. Es reichte, um mich mit nassen Haaren vor dem Spiegel stehen zu lassen, als ich zu Hause meinen Mantel ausgezogen hatte. In der Küche saßen sechs Männer am Tisch. Peer hatte ihn mit einem der beiden Ansteckplatten aus dem Keller verlängert, er war wieder so lang wie früher, als die Kinder noch bei uns gelebt hatten. Sieben Teller standen auf dem Tisch. Verdammt! Dass Peer mich so gut kannte! Gibt es eine liebevolle Wut? Ich glaubte jedenfalls, für einen Moment so etwas zu spüren, setzte mich aber schnell an den frei gebliebenen Stirnplatz. Die Männer begrüßten mich. Der Geruch nach Alkohol einte sie. Was sie trennte, waren die Körpergerüche, die sich erst offenbarten, als ich die alkoholischen Ausdünstungen verdaut hatte. Im Gegensatz zu Carlas Räucherkerzen verursachten die

Körperdünste unserer fünf Gäste keine Übelkeit, was mich zunächst verwunderte, mit dem Fortgang der sozusagen metabolischen Adaptation aber auch schnell vergessen war. Ich war froh, ihnen in der ersten Aufwallung kein Bad angeboten zu haben.

Das Ei stockte in den Pfannen. Peer brach frisches Brot und brachte Tee auf den Tisch. Die Männer sagten zunächst nicht viel. Den Tee in ihren Gläsern sahen sie einigermaßen verlegen an, als jedoch Briese eine Flasche Braunen aus den Tiefen seiner Hose zog, taten die anderen es ihm nach und verlängerten den Aufguss in ihren Gläsern. Briese schlug vor, die Flaschen mit jedem Glas Tee, natürlich an uns vorbei, weiterzureichen. Als der Braune zum ersten Mal wieder bei ihm ankam, saßen die Zungen erheblich lockerer. Das Rührei mit dem reichlich bemessenen Speck hatten die Männer schmatzend vertilgt und freuten sich an der Wärme, die im Raum herrschte. Auf einmal behagte es mir, dass weihnachtliche Dekorationen in unserem Haushalt fehlten, der Abend hatte so nicht vordringlich die Ausnahme von der Regel zu sein. Dass er es dennoch war, blieb außen vor. Stattdessen duzten wir uns mit großer Selbstverständlichkeit. Das war viel für Briese, wussten wir, und auch seine Kumpane begannen, mit dem plötzlichen Du Geschichten auszupacken. Dugustav erzählte, wie ihm im letzten Sommer der Fuß beinahe abgefault wäre, wenn nicht eine Ärztin ihn angesprochen hätte am Kaulsdorfer See, wo er sein Wochenbad abgehalten hatte. Duherbert entgegnete mit einem Herausnehmen der Zahnprothese, dass auch ihm Gutes widerfahren sei vor zwei Jahren, und Dumanfred brummelte davon, wie er hatte Blut spenden wollen, wegen des Frühstücks danach, und wie man ihn verscheucht hatte, als er an der Tür der mobilen Spendestation gestanden hatte. *Dabei brauchen die doch Blut!*, brauste er auf und goss Schnaps in den Tee, Timm's Sauren. Mich schüttelte es.

Gegen Mitternacht begann Dupaul, sich langsam in die Waagerechte zu manövrieren. Er wechselte von der Küche ins Wohnzimmer, breitete eine mitgebrachte Decke auf dem Fußboden aus und legte sich hin. Ich folgte ihm, um die große Couch auszuziehen, aber Dupaul bekam ich nicht mehr dorthin, er schlief zu fest. Stattdessen kam Briese, lallte etwas von »so schönem Abend, wie ich ihn schon lange nicht mehr hatte«, und legte sich auf die Couch zur Wand. Ich deckte ihn zu. Dugustav folgte nach einer halben Stunde. Im Gästezimmer waren zwei Betten frisch bezogen, aber Dumanfred und Duherbert schafften es, als sie so weit waren, nicht mehr, die Überwürfe wegzunehmen. Ich ging im Haus auf die Suche und fand zwei alte Baumwollsteppdecken auf dem Boden, die ich notdürftig ausklopfte und über die beiden breitete. Die Männer schnarchten sehr laut und gelegentlich donnerte ein Furz. Peer lächelte zufrieden. Er holte eine Flasche Rotwein aus dem Keller, leerte sie in einen Topf, schälte eine Apfelsine, gab Nelken, Zimt, Muskatblüte, Kardamom und etwas Zucker hinzu und stellte ihn auf. Wir tranken den Glühwein im Bett.

Ja, ich liebte Peer.

BALDER & SÖHNE

Im letzten Frühjahr erhielt ich die Chance, meine Bilder in der Galerie Fizz auszustellen. Die Galerie Fizz ist in G. ansässig, der Stadt meiner Kindheit. Aufgeregt machte ich mich auf den Weg. Ich war zwanzig Jahre lang nicht mehr dort gewesen. Jahre, die ich im Westen des Landes verbracht, die Schule beendet und studiert hatte. Würde sich ein Gefühl der Vertrautheit einstellen?

Wohl kaum. Schließlich fand ich die Stadt sehr verändert vor. Das Renaissancerathaus war wunderbar restauriert und die gesamte Innenstadt zum Fußgängerbereich erklärt worden. In den kleinen, krummen Häuschen residierten nun Buchhandels- und Bekleidungsketten, aber auch mittelständische Geschäfte und sogar ein Vietnamese mit jenem unbeschreiblichen Ramsch, der alternde Kleinstadtfrauen so unwiderstehlich anzieht. Während die Häuser, in denen große Handelsketten Platz gefunden hatten, sich nach hinten auf wundersame Weise erweiterten, war der Vietnamese nur ebenso groß – oder klein – wie die Papierhandlung Balder & Söhne. Dass es sie immer noch gab, wunderte mich. Der alte Balder war vor zwanzig Jahren schon über achtzig gewesen, seine Söhne weit über fünfzig. Ich betrat den Laden und erkannte die beiden sofort, wie sie hinter dem altertümlichen Verkaufstresen hockten und lasen. Ortwin sprang auf, mich nach meinem Begehr zu fragen. Nun, »aufspringen« ist ein übertriebenes Verb. Allenfalls mit einer Geste des Aufspringens erhob er sich langsam und mühselig aus seinem Sesselchen. Sein Bruder Erhard, das Haar noch immer zu brechtscher Frisur einfach nach vorn gekämmt, wo es in gerade geschnittenem Pony endete, war sitzen geblieben, schaute nicht einmal auf. Ich lächelte und schwieg erst einmal abwartend vor mich hin. Als sich nichts rührte, löste Erhard sich endlich von seinem Buch und sah zu mir herüber. Natürlich erkannte er mich. Als Teenager war ich Tag für Tag im Geschäft gewesen, hatte mit dem alten Balder Schach gespielt, der dabei aus dem Hinterhalt jenseits des Tresens ein Auge auf seine Söhne geworfen hatte, als müsste er noch immer, auch wenn sie aufs Rentenalter zugingen, darauf achten, dass sie den Laden nicht ruinierten. Mein mittig gescheiteltes Haar war nicht mehr blond, sondern möhrenfarben, ein Hennaunglück der letzten Woche, aber es fiel noch genau so wie damals nur knapp über die Schultern und erwies sich als Wiedererkennungszeichen – Erhard fingerte ergriffen darin herum, als er mich begrüßt hatte. Ortwin brauchte länger und einen Kurzvortrag seines Bruders über meine Identität, bis es ihm dämmerte, wer ich war. Meine Mutter und ich hatten bis zur Ausreise Mitte der Achtzigerjahre in diesem Haus gewohnt, in der Dachetage. Eineinhalb Zimmerchen, in denen ich geboren und aufgewachsen war, über den drei Zimmerchen, in denen die Baldermänner gelebt hatten. Diese wiederum über dem kleinen Laden zu ebener Erde. Das Haus gehörte dem alten Balder. Meine Mutter hatte mir damals erzählt, dass seine Frau Anfang der Fünfzigerjahre verstorben war und dass seitdem keine Zweite mehr die Schwelle zur balderschen Wohnung übertreten hatte. Ortwin und Erhard hatten sich sonderbarerweise dem väterlichen Eremitendasein gefügt und es mit ihm geteilt. Im Zudritteremitentum hatten sie den kleinen Laden durch die Zeiten geschippert, die ihm nicht hold gewesen waren.

Heute waren sie ihm sicher ebenso wenig hold wie vor zwanzig oder vierzig Jahren, als Privateigentum eine verabscheuungswürdige Angelegenheit gewesen war. Jetzt war Privateigentum keine verabscheuungswürdige Angelegenheit mehr, aber das baldersche Privateigentum war klein. Bestand nach wie vor aus einem windschiefen Häuschen mit kleinem altertümelndem Laden darin, der auch deshalb noch existierte, weil dafür keine Miete fällig wurde, während man draußen sicher Schlange stand, den beiden alten, standhaften Herren ihr Häuschen abkaufen und sie in eine luxuriöse Wohnanlage verfrachten zu wollen. Schadenfroh stellte ich mir die erfolglosen Verkaufsverhandlungen vor und wunderte mich plötzlich über dieses Abschweifen der Gedanken, während doch Ortwin einen Tee gebracht und Erhard mir Fragen gestellt hatte, denn er schaute mich erwartungsvoll an.

Wie?, sagte ich einfach und möglichst beiläufig, um mich bei der Schadenfreude nicht ertappen zu lassen.

Er ruft noch oft nach dir!, sagte Erhard.

Ich wurde auf der Stelle unruhig. Der alte Balder lebte noch? Mit über hundert Jahren?

Wo habt ihr ihn denn untergebracht?, fragte ich vorsichtig, denn die beiden waren eigentlich auch in einem Alter, in dem alleinstehende Herren daran denken sollten, sich nach einem Alterssitz mit angemessener Pflege umzusehen.

Verständnislos sahen die beiden erst mich, dann sich an.

In der Wohnung natürlich!, sagte Ortwin.

In unserer?, fragte ich unsicher

Erhard beeilte sich: *Nein, nein. Wo ihr früher gewohnt habt, wurde ein junger Mann einquartiert nach eurem Weggang, der sich aber kaum hier sehen ließ. Zwar pünktlich seine Miete zahlte, aber was war das denn auch zu jenen Zeiten, fünfzehn Mark! Nach der Wende war er weg und wir haben die*

Wohnung als Bodenkammer genutzt. Vater hatte zu viel alten Krempel, den wir nicht wegwerfen konnten und deshalb eingelagert haben …

Aha, so hatten sie also Raum gewonnen. So ein alter Mensch brauchte ein Pflegebett, einen Toilettenstuhl …

Ob er noch so gut beieinander war, mich sehen zu wollen? Ich wollte ihn auf jeden Fall sehen und fragte die beiden, ob er Besucher empfinge.

Sie lachten, aber ihre offensichtliche Verlegenheit machte mir zu schaffen. Erhard hüstelte. Ortwin meinte, sie müssten erst einmal ein bisschen aufräumen oben, und außerdem hätten sie so lange keinen Besuch mehr gehabt, dass es schon gar nicht mehr wahr wäre und sie nicht wüssten, ob überhaupt etwas zu trinken oder zu essen da sei, denn sie gingen immer in die Pension Schubert, wo ihnen die gute Frau Schmidt Frühstück, Mittag und Abendbrot richtete.

Und er?, fragte ich, wiederum vorsichtig.

Na, das bisschen, was der braucht, kaufe ich auf Vorrat im Supermarkt, das reicht dann immer für ein Vierteljahr, erklärte Ortwin.

Sprachlos stellte ich mir einen uralten, ausgemergelten Greis vor, von dessen Existenz womöglich niemand mehr wusste, weil er jenen, die früher hier schon gewohnt haben mochten, einfach aus dem Sinn geraten war wie ein Stück vertrocknenden Lebkuchens, das hinter die erste Reihe im Bücherregal gefallen und dort vergessen worden war. Jene hingegen, die zugezogen waren, hatten ihn niemals wahrgenommen und vermissten ihn deshalb auch nicht.

Meine Beklommenheit stieg.

Ich fragte, wann sie denn mit Aufräumen fertig sein könnten.

Die beiden erröteten.

Ni… ni… nicht vor morgen Abend, stotterte Erhard.

Aber – wir können ihn doch runterholen, meinst du nicht auch?, fragte Ortwin, und seinem Bruder schienen die Eisenreifen wieder vom Herzen zu springen, die sich in den vergangenen Minuten dort zu schließen begonnen hatten. Die beiden liefen mit aller ihnen verbliebenen geschäftigen Geschwindigkeit nach oben, nachdem sie mich gebeten hatten, eventuelle Kundschaft einen Moment lang zu vertrösten.

Ich sah mich um. In Fassungen eingeschobene Zettel auf den vielen Schubfächern verrieten, was sich in ihnen verbarg. *Blei, Bunt* und *Tinte* las ich, *A4, A5, A6,* aber auch *Geha, Rotring* oder *Pelikan.* In den beiden hohen Regalen an der Wand lagerten fein säuberlich übereinandergestapelte Kartons mit Aufklebern. *Kalender, Federn, Löschpapier, Gummis, Packpapier, Zirkel, Leim.* Wie früher. Sicher konnten sie sich von diesem uralten System auch deshalb nicht lösen, weil ihr Vater noch lebte.

Niemand betrat die Papierhandlung. Das wunderte mich nicht.

Vielmehr fragte ich mich, wie sie den Alten die Treppen herunterbugsieren würden.

Sollte er womöglich noch gut zu Fuß sein?

Ich hörte, wie oben die Tür geschlossen wurde. Kein Poltern war zu hören, kein Stöhnen oder Geschiebe. Sie liefen die Treppe genau so schnell – oder eben langsam – herunter, wie sie hinaufgestiegen waren.

Meine Spannung wuchs ins Unerträgliche.

Sie öffneten die Tür zum Laden.

Mein Lachen erschütterte sie offenbar bis ins Mark.

Das war ja Coco, der da auf Ortwins Schulter saß! Coco, den ich längst vergessen hatte! Hatte ich mir als Kind eine Amazone nur als Frau mit einer ausgebrannten Brust vorstellen können, die das Bogenschießen beherrschte, so hatte

Coco mich eines Besseren belehrt: Auch männliche Wesen konnten Amazonen sein. Coco war eine mit einer gelben Stirn. Nur mit Männern lebend, war ihm Weibliches stets suspekt gewesen, und meinen Namen hatte er nur wutentbrannt schreien können. *Er ruft noch oft nach dir!,* hatte Erhard gesagt – sollte sich daran etwas geändert haben?

Immer noch musste ich lachen. Verwirrt sahen Ortwin und Erhard einander an.

Coco kreischte, es klang tatsächlich wutentbrannt, meinen Namen. Beruhigt sah ich ihn als den, der er immer gewesen war: ein grüner Terrorist mit antiweiblichen Allüren. Ein altes Gefühl stellte sich umstandslos ein, das ich aus meinem Inventar gestrichen hatte: Papageienliebe. Oder was war das, was mir die Herzgegend aufwühlte, als ginge ein Pflug hindurch? Ich machte einen Schritt rückwärts, aus Respekt.

Ortwin und Erhard erzählte ich nichts von der Verwechslung. Dafür berichteten sie ausufernd und mit immer freudiger werdender Erregung von Cocos Macken. Seiner Vorliebe fürs Fernsehen und der einschläfernden Wirkung desselben, die ihn regelmäßig auf des einen oder des anderen Schultern ereilte. Seinem meckernden Lachen und Weinen, dessen sie sich nicht erwehren könnten und einstimmen müssten, sobald er damit anfinge. Allerdings sei ihm seine Lust auf allzu menschliche Ernährung ausgetrieben worden durch ihre regelmäßigen Besuche in der Pension Schubert. Nur langsam habe er sich auf Trockenfutter einstellen können, aber in den letzten zehn Jahren, seit dem Tod ihres Vaters, der regelmäßig für sie gekocht habe, sei ihm nichts anderes übrig geblieben.

Über neunzig war der alte Balder also geworden und hatte seine Söhne umsorgt wie eine Mutter … Ich wollte nicht nachdenken über die Fehlstellen eines solchen Lebens, das andererseits prall genug war, einer Gelbstirn-Amazone Lebenslust und -luft zu geben.

Schließlich habe ich an jenem Nachmittag in der Papierhandlung Balder & Söhne Farben gekauft. Acrylfarben in kleinen weißen Tuben. Cocos Bild hängt heute über meinem Schreibtisch. Sehe ich es lange genug an, kommen für einen Moment die Baldermänner daraus hervor. Sie winken. Wie Gäste, deren Gegenwart augenblicklich Vergangenheit wird.

Erstveröffentlichung folgender Texte

»Heißer Brei«, in: Cornelia Jentzsch (Hrsg.), Das Daedalus-Projekt, Daedalus, Münster 2011

»Am roten Faden«, in: Regina Kammerer, Susann Rehlein (Hrsg.) »17 Frauen ziehen einen Mann aus«, btb, München 2005

»Frau Ypsi und Herr Lon«, in: taz vom 15.1.2005, extrablatt, 19. Folge

»Bissel Ljebe war nett, göll?«, in: Susann Rehlein (Hrsg.), »Bitte streicheln Sie hier. 22 erotische Geschichten«. Eichborn AG, Frankfurt am Main, 2000

»Zwielichte Zeiten«, in: »Schön zu hören/Satzschippen aus dem Radio«, weissbooks, Frankfurt a. M. 2008

»Brendels Weg nach Molauken«, in: Katja Lange-Müller (Hrsg.), »Vom Fisch bespuckt«, Verlag Kiepenheuer & Witsch, Köln 2002